U0901534

游穴调查组

YOUXUE DIAOCHAZU

罗袜生尘 著

天津出版传媒集团
天津人民出版社

图书在版编目（CIP）数据

游穴调查组 / 罗袜生尘著 . -- 天津 : 天津人民出版社 , 2016.11
ISBN 978-7-201-10833-9

Ⅰ . ①游… Ⅱ . ①罗… Ⅲ . ①长篇小说 - 中国 - 当代 Ⅳ . ① I247.5

中国版本图书馆 CIP 数据核字 (2016) 第 230836 号

游穴调查组
YOU XUE DIAO CHA ZU
罗袜生尘 著

出　　版　天津人民出版社
出 版 人　黄　沛
地　　址　天津市和平区西康路 35 号康岳大厦
邮政编码　300051
邮购电话　(022) 2332469
网　　址　http://www.tjrmcbs.com
电子信箱　tjrmcbs@123.com

责任编辑　章　赪
装帧设计　郑金将

制版印刷　北京雁林吉兆印刷有限公司
经　　销　新华书店
开　　本　787×1092 毫米　1/16
印　　张　15
字　　数　148 千字
版次印次　2016 年 11 月第 1 版　2016 年 11 月第 1 次印刷
定　　价　39.80 元

目录

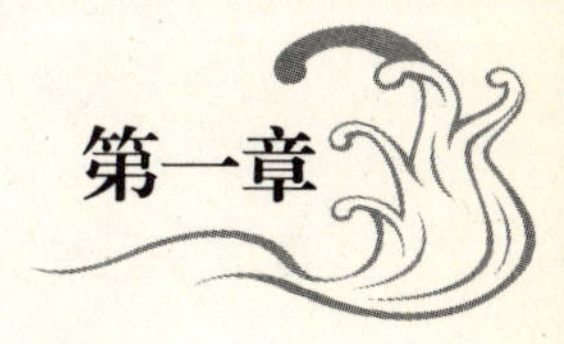

第一章

1. 血蚰蜒

临近下班的时候，杨小邪来叫我一起吃饭。我正准备离开，桌子上的电话响了，是队长打来的。那天晚上市里临时有行动，区里所有的人员都被抽去参加扫黄打黑了。我因为从外地缉捕了一名杀人犯刚回来，这才留下来值班。

队长说："吴悠，刚才'110'通知，有群众反映，在南郊贤岭路靠近803XX部队附近有两个人鬼鬼祟祟的，有可能是在偷兰草，你去看一下。"

我一听，这饭是要吃不成了，只得跟杨小邪说："哥们儿，有任务要办，咱们改天再聚吧。"

谁知杨小邪一听有任务，非要跟着我一起去凑热闹。虽然他是做文职的，但我一想两个人一起去也好，就同意了。

行车去往803XX部队的路上，车窗外是我所熟悉的楚城。

楚城地处豫皖鄂交界处，山清水秀，气候宜人，素有"北国江南，江南北国"之美誉，是中国著名的鱼米之乡、宜居之城，自古以来地杰人灵、英雄辈出。战国时期，这里曾为楚国的国都，在市区的东门还有当年的城墙遗址。因此，本地人至今仍把本市称为“楚城”。

楚城南面环山，北面为平原地带，中间有一条玉带般的河流由西至东贯城而过。河的上游是一个玉盘般的湖泊，叫“小南湖”，地势颇高，三面环山，且皆为万丈悬崖。相传小南湖乃上古时代一枚流星陨落而形成的凹地，久而久之，那片地域越来越深，山间泉水、雨水皆汇流其中，便成一湖泊。

河道的上游属于南湖区的管辖范围，我从部队转业在家闲置了一年后，被安排到南湖区刑警支队上班，对于这片还是相当熟悉的。杨小邪原本是我高中同学，对这里也不陌生。他本名叫杨文艺，因为小时候发烧从床上摔下来变成了斜眼，得外号“杨小斜”。他嫌“杨小斜”中的这个“斜”字带点儿歧视的意思，自作主张地把外号改成了“杨小邪”，倒是有那么一点儿侠客的意思。杨小邪本人又胖又懒，喜欢看武侠小说和野史外传，他一肚子诡计，有点儿歪聪明。他在南湖区公安局做文职，一般性的案件记录、打报告都是他的活儿。

楚城有一个很古老的传说。说是古时候小南湖一直是附近居民赖以生存的灌溉用水来源，但是某一天，一夜之间，小南湖的水位忽然间下降了一大半。有人说半夜看见一条跟小山一般大小的龙怪从湖里吸水，水喝得干干净净，然后腾空而出。

眼看浇灌季节来临，多日无雨，空气变得十分干燥，唯有湖边的山上有片林子看起来树木苍郁，似是有水源滋养。村民便尝试着在林子附近打井，然而一连打了八口都不见出水。等打第九口井的时候，忽然之间，连同前面八个井眼都冒出黄色的水流，呈喷射状，一经流出，全部汇集到湖里，不消半日，便把偌大的湖泊重新填满。流出的水虽然黄如泥浆，但是到了湖里，一会儿便沉淀至清澈。说来也奇怪，湖泊填满后，井水便不再流出，井中的水面和湖面呈水平。

村民中有见识和威望的人便说这井里流出的乃是黄泉之水，是从另一个世界来的。于是大家便在恐惧和敬畏中把那九口井全都给填平了。

早在战国时期，楚城就是巫楚文化的发源地之一。楚城地处北纬三十度，在这一纬线上，奇观景象、自然灾难、解不开的谜团比比皆是，如百慕大、玛雅文明、埃及的狮身人面像、加州的死亡谷、巴比伦的空中花园等。而处于中国北纬三十度的奇闻诡事亦是数不胜数，如鄱阳湖的老爷庙之谜、钱塘江大潮、峨眉山顶的佛光、长江的两次断流、四川蒙顶山上左麒麟和右武士等。怪龙吸水的传说，自然是没有科学根据的，但发生在此处，又让人不得不暗暗揣测它有几分可信度。

小南湖边上有一片向西南延生的原始森林，据说其发源可以追溯到湖北的神龙架。两地原本是一体连接，在几千年甚至早到上万年前，由于地质的变化和地壳的运动，才被分隔开来，并且缓缓地愈行愈远，直至今日的面貌。

小南湖依傍一片山区，其中最大的一座叫贤岭山。贤岭山区域内高低不等约有二三十座小山头，也是本地的旅游景点之一。803XX部队驻扎在贤岭路附近的一座山下，山后是一片松树林，松树林之后便是树木参天、大片连接的原始森林，郁郁葱葱一直蔓延到小南湖的悬崖边。据说那里曾现鬼怪，后来便不曾有人进去过，就算进去了也是有去无回。

那片松树林就好似一道分界线，把原始森林隔离起来。松树林的边缘有一片恰好临近悬崖，部队就驻扎在松树林的边缘靠近悬崖的地方。

原始森林里的地势很险恶，不仅树木参天耸立，怪石林立，还有很多陷洞。有史可考，据说春秋战国时期，这里曾经发生过一次规模宏大的战役，双方有数十万兵马皆丧命于此，血流成河，戾气冲天。后来有人在那里砍树伐木，不经意间就能从树根的地方挖出骷髅头或是森森白骨，经常把人吓个半死。那地方便鲜有人过往了。

部队所在的区域，在新中国成立前曾经是一大片乱坟岗，所有不知名和那些买不起棺材的死人就地都扔到那里，以致那片地方阴气森森，怨气冲天。后来城市开发的时候，周围都被人占据建地盖房，只有那片地无人问津，最终被分给了部队，建了军营。

在松树林的东边，是一个叫刘庄的村落。

最近几年，兰草的价格暴涨，据说一盆兰草可以卖到几十万。贤岭山过去盛产兰草，我记得小时候跟家人去贤岭庙游玩，路边随处都能看到。这几年，兰草被人明里暗里地偷挖完了，国家已经把兰草列为珍稀物种，禁止私人偷盗。

紧靠着原始森林的地方一直是一块禁区，如果说有人想偷兰草，只能在部队松树林后面的悬崖旁边，往靠近原始森林的那块人迹罕至的地方打主意。只是，想进入那个地方只有两条路，一是从部队的后墙打洞——这个肯定是不现实的；另外就是从部队的后墙外围进入，那里有一条羊肠小道。

我们开着警车，呜呜地来到贤岭路，看到了在路边等候的两个中年男人。

把车停好，有个男人已经迎过来跟我握手。他看起来有点儿官派头，相互之间一介绍，发现果然不错，这个男人正是本地的村委会主任郭主任；另外一个男人则是一个看起来老实木讷的村民，据说就是发现盗贼的人。

据郭主任说，这个村民当时是在附近寻找他丢失的小羊，他顺着羊粪走了一段路，天黑心急，他不知怎么就走到了部队的后墙附近。结果正看见走失的那只小羊，一只脚夹到石头缝里，正咩咩叫着。他费了好大的劲才把小羊捞出来，正准备离开，又看见两个穿黑衣服的男人各背着一个背包，手里还拿着一种很奇怪的小铲子，正鬼鬼祟祟地从下面向上走来。他吓得赶紧躲到一堆灌木丛里，透过灌木的缝隙偷偷瞄过去，看到那两个男人从包里拿出一些绳索之类的物品，各自绑好自己，又把绳子用铁索固定到悬崖上面，两个人一前一后地下去了。

他跌跌撞撞地抱着小羊跑回家，路上刚好碰到出门打牌的村主任，就把自己看到的事情告诉了他。村主任还是个比较警觉的人，当下觉得这两个人有问题，赶紧掏出手机打了“110”。

我对他们见义勇为、积极配合公安民警办事的态度给予了口头表扬，并在他们两人的指引下，步行了很长的一段崎岖的山路，来到了那个悬崖的上面，果然看到地上的树木有被按压、磨蹭的痕迹。我们对下面的情况都不熟悉，商量一番，决定来一个守株待兔，先隐藏在旁边的灌木丛里，等他们上来后再直接抓获。

我们整整等了三个多小时，在这中间，郭主任和村民都离开了，只剩下我和杨小邪静静地蹲在杂草丛里。山里多蚊虫，且又大又猛，我们俩裸露在外的皮肤都被咬得起了大片大片的红疙瘩，只听得草丛里传来我们“啪啪”拍蚊子的声音。

我拽了一把草叶子，挤出汁水，抹到红肿的地方，一会儿痛痒就下去了不少。杨小邪也学着弄了一些到身上，他说：“哥们儿，这是什么呀？味道香香的，这么香不会有毒吧？”

我笑笑说：“这叫避蚊草。闻着有一股柠檬味，纯天然、无毒的。别忘了，我祖上就是医生，当兵前那些医书也不是白背的。”

我们一边抹避蚊草，一边小声交谈着，同时还要竖耳倾听悬崖下有没有人上来。好在今晚有月亮，眼前视野内的景象虽有些朦胧，但依稀还能看得清楚。

终于，等了许久，我听到有“吭哧吭哧”喘气的声音，然后，在白色的月光下，一只黑乎乎的手就伸了上来。我和杨小邪下意识地屏住呼吸，接着，就看见另一只手也伸了上来。我俩立时紧张起来，我冲杨小邪打了个手势，两人都拿出电警棍和手铐，预备着随时抓人。

这时，骇然的一幕出现了，那两只手作势正要继续向上爬的时候，忽然好像被一股大力往下拽着一样，一下子被拉了下去，同时，那双手的主人也发出了一声本能的尖叫：“救命呀！”

我跟杨小邪二话没说，飞快起身奔到悬崖边，俯身低头向悬崖下看去。只见一个浑身是泥的男人气喘吁吁地悬空在那儿，一只手紧紧地扣在一块凸出的石头上，正在作最后的挣扎。他的脚下似乎有股力气，正在大力地把他往下拉，而他已经尽了自己最大力气把身体向上提，两脚则拼命向下蹬。

我赶紧伸手去拉他，他看到有人出现显得很吃惊，但此时也顾不上惊讶，本能地便抓住了我的手。我立刻感觉有股下坠的力量通过他的手传过来。好在我也是从部队出来的，身体素质还是有的，努力一发劲道，一下子把他拉了上来。他上来的那一瞬间，我看到一道人形模样的黑影从他身下呈弧线落了下去。那是他在最后一瞬间，用脚猛力踢掉的。

那人被拉上来以后，也顾不上畏罪逃跑，只是浑身瘫软地坐到了地上。我打开手电，看到他蓬头乱发、浑身泥泞，衣服和裤子也被撕得七零八落，真是浑身狼狈。他坐在那里大口大口地喘气，脸上不知是汗还是湿泥，顺着往下淌。他抬手抹了一把额头，露出一双惊恐不定的眼睛，喃喃地说：“太可怕了，太可怕了，比鬼还吓人……”他说话的口音带着湖南那边的腔调，明显不是本地的人。

在他身上，除了腰上有一截绳子外，没有任何东西，也没有兰草。杨小邪挥舞了一下电警棍，恐吓道：“我们是警察！说，你到底是干什么的？”

那人浑身抖动了一下，然后把手举起来说：“警察，你快把我抓走吧，我一刻也不想待在这个地方了！”

我想起报案人说他们是两个人一起，便低声喝问他说：“你不是还有个同伙吗？他怎么没上来？人到哪儿去了？”

他的脸色立刻再次呈现出惊恐的表情，牙关紧咬，发出“咯咯”的抖动声：“他是我弟弟，他，他，刚才被我踢下去的就是他……不，不，那不是他，那是一个魔鬼啊！”他尖叫起来，像是想起了什么极度恐怖的事情。

看他的精神状态，暂时是问不出什么，我又伸头朝下面看了看，黑漆漆的一片，什么也看不到，除了蟋蟀和蛐蛐的叫声外，也没有什么其他特别的声音，只好先把他带回局里。

把那浑身是泥的人带回局里时已经差不多快天亮了，杨小邪回去上班了，我困得不得了，便把他的情况跟做笔录的同事交代一番，到值班室蒙头睡了。

大约到中午的时候，那个做笔录的同事敲门进来，大声嚷嚷道：“不好了，吴悠。你抓的那个人什么都不交代。我把他晾了一会儿，谁知那家伙突然像患了羊癫疯一样地发抽。我只好叫人把他送到医院，刚才医院来电话说，那个人怕是不行了，只嚷着要见你！”

我赶紧起身，揉揉惺忪的眼睛，开车奔到了医院。

一进病房，我就看到一个浑身溃烂、脏得不成样子的人正躺在床上艰难地呼吸着。我以为自己走错了病房，那个人看到我，眼睛却亮了一下。我这才从他身上的烂衣服和蓬松头发上认出这是当天晚上的那个泥人。

他虚弱地看了我一眼，说：“小哥，谢谢你救了我，我们虽然是盗墓贼，但也是讲义气的人。”

盗墓贼？他说的话让我糊涂起来，他不是偷兰草的吗？怎么又成盗墓的了。不过隔了几小时，他又怎么变成这个样子了？

看着我疑惑的表情，他咳嗽了两声，接着说：“我知道我快要死了，本来我要把这个秘密带到地下的，但是现在为了报答你的救命之恩，我要把这个秘密告诉你。”

他的脸色越来越差，身上的溃烂也越来越严重，发出阵阵恶臭。我从来没见过人的皮肤能在这样短的时间内，溃烂得如此之快。他的呼吸变得越来越急促，说话也变得断断续续的：“我叫……陈大胆，跟我一起下去的是我的弟弟陈小二。我们是长沙人，接了个神秘人的生意，来这里盗墓……没想到刚一下去就出事了……”

我问：“出了什么事，你弟弟呢，那个被你踢下去的到底是个什么东西？”他闭上眼睛，喘着气停顿了好一会儿才接着说：“我们在悬崖上发现了一个山洞，里面有一具悬棺。我们刚进去，他就被一个血红的虫子咬了……他发疯了，又追着我咬……那个被我踢下的东西就是他。可是他，他，他已经变成了魔鬼……”

说到这里，他又闭上了眼睛，好像不愿意回首那一幕。我急急地追问说：“那你们是接到谁的生意，怎么找到那个地方的？”

这时他已经极度虚弱了，仿佛在用最后的力气说话：“那个人跟我们在网上联络的，说墓里有马楚太子的陪葬，他只要棺材里的一样东西……”说到这儿，他胸口急剧起伏，紧接着又说了一句：“鸡头山，袁瞎子……”然后，他的嘴张了张，头一歪，眼睛彻底闭上了。我赶紧喊医生。

医生进来后看了看旁边的心电监护仪，上面已经是一条直线了。他用戴着橡皮手套的手又扒扒他的眼皮，用手电看了看，听了听他的心跳，然后跟我摇摇头，走了出去。

这时我才发现，陈大胆全身已经烂完了，在他跟我讲话不到十分钟的时间内，他的脸上已经流出了黄褐色的脓水，极度的恶心，整个房间都充斥着一种难闻的味道。那种味道有些熟悉，我想了好一会儿才想起那是什么气味，是尸臭。之前，我经手过一个案子，是一个高考落榜的青年自杀，死在了农民灌溉时从河里连接到山上的那种粗大的水泥管子里，发现的时候距离他死亡至少半年了，骨头都烂出来了，浑身长满了蛆，那种臭味整整传了三里地。那个味道跟陈大胆身上这个味道一模一样。

尸臭只有那种死了许久的尸体上才能散发出来，但是陈大胆刚死，甚至在他死前，尸臭味就已经很浓了，真是诡异得很。我给局里打了电话，联系了法医做解剖。好在，陈大胆死后，那种溃烂也停止了，不然等他烂成一摊黑水的时候，还真是无从下手。

这件事太令人匪夷所思了，抓偷兰草的抓到了盗墓的，我一向好奇心很强，心想这个案子一定要追下去搞清楚。

法医从陈大胆已经变形的耳道里发现了一条虫子，外形跟普通的蚰蜒很像，只是浑身通红。法医说："蚰蜒一般是灰色或者土黄色的，并且身体扁平。还从来没有见过红色的、身体浑圆的品种，所以暂时还不能定性，需要送到省里做进一步的鉴定。"法医还说："死者死亡的原因应该是通过血液的感染，并且是一种非常迅速的感染。初步判断，跟那个虫子有关系，大约是虫子身上携带了什么致命病毒，只在人活着的时候对人的细胞进行破坏。至于这种病毒是什么，暂时我还不了解。"

至于发现古墓的事情，局里没有向外界公布，但是领导已经打了报告给上级，估计会派相关部门来进行保护和发掘。

陈大胆临死前没有时间说清楚，只说了"鸡头山，袁瞎子"，这是唯一线索。

其实鸡头山的袁瞎子，我倒是知道的。他是个算命瞎子，因为我老家就住在鸡头山附近，小时候还见过他。现代科学技术发达，那种故弄玄虚的把戏渐渐地不被人相信，找他算命的人应该是寥寥无几了，不知还寻不寻得到他。

2. 天策府宝

盗墓贼的案子还没头绪，又发生了两起夜晚回家的女青年遭遇变态色魔事件。一个女孩被强奸，钱包被抢；另外一个并没有被性侵犯的迹象，钱包也没丢失，只是被打晕后置于路边。

被强奸的女孩醒来后，在家人的陪同下到我所在的南湖区公安局报了案。当天我值班，便马上和同事赶到了女孩所说的案发现场。案发现场在一条沿河路上，那条路临近滨河上游，到了夜晚就有些僻静。河岸原本有一个码头，后来荒废了，现在唯一剩下的标志就是码头原址旁的一棵大柳树，据说至今有上百年历史了。

勘察现场的同事在案发现场的柳树下发现了一枚被红绳所绑的古钱，红绳两端有断口，应该之前是被人戴在脖子上的。古钱上刻有“天策府宝”四个字，内外廓齐整，背面无文。将古钱拿去请教市文物专家，专家说是五代十国时期马楚国皇帝马殷专制钱币。

盗墓贼的案子虽然让我非常好奇，但强奸案的性质更加恶劣，队长让我先把此案办好。可现场再无其他线索，询问受害女孩，她哭哭啼啼地说自已被打晕后就一无所知了。我只能顺着这枚古钱去破案。队长要求巡防队员要格外留心案发的那个地点。

第二天夜晚，又有一位女孩在那棵柳树下被打晕，幸好被巡防队员及时发现。女孩被救醒后有些精神错乱，语无伦次，说她遇见鬼了。于是，虽然身体上没什么大事，还是被送到了医院。

事后，我到周边去寻访目击事件的群众。据一位摆大排档的摊主说，他亲眼看见了那个女孩遇鬼的经过。当时已经将近凌晨一点了，摊主说他因为一直忙着烧烤，憋了一泡尿，那时正到河道边的树下准备解决，就看见有个穿白裙子的女孩骑着一辆自行车从河岸经过。

女孩经过的时候，他不经意瞄了一眼，当时就感觉河边有些不对劲，不知什么时候起了一层薄薄的雾。女孩骑车到柳树旁边的时候，忽然一下子摔倒了，他听到女孩说了一句“谁呀”，而后就看到女孩旁边有个浓浓的黑影。那个影子像个人影，但是又不完全像是个人影，用他的话说：感觉就是一个由浓雾压缩成的人。

他看到那个人影的手搭到女孩的肩膀上，女孩转身，大叫了一声，然后就倒在了地上。摊主吃惊地睁大了眼睛，周围的薄雾却在这时消散了。他被吓得尿了一裤子，连滚带爬地往回跑。

摊主的话，我自然是不相信的。但是，看他那表情，真是恨不得指天发誓自己绝对没一句假话。我摇摇头，未置可否，感觉他那天夜晚大约是喝多了，便让他回家了。

这时，杨小邪从医院回来，他说那个女孩肯定自己是遇到鬼了，但没有人相信她的话，医生也说她是受惊过度产生了幻觉。

他讲完后，还嘀嘀咕咕地说：“都什么年代了，还说鬼道神的。”看来他跟我一样，都是无神论者。

我拿着那枚古钱仔细观察，只见它内外廓齐整，币文清晰，背面无文，币上生有铜绿，还有密密麻麻的凹点。我分析它应该是从土里出来的，或者是古墓里，这种凹点应该是被土壤里的酸碱性物质腐蚀而成的。想到这里，我跟杨小邪说：“走，我们去古玩市场！”

楚城的古玩一条街在老邮局对面的巷子里，这里是楚城比较老的街道之一，地上铺的青石长条砖从清代就有了，算是名副其实的古迹。巷子里面有老店新铺，也有搭架子摆摊的，鱼龙混杂，但无一例外，全部都是出售古玩字画、珍奇异宝的。

只是现在的古玩市场很杂乱，鱼目混珠的有十之八九，万中出一的机会，往往不会被我们这样的凡夫俗子遇到。我不懂这行，只是以前经手过一些案子，牵扯一些相关物证，倒还来过几次这个地方，跟几个摆摊开店的也能混个脸熟。

我和杨小邪正准备找家认识的店铺进去，却意外看到了一个鬼鬼祟祟的身影。杨小邪的眼睛虽然不大，但非常聚光，一眼就看到了，碰了一下我说：“那不是苟二流吗？这个小子又来转手什么古董了？”

我一看，那人正是苟二流，他原本是个赌徒，输到倾家荡产后开始捣鼓一些古墓，曾经在我手里栽过几次，算是老熟人了。他还曾被劳教拘留，蹲过几年，一直死性不改。他姓苟，原名叫什么不知道，整天一副二流子的样，就落了个“苟二流”的外号。

只见他手插在兜里，东一扭，西一荡，眼睛瞅着路边来往的人，敢情他手里有货，正在找买主。却不想，他一下子撞到我们面前，脸色一变，准备开溜，但很快又换回了个笑脸。他吃过亏，知道跑不掉，干脆腆着脸、佝偻着腰迎上来：“哟，这不是吴警官吗？你也来这儿发财呀！”

我脸一沉：“少啰唆，苟二流，咱们明人不说暗话，你又有什么货要出手，拿来瞅瞅！”

苟二流一脸痛苦：“吴警官，我的吴哥呀，自从上次从牢里出来后我就洗心革面，再也没有干过那种断子绝孙的事了！”盗墓向来被人不齿，被称为断子绝孙的事。

杨小邪见他不老实，就伸手去掏他的口袋，他见状只好乖乖地把东西自己掏了出来，那是一块黑乎乎的环玉挂件，我接过来对着阳光一看，玉质看似是深灰褐色，内里夹杂一些土黄色斑块，看起来并不起眼。

苟二流靠过来讨好着说：“吴警官，您眼力好，应该能看出这是一块赝品，我也不过是混口饭吃！”

我也觉得这不是真东西，苟二流这种人除了挖墓以外，不是那种收藏真货的主儿，我把黑玉扔给他说：“少拿假货蒙人，有人报案了还是照样抓你！”

他忙不迭地点头，转身就想跑。我又喊住他：“回来，问你个事！”

我把那枚铜钱拿出来，在他眼前晃了晃问：“认识不？见过没？”

他眼珠子滴溜溜转了一下，我立刻知道有戏，他肯定见过。他却又摇头否认，说：“没见过。”

我才不信，一把拧住他的胳膊说：“苟二流，上星期三晚上你去哪儿了？老实交代！”

他脸色一变，但还是假装镇定地说：“我在老表家吃饭，睡那儿了，哪儿也没去！”他这一回答，我更加肯定他最近做了见不得光的事，正常人谁具体记得哪天做了什么，我一问他就答出来，显然是说了假话，说假话不过是为了掩盖自己真正做了的事。

我冷冷地说：“你先说说这个铜钱吧，说不清楚，我就去你老表家查查。”

他急了，只得说：“我在刘新宝脖子上看到过，不知道是不是同一个。”

我问他刘新宝是谁，现在在哪儿。他说：“是我以前的赌友——吴警官，我现在可没跟他一起赌了，只是有时候碰见了一起喝喝酒而已。我已经好几天没看到他了，他租的房子在小拱桥巷子里，包子铺的对面。”

他上周干了什么坏事，我此时也没时间追究，便松开他的胳膊让他滚蛋。这家伙又靠过来问：“警官，刘新宝不会犯什么事了吧，我可跟他不熟呀！”

杨小邪大喝一声：“还不滚，等着跟我们回去呀！”他这才扭头跑了。

我跟杨小邪来到小拱桥刘新宝住的地方，房东说他出去吃饭还没回来，我们就在院子里搬张凳子守株待兔。

不一会儿，一个穿黑短袖的年轻男人哼着歌走进来，他看上去大约二十七八岁，眼神迷离，一看就是那种长期沉迷酒色的人。我喊了一声：“刘新宝！”

他下意识地应了一声，然后很警觉地对我们看看，接着转身就跑。杨小邪一个箭步追过去，一巴掌就把他拍倒了，然后扭着他的双手，把他踢起来站好。

我走过去，扒拉一下他的脖子，什么都没戴，倒是有几道抓痕，冷冷地说：“我们是警察，现在问你几个问题。你脖子上的铜钱呢？”

他惊慌失措地回答：“不知道，丢了！”

我把那枚天策府宝拿出来说：“是不是这个？你丢到哪里去了？怎么丢的？”

他看到我拿出铜钱，惊得浑身直哆嗦，豆大的汗珠从头上冒出来，随即颓然垂下头说：“我……我……我认，是我……”

把刘新宝带回去一审问，案情很快明朗。刘新宝是南郊刘庄的农民，自小被父母溺爱，养成吃喝嫖赌的恶习，高中未毕业就开始混迹在社会上。他承认自己当天到小南湖旁边一个农家乐吃饭赌博到半夜，赌本输光了，只好步行回来。走到沿河路一棵柳树下，发现一个女孩倒在地上，他一时色心大发，就把女孩强奸了，还顺手拿走了手机钱包。

在强奸的过程中，女孩下意识地反抗，大约是那个时候抓掉了被他当作护身符的铜钱。

刘新宝只承认了一桩案件，并且供认在他强奸之前，女孩已经晕倒了。另外一个女孩被打晕的夜晚，他说他在一家茶馆赌博，我让杨小邪去调查了一下，他的供词有人证实。

刘新宝还供认了曾经盗窃和抢劫的几个事件，按说在这个案件上他没必要撒谎。

所以说，案子并不算完，而且变得更加扑朔迷离，难道还有人莫名其妙，专门打晕女孩放在路边？整件事情真让人一筹莫展！

审讯的时候，我问刘新宝："你那枚铜钱是哪儿来的？"

他满不在乎地说："是从我妈的箱子底下找到的，本来是准备拿去卖的，有个朋友说不值钱，但是戴在身上能辟邪，我就戴上了。哪知道不但没辟邪，还被你们抓起来了……"

我冷笑一声说："你妈箱子底不仅仅是一枚铜钱吧，还有什么被你卖了？"

他吃了一惊，张大嘴巴说："你怎么知道？"我瞪了他一眼，其实我是诈他的，这种不学无术的赌徒，连自己亲人的东西也偷，所谓贼不走空，他肯定偷了不少东西。

他畏畏缩缩地交代说："我们那个村子据说有个马楚太子古墓，几百年前有山洪暴发，很多村人都捡到过东西，家家总有几件传下来的古物。我妈箱子里还有三个瓷碗、瓷罐，是我姥姥给她的陪嫁。"

我继续喝问："那你卖给谁了？"

他说："让苟二流收走了。他说品相不好，给了我一千块钱，早被我输没了。"

杨小邪在旁边可惜道："那些东西可是国家文物，一个就值几十万。"

刘新宝一听，勃然大怒，在那里又急又气："妈的，苟二流，等老子出去了找你算账！"

案子到此却无法有新的进展，这时，又有女孩出事了。那段时间，原本因为第二个女孩被打晕后说遇到鬼了，加上那个大排档摊主的供词，便有人开始风传那是鬼魂作祟，一时之间，人心惶惶，大白天都没人敢从那里经过。由于没人从那里经过，就没再发生这样的事情。

自从盗墓贼的案子发生后，杨小邪便申请到我们队体验工作，因为队里人少事多，局长便同意了。这段时间，我和杨小邪经常夜晚搭班一起巡逻，开着车从那地方经过，也从来都没看到过任何传闻中的鬼影、人影。

这次出事的女孩叫郑茗茗，在外地上大学，暑假刚回，并不知道那里常常出事。她家住在沿河路附近，夜晚一个人出来散步，而后昏倒在柳树下，早上被发现的时候，她两个胳膊上有很深的指印，像被手指狠狠掐上去的。

只是指印黑红发紫，不像人掐的，倒像鬼掐的似的。

我发现三起案子无一例外，三个女孩都穿着白裙子，只是这个女孩穿的裙子跟其他女孩的有些不一样，是复古旗袍样式的，非常漂亮。

郑茗茗被送进医院后，她家人到市局报了案。经市局领导商量，一致认为这起案子跟前两起有莫大的关联，便又派出杨小邪跟我们分局一起调查。

杨小邪给我打了个电话，要求我把前两个案子资料全带上，然后一起去医院询问做笔录。

郑茗茗的情绪很激动，一直惊恐地尖叫着“有鬼，有鬼呀”，后来被打了镇静剂睡了过去。下午，她醒来，断断续续地讲了事情的经过。

那天她在河边散步忽然听到有个男人的声音在身后喊“陈少君”，她有些奇怪，因为她奶奶的名字就叫陈少君。回头一看，就看到一个青衣长袍的男人走过来，准确地说是飘过来。男人表情很悲伤，问她:“少君，我一直在等你，你去了哪里？”

说话间，男人已经飘到了她身边。郑茗茗害怕极了，转身想跑，那人却用双手狠狠抓住她的胳膊，问她 :“你是不是不想跟我走？”她实在吓坏了，而后就昏倒了。

她讲完以后，我看到病房里有个老太太，大约是她的奶奶，已经泪流满面。我想老人家一定很疼这个孙女，要么就是被女孩说的话吓坏了。

杨小邪是无神论者，自然不相信女孩说的话。晚上，我们聚在我的值班室吃泡面，商量怎么写女孩的口供材料，都觉得很头疼。

杨小邪说："吴悠，你相信世界上真有鬼吗？为什么这几个女孩还有那个目击者都说看见鬼了？反正我是不信！"

我想了想说："我们是公安干警，自然是无神论者，那些鬼神之说自然不能作为书面材料，这样只会让人民群众人心惶恐！"

杨小邪说："咋，你不会真相信有鬼吧，这样荒谬的讨论要是被领导知道了，肯定要挨批！"

我笑道："小邪同学，世界上有许多荒谬的事情，至今都无人能解释，一切皆有可能。作为一个才思灵敏的公安人员，我们要把一切不可能的事都设想为可能，这叫专业素质。"

杨小邪说："那你教教我，怎么写材料，写她们都见鬼了，那那个被强奸的受害人怎么解释，被鬼强奸了吗？这将是一个轰动世界的新闻！"

我们讨论了一番，也没有任何结果，只能相对无言，冲对方无奈地苦笑。

3. 算命师

那条血红的蚰蜒被送到专业机构也检验不出到底携带了什么致命病菌，有位叫韩振国的教授却认出那是一种蛊虫，是汉代以前王侯墓葬最常用的机关阵势中的一种，并以此认定发现蛊虫处定有古代大墓葬。省文物局要派考察队来楚城进行实地考察。关于古墓的情况，领导交代我们要在考察队来之前了解清楚。据盗墓贼陈大胆的遗言来推测，最可能知道情况的就是鸡头山的算命瞎子袁瞎子。

我跟杨小邪说："真是邪门儿，一个古墓里居然有携带了致命病毒的寄生虫，难道古代人也懂得做细菌试验？"

杨小邪说："我昨天在网上看了一些墓经和葬经之类的资料，在战国时期，墓主经常会用一种特殊的材料包裹一些虫子的卵，放到墓道和机关里，一旦机关打开，那种虫卵就会见风生长为成虫，钻进人的皮肉。"

我说："谁没被虫咬过，那也不至于毙命呀！"

杨小邪说："吴悠，你别不信，埃及法老金字塔的咒诅，不是经过了好几个世纪吗？凡是胆敢进入法老墓穴的，无论是盗墓贼、冒险家还是科学考察人员，最终都一一应验了咒语——不是当场毙命就是不久后染上了奇怪的病症痛苦地死去。这可是真实的事情。"

杨小邪跟我一样，都是年轻气盛的人，都容易对一切诡异的事情产生好奇，于是要求跟我一起去寻找袁瞎子。

鸡头山算贤岭山的一个分支，在刘庄的东南边。我们俩开车去鸡头山的路上，我一边开车，一边跟他讲了一个关于我爷爷的故事。这是一个真实的事情，这件事情跟袁瞎子也有很大的关系。

我爷爷去世的时候还很年轻，不到五十岁，那时候，我还没有出生。他的故事很诡异，我是从我奶奶、父亲，还有姑姑那里听来的。

我的老家就在离鸡头山不远处一个村子里，我爷爷和父亲都是中医，原本是世代家传的。我爷爷和父亲都是乡间医生，到了我这一代，原本是要继续传下去，从五岁开始，我每天都要背一个时辰的《本草纲目》、《千金要方》之类的中医书籍。我非常厌烦背医书，却对那些武侠小说和警匪片非常感兴趣，立志要当一名警察。

就是因为我爷爷很诡异地去世了，家人觉得中医也并不是万能的。我背了几年中医书籍，便生了反骨，开始偷偷看小说，要当大侠，做为民除暴安良的警察。他们也只好听之由之，也不再阻止我当警察了。

在鸡头山，袁瞎子可是个传奇人物。算命看相在中国历史悠久，从上古的《周易八卦》到现今的瞎子算命，很多东西都是前人积累下来的经验，里面很多的说法都能找到合理的科学解释。也有一些东西，虽然流传至今，但科学仍旧无法将其解释清楚。

人都希望窥探天机，趋吉避凶，寻找到好运的快捷方式。算命之术玄而又玄，很多都是借算命之名骗取钱财的，但民间也有一些精通《周易》和各种风水的命理大师，他们往往能破解一些现今科学无法解释的怪事。袁瞎子好像就应该属于这类人。

鸡头山草木葱郁，风景宜人，奇人怪事多，风俗传说也多。

据我奶奶说，一年夏天，正是农村插秧的时节，有几个小孩在田边玩，忽然大家看到一条很奇怪的蛇，浑身五颜六色，大约一米来长，一条身子分岔出两个头，吐着鲜红的芯子，正在田里的水面上匍匐前进。大家尖叫起来。有个顽皮的孩子，还拿起石头狠狠地朝那条蛇头砸去。被砸中后，那条蛇很快在水面上消失了。

当天夜晚，那个砸蛇的孩子就开始发起了高烧，并且神智不清，半夜在噩梦中大喊着“救命”，家人找来医生，打针吃药后，依然没有好转。那时候的乡下人还是比较迷信的，孩子的母亲出门想去找一个先生来看看，她一边走路，一边低头哭泣，恰好撞到了肩膀背着挂褡、手里拄着探路杖、脸上戴着墨镜的袁瞎子。当时袁瞎子正在赶路，被撞到后一把拉住了孩子的母亲说：“大嫂，你先别走，我知道你家有难，我可以帮你解决！”

孩子妈将信将疑，停住脚步，用手在他眼前晃了晃，想确定他是不是真是个瞎子；担心他是个骗子，不准备理会他。但袁瞎子却非缠着她，说：“你别看我是个瞎子，我可是开了天眼的，我看得见你头上有黑雾缠绕，这是怨气，你家肯定有人招惹了不好对付的东西。”

孩子妈一听，大吃一惊，赶紧把瞎子请到家里，把孩子得病的情况说了一下。瞎子又到孩子的床前走了一圈，说:“那条蛇是灵物，冒犯了它，魂魄被收去了。”

孩子家人连忙求袁瞎子救治。瞎子点点头，拿出一把高香，点燃后对着孩子，口中念念有词，而后不停喊孩子的名字，让他“回来吧”，一连喊了七遍，还念了一些咒语。据说，这叫喊魂。

果然，经过瞎子这一折腾，孩子第二天便活蹦乱跳地又出来玩了。孩子爸是村长，他给袁瞎子拿了五块钱。当时五块钱可比现在的五百元管用。袁瞎子拒绝了他的钱，说 :“我泄露太多天机，这是在积阴德，不能收钱，正好我也没地方住，你能不能给我找一个住处。”

对于村长来说，这是太容易的事。他给袁瞎子在小学学校旁边找了两间闲置的房子，让他在那里定居下来了。

袁瞎子有一本祖上留下的《麻衣相法》，是他谋生的工具。他自小在父亲的教导下就熟背这本书，光会背这些东西还不行，算命的时候，还要根据阴阳、五行、八卦、十天干、十二地支、《易经》法则，加上求卜人的生辰年月日和时辰，把这些加以组合和推算，用以预测未来。

瞎子每天早上都要拄个探路棍，行五里路，经过三座独木桥，去附近的镇上给人算命谋生，也常常被“撞邪”的人家请去破解，很有一些名气。

那一年我爷爷只有三十六岁，有次他到山里去采药，那时候农村医生看病的药大都是自己在山上采的，不像现在有专门种植中药的。

我爷爷采药的时候，走着走着就到了贤岭山。那时候，部队还没在那里驻扎，那一片地方还很荒凉。他看到了许多治疗跌打的好药，赶忙蹲到地上用小锄头挖起来。正挖着，突然感觉被人从后面狠狠扇了一巴掌，他登时眼冒金星，倒在地上，半晌才昏头涨脑地爬起来。仔细察看一番，周围却没有一个人影。他感觉不妙，赶紧跌跌撞撞地跑回了家，然后就浑身酸痛，一病不起，两天后就不能动弹了，紧接着还昏迷不醒。家人赶紧把他送到医院，医生查不出任何病症，做X光、化验，都没有任何结果。

后来，医生下了病危通知书，让家人回去准备后事。一家人哭哭啼啼地准备后事的时候，瞎子来了，跟他们说，我爷爷是冒犯了神灵，一魂一魄被拘走受审了，他做一场法事，给阎王送点纸钱，就能把爷爷叫回来。

家人商量一番，只有死马当活马医，就同意了。

瞎子在爷爷床前的窗前摆了一个神台，上面摆上一些香炉供品，还放了一碗水，拿出一些画了符咒的黄纸，口里念念有词，然后把黄纸烧到碗里，把和着黄纸灰的水给爷爷灌了下去；然后交代家人，让爷爷在家躺一个月，不能出门，谁喊都不能应。

晚上，爷爷果然醒了过来，只是精神很虚弱。大家都感觉很神奇，连被医院判了死刑的人都被瞎子给救了过来，真是太不可思议了。

半月后，家人都出去干活了，孩子们也都去上学了，爷爷独自在家，忽然，听到门外有人喊他的名字，他不假思索地就答应了一声，结果立刻感觉头疼如绞，一下子摔倒地上，再次不能动弹。

等家人回来后，爷爷正躺在地上，浑身冰凉，他张大嘴巴跟奶奶说：“有人喊我了！”他已经快不行了，只剩下一口气了。家人问邻居，没有任何人喊过爷爷。于是家人又把瞎子请来。瞎子叹气说：“喊名字就是鬼差来拘魂魄的，这次三魂七魄中只剩下一魂一魄了。”瞎子还说，魂魄再次被拘走，阳气会大大受损，这次他救不了了。

但是，家人相信他有法术，苦苦哀求。最后，瞎子叹了一口气说：“要救他，我必须亲自去阴间走一趟。”

后来，瞎子再次作法，这次比上次复杂多了，不但在爷爷床前摆了香案供品，上面还供了阎王判官像，而瞎子身穿长袿，身带八卦镜，嘴里含了一枚外圆内方的五帝铜钱，先是焚香祷告一番，而后面对床铺盘膝坐下，双目微闭，陷入入定状态。

瞎子整整坐了三天三夜，家人都在房间外守候，保证无人惊扰，并且一直续香，瞎子提前告诫说香灭人亡，爷爷的魂魄和他自己都回不来了。

这段时间里，瞎子像休克了一样，嘴里含着铜钱，不吃不喝，一动不动。他终于醒来的时候，猛然睁眼坐起，伸手朝爷爷的头上用力按了下去，接着便听到我爷爷“哎呀”一声醒了过来。

这时瞎子才开口说话：“好了，我把他的魂魄都找回来了。只是他冒犯的邪灵太厉害了，我只能保他十年的阳寿。”

瞎子抬脚离开的时候，家人才发现他脚上穿的布鞋突然就变得破烂不堪了。瞎子说，是赶路磨破的。奶奶赶紧找了双新鞋替他换上，并给瞎子拿了米面粮食，当作酬劳，但是瞎子却没有收。

瞎子临走前嘱咐：“不管谁再怎么喊，都不能应，否则作法也不灵了。”家人慎重答应，再三嘱咐爷爷不能应和任何人喊名字了。

再次修养一月，爷爷果然好了，但是精神变得很差，有些痴痴呆呆，经常生病，还没有力气干农活。瞎子说，那是因为阳气受损了，所以比正常人显得虚弱。

十年后，爷爷身体尚算健康，平时不做什么体力活，家人都觉得瞎子的话不能当真了。我父亲结婚那天，他欢天喜地去请客，在过桥的时候，意外地摔了下去，正好撞到了一块青石板上，当天夜晚就去世了。

爷爷去世的第二年，我出生了。虽然我没有亲眼见证这个事情，但是我自小由奶奶带大，自我懂事起，她每年都跟我讲好几十遍，加上在我父亲、姑姑、叔叔那里得到印证，这确实是一个发生在我爷爷身上真实的事情。

我的故事讲完了，杨小邪半天没有说话，不知是在考虑这个故事的真实性，还是寻找我讲述的破绽之处。然后，他拿出烟，递给我一支，自己也点起一支，狠狠抽了一口，说："你也不过是听家人说的，到底是没亲眼见到，我还是觉得很玄乎！"

杨小邪又说："我觉得瞎子的行为就是让没有文化知识的乡下人感觉神秘，事实上根本没有所谓的魂魄，都是自己的心理感觉。肯定是你爷爷当时在昏睡，他一巴掌按下去，手里带着朱砂，你爷爷一提神就醒了，心里感觉有个依靠，这是一种心理暗示。"

"至于他的鞋破了，"杨小邪继续反驳说，"那肯定是事先做了手脚，故弄玄虚让你们相信。"

我想想，感觉他说的话也不是没有道理：人有些时候，心态不佳，心神恍惚，感觉魂不守舍。子的破解之法，是不是一种心理暗示，我也说不清楚。

这时，我们已经到了鸡头山下。山脚下有十几户人家，紧靠着山边有一所简陋的学校，里面有一个很显著的标志，就是院子里的操场上竖立的一杆红旗。

把车停到学校门口，我一边开车门，一边跟他说："我小时候倒是亲眼见过袁瞎子作法，当真是很诡异，不过今天时间有限，改天再给你好好讲讲。我们先到学校问问袁瞎子住在哪儿。"

学校门口有个小卖部，里面有个中年妇女正在看摊，听说我们找袁瞎子，她立即说："没有这个人！"

我又问了附近住家的人，都说不知道。

我们很是气馁，准备离开，一个满头白发的老太太走出来说："小伙子，你们是找袁瞎子算命的吧？他封卦收山都有二十多年了，不知道还活着不。”

我一听，赶忙继续追问老太太：“老奶奶，你知道袁瞎子住哪儿吗？”

老太太眯着眼想了一下，说：“你们往西走，在鸡头山和贤岭山中间，有一片松树林，袁瞎子就住在半山坡上。”

老太太还说，袁瞎子从二十多年前开始就没有再出现过，开始还有人到处打听找他算命，但是那片松树林很难走，一般人找不到上山的路。特别是到了夜晚，据说还有妖魅鬼怪出现，所以渐渐便没人找他了，也很少有人知道他住在哪儿了。

我跟老太太道了谢，和杨小邪掉转车头就往回开。到了那片松树林才哑然失笑，原来这片树林根本和贤岭山那片是相连的，虽然山势崎岖，纵纵横横，但也没多远的距离。

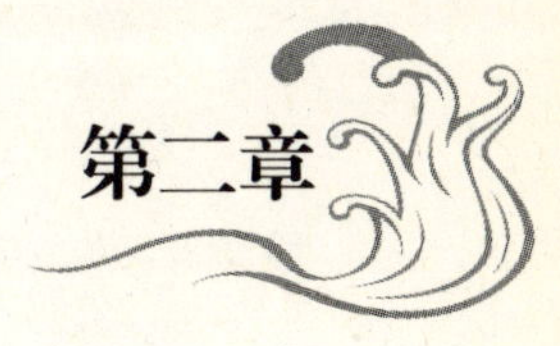

第二章

1. 奇门遁甲

这片松树林好像根本没有路。好在我们在山下遇到一个骑摩托车的护林员，把他叫住问了几句，这才得知，山上确实有一间小木屋，里面住了个古怪的老头子。因为这片松树林后面便是无人敢进的原始森林，所以也没人在意有那么个老头子。

我们只好弃车步行。山路凹凸不平，草木横生，而且这条路比我想象中要长得多。我的四肢和脸都被横生的枝条剐得伤痕累累。杨小邪更惨，他的裤子后面还破了个洞，露出屁股上白白的肉。

我们一直攀爬了一个多小时，也没看见护林员所说的小木屋。

杨小邪累得直喘，也顾不上跟我说话。上山后，茂密的林木遮挡了大部分光线，而且还有雾气升起;越往上走，雾气越重，视野十分模糊，就连十米外的事物也看不清楚。我看了看手机，已经是下午一点多了，雾气还是很浓，手机在这里居然没有信号。

我心里不由得七上八下起来。杨小邪似乎也变得胆怯，朝我靠拢过来。两个人并排走，置身于云雾缭绕的树林可不是愉快的事。雾气越来越浓，周围的树木都变成了模糊的影子。我们两个都感觉口干舌燥、头晕眼花。突然，杨小邪大叫一声："糟糕，我们怎么又走回来了？"

他用手指着一棵半截的树桩子说："这棵树刚才把我衣服剐了，你看，上面还有一片布条呢！"他说话的声调就像是哭出来的。

我暗叫一声"不好"，说："小邪呀，估计我们是遇到鬼打墙了。"

杨小邪说："不会吧？大中午的，哪儿来的鬼呀？你可别吓我呀，我胆小。"

我心想，也是呀，就算有鬼，一般也是夜晚出来害人。现在虽然周围雾气重重，但也不会有鬼敢白天出来害人哪。

我凝神仔细看了看从树叶缝隙中透下的阳光，这里地形很复杂，好在原本是个陡坡，只要一直朝地势高的地方走去，一定能找对地方的。

杨小邪连连催促我说："咱们先回去吧，改天多带几个人来找。"看来他是真被吓住了。怪不得现在几乎没人找袁瞎子算命了，看来这山路难走是其中一个很大原因啊！

我对杨小邪说："那好吧，我们回去，就跟别的同事说是因为你怕鬼才打的退堂鼓。"

杨小邪因为父亲的原因才进的单位，拳脚功夫都不行，同事们其实挺看不起他的。他也很明白，当下赶紧举手投降，说："好了，我服了你！"

我俩硬着头皮往上爬，这次不再走弯路，看见荆棘林子也往里面钻，遇到小树丛子也不避开，这样又走了一个多小时，身上伤痕累累，终于看到一间陈旧的小茅屋。门口搭了一个简单的小棚子，里面有灶台和锅碗之类。屋后还有片菜地，青菜郁郁葱葱。看来确实有人居住。

我深吸了口气，上前拍门："有人在吗？我找袁爷爷！"

里面半天都没有声音。我继续拍，杨小邪也上前一起敲门。好不容易找到地方，我们自然是不会放弃的。过了好久，屋子里才传出愤怒的声音："都快走吧，我早就不算命了，给你们说了我得了重病，快走！

快走！”

听到确实是人的声音，杨小邪忽然就有了胆子，他清清嗓子说：“袁老爷子，我们好不容易爬到山上，你再不开门，我们就把门撞开了！”

里面的声音更愤怒：“随便撞，老头子我早该死了，你干脆一把火把房子烧了吧！”

我俩面面相觑，狠话虽然说了，但是真要是那样，肯定什么也问不出来。

我想了想，轻轻敲门，说：“袁老爷爷，我是吴村吴医生的儿子，你还记得我吗？”

里面的语气没有那么愤怒了，淡淡地说：“哦，你是吴家的人，你爷爷我倒还是记得的，有什么事吗？”

我说：“我现在公安局工作，有一个案子想请你帮忙，你认识一个叫陈大胆的人吗？”

里面“咣当”一声响，好像是那种洋瓷杯子掉到地上发出的，这种杯子在我小的时候很流行，老一辈的人都喜欢用，我比较熟悉这种声音。

半晌，里面都没有回答，又过了好一会儿，我听到脚步声和竹竿敲在地上发出的声音。忽然，门被打开了，我看到袁瞎子鼻青脸肿地出来，怀里抱着一只黑猫，他的脖子上还围了几道布条，隐约渗透着血迹。他跟我记忆中的那个算命瞎子没什么两样，黑瘦的老头儿，颧骨高耸，有一种说不出的阴冷气息，大约是他在深山独住久了的缘故。

他怀里的猫倒不是常见的那种，非常大，身上有花纹，像一只小型花豹，它盯着我们，两眼发出诡异的神色，那种眼神不像一只猫该有的。我们两人不由得心头一颤。

袁瞎子好像被谁暴打过一顿似的。按说这个老头以前性格随和，乐于助人，除了有点儿倔强以外。现在他隐居山林中，附近的民风大都憨厚纯朴，我还真想不出他能跟谁结仇。

我正想问问老头儿到底怎么了，他却好像知道我要干什么似的，跟我摆摆手，让我们进去。

这是一间很简陋的茅屋，陈设简单，但收拾得很干净。一张竹床占了一半地方，旁边有一张竹桌子和几把小椅子，其中有一把椅子已经只剩下两条腿了。桌子下有一个瓷缸，地上是一摊泼出的水。看来我的判断没有错。

屋子里最引人注目的是墙上的那幅画，泛黄的古画上绘着一个戴面具的美女，她腾云自一处悬崖下的青铜门里飞升，上书六个小篆字：明月崖飞仙图。这间茅屋阴暗潮湿，不知道这幅画是什么材料做的，看起来被保存得非常完好。

我和杨小邪拣了两把稍微好点儿的椅子坐下。袁瞎子说："吴家娃子，老头子我避世许久，本不想涉入世俗纷争，但既然你们为那个叫陈大胆的找上门来，看来我也躲不了。"

接下来，袁瞎子说，几天前的一天深夜，有两个男人偷偷从窗子翻进他的屋子，摸到他的床头，用一把锋利的匕首抵到他脖子上，让他交代附近什么地方有马楚太子的古墓，他说他不知道，另外一个人便劈头盖脸地打了他一顿，嘴里还说："看你不老实，我打到你说为止。"

他年老体弱，经不住这个罪。他知道在这荒山野岭，他就是被杀了，也没人知道，便对那两人说："我要是说了，你们能不能放过我？"

那个高个子的看似是管事的，他很郑重地说："我叫陈大胆，和我的兄弟陈小二虽然不是长沙道上的什么英雄好汉，但是我们恩怨分明，只为求财，只要你说，我保证放过你。"

袁瞎子只好告诉他们："在贤岭路 803XX 部队的后面有片禁地，从那地方的悬崖下去，就有一个无人发现的古墓。"

陈小二问："是不是马楚太子的墓？"袁瞎子说："我不确定是不是

你们要找的那个马楚太子墓，但附近就那一个大墓。”

陈家兄弟得到想要的信息就走了，他们果然没有食言，并没有为难他，还留下一千元钱。不过，陈大胆留下话：“如果发现你骗了我们，我们一定会回来找你算账的。”

袁瞎子的话刚说完，杨小邪就急急地问：“袁老爷子，你怎么知道那个地方有古墓？”

袁瞎子好像料到他有此一问，说：“虽然我是个瞎子，但我之前开了阴阳天眼，那片地方老远就能感觉煞气冲天，阴气聚集。如果他们要找古墓，肯定就在那个地方。”

关于袁瞎子的阴阳天眼，他又跟我们讲了个故事。他家住湖北靠近长江边的一个小村子里，他出生的时候跟正常孩子一样，并不是一个瞎子。有一次，他跟伙伴在一个小山坡一起玩的时候，发现一个小洞穴，洞口附近有很多鸡鸭的羽毛，里面很黑，还很深，不知道有什么。有个大孩子说：“我有办法知道里面有什么。”他找了一堆树枝放到洞口，用火柴点燃，然后用手把浓烟扇进去。

过了一会儿，里面一下子蹿出了一只浑身白毛的小动物，尖尖的嘴，黝黑发亮的眼睛，它几乎没有停留，一下子奔出去好远，然后回过头，狠狠盯了他们一眼。那个大孩子惊叫一声：“狐狸！”

那是一只浑身雪白的狐狸。它发出恶毒的目光后，在不远处来回转圈踱步，最后悲哀地叫了一声，飞快地逃跑了。

洞里这时传来“吱吱”的声音，有两只小狐狸被熏得挪了出来，不过它们太小了，被那个大孩子一把抓住了一个，然后狠狠摔到旁边的石头上，顿时脑浆直流，还没来得及挣扎就死了。那个孩子说：“狐狸是坏东西，专门爱吃鸡，我家里少了好几只下蛋的鸡，肯定是被它们吃了。”

他还要再去抓另外一只小狐狸，袁瞎子当时觉得小动物太可怜了，就一把抢过小狐狸说：“这么小也不会吃鸡，你把它送给我，我给你一块糖。”他有个亲戚刚来串门，拿来的糖让几个孩子馋得不得了。

那个大孩子同意了，袁瞎子就用一颗水果糖换了一只小狐狸。他把它抱回家，放到狗窝的旁边，用绳子拴着，准备养起来玩。

当天夜晚，他做了一个梦，梦见那个浑身雪白的大狐狸开口说话了，它说：“你是我的大恩人，你救了我的孩子，我会报答你的。”

袁瞎子第二天醒来发现小狐狸不见了，那条绳子也断了，断口参差不齐，像是被什么咬断的。他没有多想，以为小狐狸自己跑了。

过了十几年，袁瞎子的老家发大水，他家人都被淹死了；而他也被冲垮的房屋砸到了，被救起后发现眼睛看不见了，当时也没有条件医治，后来就瞎了。他瞎了以后的有天夜晚，再次梦见了那只狐狸。狐狸说：“恩人，我要给你一道法力，让你开通阴阳天眼，从此后有个谋生的本领，切记不可贪心，不然要折阳寿的。”

当他醒来后，发现自己虽然瞎了，却能看到一些常人看不到的东西，甚至能闻声辨物。他便拜一个走方的算命先生为师，学了一些周易八卦、摸骨算命的本事，之后以此为生，四处流浪。

当年因为他看好了村长孩子的邪病，便留在了鸡头山找到了安身之地，此后他就按照狐狸大仙的话，为人批字算命，治一些邪病，一般治好后只收一些粮食青菜，后来也要一些小面额的钱财。但是，他从来都是以为人趋吉辟凶、排忧解难为本职，这些年来，虽然过得清苦，倒也安静平和。

但是，二十年前的一天，他再次梦见了那个狐狸大仙。它说：“恩人，咱们的缘分到头了，你的法力我要收回了。”等他醒后发现，自己果然再也没有开通天眼、未卜先知的法力了。没有了法力帮他，他也没有了谋生的手段，只好到这片地方隐居。

故事讲完了，我和杨小邪听得云里雾里，将信将疑。袁瞎子又问："不知道那两个人最后怎么样了，是不是被你们公安局抓住了？"

我想了想还是告诉他："袁老爷子，那两个盗墓贼按照你说的地点下去后中了机关，都死了。你千万不要再告诉任何人那里有古墓，免得一些妄想发财的人，白白送了性命。"袁瞎子连连点头说："我也是没办法，为了保命，才告诉他们的。挖人坟墓，这是要遭天谴的。"

这时，他又起身把那幅古画取了下来，递给我说："吴家娃子，这幅画是临摹的，是我多年前无意中得到的，据说和马楚太子墓有莫大的关联，送给你，希望对你们破案有帮助。"

据袁瞎子说，这幅《明月崖飞仙图》原本是马楚皇宫里的珍品，画里暗藏玄机，说的是在一个明月崖下的永恒洞天内，有一位巫女能够度化升仙，马楚太子就是因为这幅画才来到楚城的。真品早已不知去向，眼下这幅是赝品，但也画得栩栩如生。可能两个盗墓贼就是知道他有这幅画才找上门的。袁瞎子将它送给我不仅了却了他自己的麻烦，也许还真能帮我找到一些这个案子的线索。

话说到这个份儿上，我们只好拿着画告辞离开。离开前，我又无意地问了袁瞎子一句："树林里怎么有那么多雾呀？我们差点儿上不来，还以为碰到鬼打墙了。"

袁瞎子淡淡地回答："这地方的树木是古时之人按照五行八卦种植的，这片山林距离小南湖不远，生态平衡，湿气较重，所以树林内终年云雾缠绕，这也是我当初为什么选择这里隐居的原因，一般人找不到，图个清静，无人打扰。"

我想起，当年诸葛亮在西川口用怪石阵阻挡陆逊，不也是利用了五行八卦、奇门遁甲吗？其实说穿了并不是很神秘，只是运用起来却很神奇。

我们两人一边下山，一边有一搭没一搭地聊天。杨小邪说："我刚要去约会，那可是个漂亮的姑娘，身材好得不得了，要是没跟你出来，这会儿说不定我正跟她风花雪月呢！”

我说：“咋，你后悔了？你不是喜欢研究神秘事件吗？我告诉你，袁瞎子就是一个非常神秘的人，他给我一种很异样的感觉，我觉得他身上肯定有一个很大的秘密。”

杨小邪说：“哥儿们，你不会真相信他说的什么狐狸大仙传授法术吧？我才不信那一套江湖术士骗人的把戏！”

我说：“连你都不相信，哥我怎么会相信那一套，只是你有没有想过，袁瞎子为什么会跟我们讲狐狸大仙的故事？我感觉这里面另有文章，他好像在隐瞒着什么……”

杨小邪想想说：“我还真没想这么多，现在你一提醒，还真有这种感觉。陈大胆怎么知道袁瞎子了解古墓的事？他是外地人，怎么知道有袁瞎子这个人？”

我低头沉思了一会儿说：“陈大胆的消息来源一定是那个在网上联系他的人，看来那个神秘人不简单呀，他不仅知道这地方有个古墓，还知道墓里有什么东西。”

杨小邪接着分析：“那个神秘人一定是认识袁瞎子的，说不定他发现陈大胆失败了，还会亲自上门找袁瞎子。”

我点头：“有这个可能。袁瞎子肯定知道一些事，他不愿意说，我们也不能强迫他说吧。”

这时已经到了山下，我俩坐到车上，正准备发动汽车，路边有个骑摩托车的人经过，喊了我一声：“吴悠，吴悠？”

我一看，居然是红苹果。红苹果是我一个小学同学，我记得他的名字叫冯平国，我们都叫他红苹果。这名字太奇怪了，所以我一直记得。

红苹果就住在这个村子，他说他侄子中邪了，找了附近非常出名的刘仙姑作法呢。他刚到镇上买作法用的黄纸、香烛，并邀我去他家吃饭。

我们饿了大半天了，肚子早就咕咕叫，杨小邪不经我同意，赶忙答应了。其实我们都想看看刘仙姑是怎么样作法的，红苹果的侄子又是中了什么“邪”。

红苹果就先领我去了他大哥的家，他回去让老婆做饭去了。

我们到了地方，只见刘仙姑正拿了一把很粗、很长的香烛，点燃后对着孩子不停转绕，嘴里还用一种很浓的方言唱腔念念有词，我大致听到她念——请九天司命护宅真君来收惊，收起小儿某某失落魂魄，受惊元神，归在本身。收起东方惊无惊、西方惊无惊、南方惊无惊、北方惊无惊、中央惊无惊，五方正气护身煞气除，大惊小惊化无事。子丑寅卯辰巳午未申酉戌亥，十二元神自在，百病消除身无灾，日吃饭乳知香味，夜好安眠不啼哭，生命之光照灵台，吾奉“九天司命护宅真君急急如律令”。

这样反复念了三遍，她又拿出一个用朱砂画过的符咒烧成末，放到一个碗里，让那个孩子和水服下。

神奇的是，孩子服下后一会儿便当真安静地睡着了。红苹果的大嫂给了刘仙姑一个红包，还煮了红糖鸡蛋茶给她喝。

2. 茅山道人

孩子的病好了，刘仙姑很高兴。杨小邪摆出一副虔诚的样子，向她请教起来。

刘仙姑说，小孩子抵抗力弱，所以容易遇到脏东西；一般大人不会遇到这种情况，大人如果撞邪了，就是鬼上身。所以，晚上的时候尽量不要带小孩走夜路，也不要带小孩参加葬礼一类的事情，这样很容易让小孩招上脏东西。一般小孩丢魂，往往都是高烧不退，白天好一点儿，晚上加重。较小的孩子容易嗜睡，睡觉的时候眼睛通常闭不严，眼珠子乱动。这个时候如果摸小孩的手心，你会感觉到手心的鬼脉跳动，这是诊断小孩冲到阴性物体最准确的诊断方法。

还有小孩被突然出现的声音吓到了，就是通常说的吓掉魂了。比如被狗吓到了，这样的孩子白天很正常，看不出什么，晚上睡觉的时候，眼睛闭不严，眼珠子有时候乱动，常常会猛然间双手上扬，双脚下蹬，就像刚听到什么大的声音的那样的反应。这样的小孩一般不发烧，但是睡着后会猛然惊醒、哭闹不止，而且显示出很害怕的样子。

刘仙姑最拿手的不仅仅是收经叫魂，还有扎鬼针。农村人干活的时候，不小心闪到腰了，或者哪个关节岔气了，还有蛇缠腰，都能治好。

治法是需要剪一个纸人，用鬼针扎纸人身上，真人患病的部位，一边扎，还要一边念咒语。而蛇缠腰更是疼痛难忍，据说如果不治，等腰上长满一圈，就是那个人寿终正寝的时候了。

听到这里，杨小邪嘿嘿一笑说："那下次我要是岔气了，也剪个纸人，拿根针扎一下，看有这么神不？"

刘仙姑听出他话里的讥讽，立刻不高兴了，板着脸说："小伙子，你懂什么，纸人和银针哪都能找到，我这法术最重要的是咒语，是我家传的，传女不传儿，我家的祖先在几百年前还做过法师！"

红苹果也在旁边给我们打眼色，等刘仙姑走后，他小声跟我们说："你们别不信，我们这很多人岔气、闪腰去找刘仙姑，一扎就好了。"

我疑惑地说："蛇缠腰不就是带状疱疹吗？去药店买盒阿洛昔韦软膏一抹就好了，现在的人怎么还那么迷信呢！"

红苹果嘿嘿一笑说："我去年夏天就得了蛇缠腰了，去医院打吊瓶都不行，越长越多，刘仙姑说是睡觉的时候，被蜘蛛爬的，那种蜘蛛爬过死人的棺材，带有尸气，医院治不了，最后还是她扎纸人扎好的。"

杨小邪不屑地说："那肯定是你在医院治得差不多了，加上她心理暗示一下，你就把功劳算到她头上了。"

红苹果有些急了，他坚信自己就是刘仙姑治好的，还想争辩，我赶忙接过话头说："既然刘仙姑这样厉害，你们平时就不用去医院看病了。"

红苹果不以为然地说："生病自然去医院，只有医院看不好的邪病，才找她，她手爪子太长(要的价钱太高)，一次至少一百以上，道行还不够，前几年隔壁村有个人就是被她治瞎了一只眼睛！"

红苹果讲了一个故事。说是隔壁村有个男人脖子上长了一圈毒包，疼得头昏脑涨，躺在床上直打滚，他老婆赶紧去请刘仙姑，只是她家条件不好，只带了二十元钱，刘仙姑嫌天太热，不想出门，就剪了个纸人，拿出银针，念了三遍咒语，然后让那女人自己回家给男人扎。

那个女的带着银针纸人赶忙向家里跑，走到半路摔了一跤，起来一看，银针扎到纸人眼睛里去了，纸都扎穿了。她当时没多想，跑回家去看，发现男人躺在床上发出杀猪般的叫声。

原来就在几分钟前，他男人在床上睡着，有只苍蝇飞过来叮他，他挥手赶苍蝇的时候，不小心扫到了床头桌子上的针线筐，一把剪刀掉下来，不偏不歪，正好扎到他的眼睛上。

她老婆低头看了看手里拿着的纸人，被扎的眼睛，跟丈夫是同一个眼睛。她赶紧喊人把丈夫送到了医院。后来，那男人的毒包治好了，但是眼睛却瞎了一只。

说实话，我们对这些匪夷所思的民间术士的法术并不相信，不过要是当成故事来听，还真是挺有意思的。见红苹果对这位刘仙姑一副崇敬的样子，我们不好拂了他的面子，而且暂时也想不出这作法的奥妙在哪里，拆穿不了刘仙姑的把戏。刘仙姑走后，红苹果把我们带到他家吃饭。他说关于刘仙姑捉鬼驱邪的事情有很多，便还要留我们住一夜，慢慢跟我们讲来。

我们心里不信这一套，便谢绝他的好意，跟他讲还有事情，又给他儿子塞了一百元见面礼，开车走了。

把车开到贤岭山的时候，已经是晚上快十点钟了，我们打开车灯，远远的看到人影，点着一根竹竿。从他身边开过的时候，我发现那人居然是袁瞎子。杨小邪也看到了，他说："哥们儿，这老头不是隐居吗？怎么这会下山了。难道是出来买生活用品的？"

我让他别说话，把车远远停到路边，熄了火，发现袁瞎子很快走过来。他并没有发现我们，我们便悄悄跟在他后面。他对地势非常熟悉，用竹竿子敲敲这儿，打打那儿，最后居然转到了部队旁边的那条羊肠小道上。

他聆听了一下四周，拄着竹竿，突然健步如飞。如果不是亲眼所见，我真不敢相信，一个瞎子怎么能比正常人跑得还快。为了不打草惊蛇，我跟杨小邪赶紧弃车跟在他的后面。

袁瞎子的目的地居然是 803XX 部队后墙那里，也就是陈大胆盗墓下悬崖的地方。等我们气喘吁吁地赶到，并躲到一旁的时候，袁瞎子早已站在悬崖边上了。看来他对这片地方非常熟悉，轻车熟路地就找到了。

只见袁瞎子用竹竿探了探悬崖的边缘，沿着那片来来回回走了半个时辰，这时已经差不多十二点了，因为袁瞎子不停地用手按他手腕上一块会报时的表，那是一种专门为盲人设计的表。

当手表提示十二点整的时候，袁瞎子站在悬崖边一块半圆形的凹陷处，深深吸了口气，然后一下子跳了下去。

我大吃一惊，来不及阻止，等跟杨小邪一起跑到悬崖边的时候，已经不见了袁瞎子的踪影。他从悬崖上跳下去了！

杨小邪摇头叹气地说："自杀也不需要跑这么远吧，也不交代一下遗言！"

我仔细看看悬崖下面，依旧看不到任何东西，我冲他摆摆手，让他闭嘴，侧耳倾听了一会儿，什么声音也没有。

杨小邪说："难道这老头儿会轻功，能飞檐走壁？他不会是从金庸的小说里走出来的吧。"

我冷笑一声说："他还是从外星走来的呢。这个事肯定没那么简单，我不信他是来自杀的，我们在这等他上来。"

我跟杨小邪在那儿等了一夜，蚊虫叮咬，又急又饿，精疲力竭，直到天亮，还没等到袁瞎子上来。

到了上午七点多的时候，悬崖下一直没任何动静，看来我们是白等了。因为还要回去上班，我们只得先离开。杨小邪说："这老头儿不会真掉下去淹死了吧？要么就是爬到古墓里，被毒虫咬死了。"

我沉默着没有回答，感觉事情一定没那么简单，袁瞎子也不是那种轻易能死的主儿。

我们回到停车的地方，正准备回去，忽然发现袁瞎子居然出现在我们身后不远的公路上，他拄着竹竿狂奔，怀里还抱了那只黑猫，衣衫凌乱，神色慌张，好似被人追债一样。

杨小邪像发现新大陆一样，狠狠地用手肘推了我一下说："哥们儿，见鬼了，那不是袁瞎子吗？"

我仔细看了看，确实是袁瞎子，只是我清楚地记得他昨晚并没有带猫，也就是说，他刚才应该是从他住的山上下来的。我说："小邪，这老头不是跳崖了吗？难道他会障眼法，从我们眼皮底下上来了，然后又回他山上的茅屋里把猫抱出来遛早儿？"

杨小邪说："他该不会是鬼吧，老子可不信这个邪！"我想也是，跟他说："走，管他是人是鬼，抓住了审一审就知道了！"

我们正准备迎上去抓住他，他后面突然飞快地闪出一个人影，居然是一个手执长剑的中年道士，敢情他是被这个道士追赶。

道士手脚利索，步伐飞快，眼看就要追上了。袁瞎子虽然眼盲，但是他的听觉极为灵敏，显然是感觉到了，只见他一个赶忙，脚下一绊，一下子扑倒在杨小邪的腿上，下意识地喊："救命，救命，有人要杀袁瞎子！"

杨小邪一把拉起他，质问说："袁老爷子，你到底是人是鬼呀，我们俩昨天夜晚可是亲眼看到你跳崖了！"

袁瞎子一愣，显然听出了是谁。这时，后面的道士气喘吁吁地追到了，他拿着剑指着袁瞎子说："你这个怪物，还想再逃吗？今天我非杀了你为那些冤魂偿命！"

我听道士的言语，他似乎知道一些什么，便问他："道长，为什么说他是怪物，你们之间有何纠葛？"

老道士很不客气地说："两个娃子闪到一边，我找了这个袁瞎子二十多年了，这个账一定要算清楚！"

袁瞎子畏畏缩缩地拉住我，说："吴家娃子，看在当年我救了你爷爷一命的份儿上，你可不能撒手不管，这个老道士是个疯子，他的话不能信。"

我看那个老道士衣衫褴褛，满脸是杂乱胡须，眼神狡诈，手里拿着一把模样古怪的古剑，倒真像个疯子。不过我没那么傻，知道这其中一定有故事，只是袁瞎子提到我爷爷，我觉得势必要先救他一救。

我跟老道士说："道长，我是公安局的，现在有案子要带袁老爷子回去问询，不管你们有什么私怨，也得等我们调查结束后再解决。"

老道士自然不肯罢休，我也不客气地从身上掏出手枪，在他眼前晃了一下，说："枪可不长眼睛，你可别强来，小心走火！"

老道士气愤不已，却也无可奈何，跺了跺脚，狠狠地说："袁瞎子，我茅山派清风道人不会善罢甘休的。”

因为要急着赶回局里，我们决定干脆把袁瞎子一起带上，问清楚他是怎么从悬崖下面出来的。

路上，我问袁瞎子：“我们亲眼看到你跳下悬崖，怎么又在公路上出现？那个老道士为什么说你是怪物？他要找你偿命，你们之间是不是有人命案子？”

摆脱了道士，袁瞎子也不再畏畏缩缩了，他不但不回答我的问话，还很不高兴地说：“吴家娃子，你们不是昨天就走了吗？一会儿到了南门小石桥上，你们就让我下去吧。”

杨小邪冷冷地说：“老爷子，我们把你救了，你也不感谢一下，至少要告诉我们你到底去了哪里，又从哪儿回来啊！”

袁瞎子干笑一声说：“袁瞎子我身无长物，只能口头感谢你。那个老道士过去跟我有些误会，如果落到他手里，我就没命了。你们两个娃娃都是好人，肯定不会让我枉送性命的。”

我看他还在避重就轻，索性吓他一吓，说：“袁老爷爷，你瞒得住别人，骗不过我们，我们可是亲眼看到你跳了悬崖，你身上有股很重的尸气，肯定是去了古墓。你要是不说实话，我就把你送回那个老道士身边。”

袁瞎子浑身哆嗦一下，显然是很怕老道士，支支吾吾地说：“吴家娃子，实不相瞒，袁瞎子我确实是去了古墓，不过那个古墓不是一般的墓葬，我劝你们别打它的主意。我不说也是为了你们好，那个地方有去无回。”

我说：“既然你早知道有去无回，怎么还给陈大胆兄弟指路？我们现在就可以指控你是谋杀他们的嫌疑人。”

袁瞎子这次却不胆怯，他哼了一声，说：“我事先再三提醒过他们，是他们自己财迷心窍。吴家娃子，你也别吓我，当年，我跟你爷爷在阴间可是签了契约的，我早已算得他的后代是一位驱魔卫士，能帮我维护此地的太平，他也答应将来让你帮我阻止那些心术不良的人进入此间。”

我愣了一下，想起家人讲的那个故事。奶奶多次说过袁瞎子是个好人，他冒着生命危险把爷爷的魂魄从阴间救了回来，并没有一丁点儿的酬劳。难道他真的在阴间跟爷爷有了契约?

猜测归猜测，我也学起了抵赖：“我爷爷早就去世了，你说有契约，可有凭证？我可不信你们那套封建迷信！”

袁瞎子也不争辩，他淡淡地说：“吴娃，你不信迷信，可信天理昭昭，因果循环，善恶报应自有分明？”

我点头：“我们做警察的本身就是除暴安良，维护社会治安，自然是希望人人向善、天下太平。”

袁瞎子“呵呵”笑了一下，说：“我果然没算错，吴老头的孙子是能担当大任的！”

袁瞎子的话让我很是疑惑，正准备再问几句，这时，手机响了，是队长打来的：“都几点了，怎么还不见你跟小杨上班？你们俩现在赶快去医院。郑茗茗的情况出了变化，她家人找了神婆在驱鬼呢。”

3. 魂魄之事

那个郑茗茗住到医院后，情况没有好转，手臂上被抓的黑印不仅没有消退，还加重了，并且围绕那两片黑印，还呈现大面积暗红色的斑痕，散发着一种难闻的恶臭。医生鉴定说像是尸斑。

郑茗茗像得了精神病一样，一会儿清醒，一会儿陷入精神错乱的状态。她疯疯癫癫地见人就问：“陈少君在哪儿？陈少君在哪儿？”来人不回答，她立刻就扑上去掐脖子，直掐得人几近窒息。她的手劲极大，根本不像一个小姑娘的体格，每次掐人都需要好几个人冲上去把她分开。几次下来，医院在征得她家人同意后，把她绑在了床上。

这样她倒是安静了下来，开始唱一首歌，是用南音唱出来的。然而她全家几代都是本地人，家人证实她根本不熟悉外地方言。她奶奶坚信她是鬼上身了，找了个神婆来驱鬼。

我们把车开到医院门口停下，暂时顾不上理会袁瞎子，让他自己上一边歇息去，他却皱着眉头，用那双盲眼仔细端详着什么，说："好重的妖气啊！"

我们没有理会他，他却跟在后面随我们进了医院。刚到郑茗茗住的那层楼道走廊，就见一个穿对襟大褂的老太太捂着一边腮帮子，满嘴鲜血地跑出来，一边跑还一边慌慌张张地说："这个鬼太厉害了！我治不了，你们另请高人吧。"看来她就是郑家找来的神婆，没想却是个半吊子水平。现在驱鬼辟邪的假神棍、神婆太多了。

郑茗茗的父母和奶奶满脸焦急地站在病房门口，看到神婆跑了，她奶奶失声痛哭："都是我作的孽呀，害了我的宝贝孙女……"

隔着窗户，只见郑茗茗正被绑着躺在床上，喃喃地哼一首歌，歌声里充满哀怨和悲伤，那种调调绝对不是她那个年龄的小姑娘能唱出来的。对于南音，我略略能听懂一些，隐约听她唱道："凉风有信，秋月无边。亏我思娇情绪，好比度日如年……今日天隔一方难见面。是以孤舟沉寂，晚景凉天；夕阳照住双飞燕，斜倚蓬窗思悄然……客途抱恨对谁言。"

那句"客途抱恨对谁言"，她反反复复在唱，目光迷离，痴痴怨怨。我看见旁边她的奶奶还在不停地抹眼泪。我自然是不信真有鬼，但还是忍不住问了一句："老奶奶，你怎么确定她是遇到鬼了呢？"

老太太叹了口气，说："一切都是报应，是我年轻时候的报应。我本不想说出来的，但是他现在附到我孙女身上，不肯走了，我必须得讲出来了。”

我们半信半疑地听老太太讲了她年轻时候的一件事。

老太太叫陈少君，五十多年前她还是一个大家闺秀，跟常常去家里做衣服的小裁缝相爱了。那个小裁缝对她一见钟情，发誓要爱她一辈子。他们的爱情遭到了她家人的反对，他们便商量着私奔。她准备穿上他亲手做的白色旗袍，在夜晚从码头坐船出发。

但是，到了当天晚上，陈少君的计划被家人发现，继而被关了起来。小裁缝独自坐船离开了。等她几天后从家里逃出来，就听说那条船开到下游遇到水匪，整船的人都死了。她哭了很久，最后还是在家人的安排下嫁了他人。

老太太说，孙女出事时穿的那件衣服，正是小裁缝当年送她的旗袍，她一直压在箱底珍藏着，不知怎么被孙女翻了出来。

那个小裁缝是广东人，喜欢哼一些南音；孙女此时唱的歌，就是小裁缝当年经常对她唱的。虽然时隔多年，但是她永远记得那个调调。他是来找她的，责问她当年为什么负他！

老太太的故事讲得有鼻子有眼，听得我跟杨小邪唏嘘不已。放在以前，我们自然不相信这种事情，只是这个案子一直没有新的突破，也许我们的想法也不能太过于墨守成规了。

我问杨小邪：“难道真是那个小裁缝附身到了郑茗茗身上？不然她何以突然会唱从来没有听过的南曲？如果我们从一个痴情鬼的故事着手，不知道组长知道了会不会把我俩开除。”

杨小邪沉默地想了一会儿，说：“这种事情不好说，有一些未成年的孩子，大病一场后，会背诵几百万字的史诗传说，这都是至今科学上无人能解释的奇闻……”

我说：“据说人死后会有一种脑电波不熄不灭，如果那个人生前有未了的心愿，那么这种脑电波就会极其强烈，而后侵袭或者占据他人的大脑，就是所谓的看见鬼和被鬼上身。”

杨小邪提议：“既然这样，我们何不设想这个案子真的有鬼魂作祟，也许能找到真相呢！”

我点头，考虑了一下，说：“抓人我们还比较拿手，捉鬼我们就不在行了。不过，有个人也许能帮我们！”

我们俩一起看着跟在身后的袁瞎子。他一边听老太太讲故事，一边用手不停地掐算着，看起来还有模有样。我说：“袁爷爷，你不是法力被狐狸大仙收回去了吗？到底还会不会治？”

袁瞎子尴尬地笑了一声，说：“法力自然是没有了，但是袁瞎子我有经验呀！照样能治。”

袁瞎子点着竹竿，径直走进郑茗茗的病房。我俩面面相觑，袁瞎子的眼虽然盲了，但是他在夜晚行动比常人还迅速，这点我们早就知道。现在看来，他还真是不简单，不像是那种所谓的江湖骗子。

袁瞎子走过去的时候，原本正在痴痴唱歌的郑茗茗忽然不唱了，她一翻眼睛，狠狠瞪着他。袁瞎子连连惊呼：“果然有鬼，看来我袁瞎子要重新出山了！”

袁瞎子从怀里拿出一张画了符咒的黄纸，念了几句咒语，然后一下子贴到郑茗茗的头上，那张纸忽然就冒起了白烟，看得我跟杨小邪都大吃一惊。我们眼睁睁看着，袁瞎子并没有点火呀。

只见郑茗茗立时换上了凶神恶煞的表情，眼神上翻，舌头外伸，嘴里发出阵阵低低的嘶叫，那根本不可能是一个花季少女的声音。

袁瞎子见此情形，不知从哪里又摸出一个圆形的像珠子一样的东西，一下子按到了黄纸上面。郑茗茗原本挣扎着上倾的身子忽然“扑通”一声倒回病床上，整个人瘫软下去。那张黄纸已经停止了燃烧，从她头上掉落下来。

我跟杨小邪赶紧扑过去查看，袁瞎子嘿嘿笑了一声说：“鬼已经被我赶走了！”说完，他拿出手里的珠子，那是一个上面刻有菩萨像的佛珠，应该是从一串珠子里扯下的一颗。

“奇怪！”他把珠子放到耳边，仔细聆听了一会儿，皱起眉头，说：“这个鬼不是一般的小鬼，他的戾气太重，我的佛珠没能收住他！”

这时，郑茗茗已经悠悠转醒，她睁开眼睛，虚弱地问：“你们是谁，我怎么在这里？”

看来她确实是好了，却一点儿也不记得发生什么事情了。我招呼她家人进来照顾她，然后把袁瞎子拉到走廊的一边，问他到底怎么样。

袁瞎子说：“这个鬼魂的怨气非常重，我把他打了出来，却没有收住他。看来他是有未了心愿……”

这时，病房再次传来郑茗茗奶奶的哭声：“茗茗，你怎么了！警察同志，我孙女的病又犯了！”

果然，郑茗茗再次陷入癫狂状态，手舞足蹈，一边“啊啊”大叫，一边喊着陈少君的名字。

袁瞎子见此情形，摇摇头，说：“就算我再把他逼出来，他还是会回去的。治邪病还得找源头，解铃还须系铃人，看来这次我得跟他好好谈谈。”

袁瞎子让我跟杨小邪一起守在病房门口，谁也不能进来。这时，我们对他已经非常信服了，忙不迭地答应了他。我们从门中间的玻璃窗户看到，袁瞎子跟郑茗茗的奶奶交代了一番，那个老奶奶一边抹眼泪一边连连点头。

袁瞎子再次拿出一张符咒贴到郑茗茗的头上，她立刻变了脸色，体内的鬼魂也苏醒了过来，张牙舞爪地想要扑人，可惜被绑住了。这时，她奶奶陈少君开口说话了，听不到她说什么，大约是在表明自己的身份。郑茗茗的表情渐渐没有那么激动了，只是很茫然地听着。后来，老太太跪下来哀求，还不停地痛哭着磕头。

附在郑茗茗身上的鬼魂好像也听明白了，因为郑茗茗的眼里流出了眼泪。后来，她停止了挣扎，任由袁瞎子拿出那枚珠子拍到她头上。然后，郑茗茗再次昏倒。

等郑茗茗醒来的时候，果然又恢复成常人了。

袁瞎子跟我说："我让陈少君跟他说清楚了。当年是迫不得已才负约的。如今她有自己的家庭，她也身不由己，求他放过她。求他早日投胎，来世再结姻缘。"

袁瞎子说，柳树属阴，那个小裁缝在江中遇险后，魂魄回到码头处，期望能等到陈少君，他附身到柳树上，一旦看到有穿白裙子的年轻女孩，他都以为是陈少君，便现身质问，把那些女孩吓晕了。小裁缝告诉他，其中有个女孩被吓晕倒在地上后，来了一个喝醉酒的猥琐男人，他把女孩强奸，又偷走了她的钱包。那个人应该就是之前抓到的刘新宝。

原来这是个诡异的案中案。

袁瞎子把那枚佛珠交给老太太，让她在晚上去那个出事的柳树下，烧一些黄表纸，连同这个佛珠一起，好让那个小裁缝早日投胎。

第三章

1. 巫楚传说

从医院出来，我俩把袁瞎子带回警局的问询室，正准备好好问话，队长又过来把我们给叫走了。

队长把我们带到局长办公室，里面除了局长外，还有三个人。为首一个是一名戴着高度近视眼镜、两鬓苍苍、穿着蓝布衬衣和工装裤的老者，还有一名身材高挑、穿着运动衣、扎马尾的年轻美女，一个同样戴眼镜、身背一个军绿挎包的青年。

局长介绍说："这是韩振国教授和他的助手马出尘、林小伟，上次咱们局上交了关于有古墓的报告，省里文物部门先派了韩教授来实地考察。古墓死人的案子是由你们俩发现的，现在就由你们配合韩教授一行的工作。"说完，局长先走了。

韩教授和那个林小伟过来跟我们握手，又相互寒暄了一番。只是那个马出尘却一直冷冰冰地坐在一边，看都没看我们一眼。

韩振国教授曾是北京一所大学历史系的教授，退休后被省文物馆返聘。他长期专研巫楚文化，对于本地发现疑似马楚太子古墓的事很重视，希望通过实地考察后申请保护性挖掘。

我跟韩教授仔细讲述了关于盗墓贼陈大胆兄弟离奇死亡的事情，韩教授很是认真地听了，然后说："根据野史外传记载，马楚国王马殷在一次涉猎的时候，在深山老林遇见一位非常美丽的少女。他把她带回宫中立为妃子。这个妃子又为他生了一个很聪明的小儿子，取名马子聪。马殷有意立马子聪为太子，但宫内盛传这名妃子为妖精所变，马子聪又为庶子，无权无势，一直未果，还遭到了其他兄弟的嫉恨。到了马殷晚年，各地战乱不断，楚国各皇子为争皇位，互相杀戮。马殷为避免爱子陷入纷争，便派人护送马子聪和一批财宝回老家河南鄢陵。刚到楚城，马子聪就染病身亡。如果野史无错，按道理这个古墓就应该是马子聪的陵寝了。"

我点头说："陈大胆在死前说过有位神秘人让他到马楚太子墓取一个玉盒，看来那个神秘人对这里有古墓的情况非常熟悉，我们一定要在他下手之前进去探查一番。"

韩教授说："那个神秘人知道有古墓，却没有亲自动手，一定是因为古墓里有机关。古代王公贵族们建造坟墓的时候，都会想方设法地防止被盗，故此无所不用其极，在墓中设置种种机关暗器埋伏。传统的机关有巨石、流沙、毒箭、毒虫、陷坑等，从战国时期开始，各个朝代都有改进。而马楚政权出现于五代十国，他们善用的古墓设置不仅是各种机关暗器，还有一种特殊的东西，那就是巫蛊。"

韩教授顿了一顿，插了一个话题："马殷政权之所以称为后楚，其实有一个很显而易见的原因，就是他原本为战国后期楚国的后裔。而楚国皇室擅用巫蛊，楚城这里曾经也是巫楚文化的发源地之一。《汉书·地理志》中就有楚地之俗'信巫鬼，重祭祀'的记载。楚地之巫所具备的才能分两类，一类是巫技，一类是巫法。巫技不需要通灵，巫法则需要通灵。巫技涉及祭祀、乐舞、占卜、医药等，巫法则需要通过邀神、娱神，以达到祈福禳灾、慰鬼、驱鬼、招魂的目的。”

我和杨小邪聚精会神地倾听着，看来韩教授确实是满肚子巫楚文化，只是年纪大了，说了一会儿便有些累了。我们正听得津津有味，他的学生林小伟又向我们介绍：“教授看了从盗墓贼身上取下来的血蚰蜒，断言那是巫楚时期盛行的放蛊之术。蛊是一种人工培育的毒虫，也有说放蛊是战国时期楚国遗传下来的神秘巫术。其实巫蛊之术追溯起来在更早的时候就有发现，殷墟甲骨文用观物取象的思维方式对蛊毒的制作做了象形的‘图示’，即在一‘皿’中放有多种毒虫。可见此邪术渊源久远。”

韩教授接着补充道：“蛊术分为白巫与黑巫，白巫一般是祭祀祈福所用；而黑巫则相反，多为暗杀、瘟疫、害人。黑巫最常用的是一些毒虫和动物。楚巫还有一个显著特点，就是把巫术和放蛊结合在一起，使其性更毒。你们发现并送检的那种毒虫或许就是下了巫术的毒蛊，所以才尤其厉害。看来我们此番下墓，并不是那么简单啊！”

杨小邪在一旁插话说：“以前看小说里说，苗族有一些女人爱上了不爱自己的男人，就会向他放情蛊。那个男人如果爱上别的女人，就会全身腐烂，直至死亡。只有施蛊者才能解救。我一直以为都是瞎编的呢，看来还真有其事啊！”

韩教授说：“外界盛传大都以讹传讹，养蛊之人一般不会无故害人，而中蛊之人也并非无药可救。孙思邈就是一位能治疗蛊毒的奇医，他所著的《千金要方》，原本就有很多方子是专门针对蛊毒的。我的助手马出尘天生异体，深得马家祛邪驱鬼的真传，她能灵魂出窍和鬼魂交流，是探查古墓时不可缺的人才啊！”

我和杨小邪不由得对马出尘刮目相看，怪不得她这样孤傲，原来是不同于常人啊！

韩教授说：“听你们局长说，小吴同志不仅思维敏锐，破获过不少案子，而且枪法非常好，还获得过全省警察散打冠军。小吴同志再加上出尘，相信进入古墓也不是难事。”

我不好意思地说：“局长谬赞，都是同志们互相配合，凭我一人之力哪有那本事啊！”

杨小邪说：“我呢，怎么没我的事？”

马出尘冷冷地说：“教授和小伟需要记录和考察，我和小吴负责开路和保护他们，我们的队伍不要废人，你去了能做什么？”

杨小邪还想争取，我拍拍他肩膀说：“哥们儿，那个地方不安全，你爸肯定不会让你下去的。”

说到他爸，杨小邪立刻像泄了气的皮球一样，闭嘴了。

我跟韩教授说：“教授，正好我们带回来一个人，他叫袁瞎子，是古墓发现地附近的算命瞎子，他好像对古墓很熟悉。陈大胆兄弟就是从他那儿得到的信息。”

教授听了兴致很高，立刻要求我们带他去见见袁瞎子。

恰好车上放着袁瞎子交给我的那幅《明月崖飞仙图》，我随手拿给教授观看，没想到教授顿时大为吃惊。听我说完得到此画的经过，他沉思许久，而后说：“这幅画确实不是原迹，但也年代久远，画色泛黄却不破烂，是因为这是用人皮做纸，用特制的药水浸泡过的。”

一听说是人皮做的，杨小邪怪叫一声，我心里也胆战不已。电影《画皮》中那个美女的脸是用人皮做的，我还一直以为那是小说故事中杜撰的。没想到真有人在人皮上作画，还被我们当线索一直放在身边，想想真觉得既残忍又恶心。

韩教授一直致力研究巫楚文化，画中戴面具的女子乃巫女；巫女在祭祀和作法的时候，往往都要戴上面具，据说这样更能接近鬼神。

他分析，这幅画描绘的应该是战国时期楚国的某次祭祀的场面，在那次祭祀中，巫女羽化飞仙，被记录了下来。这幅画之所以成为珍品，不是因为画的本身，而是画的内容。古代帝王追崇长生不死，羽化飞仙。这幅画传到马楚，被太子获得，从而开始了寻仙之路。

问询室里，袁瞎子正在给一名新同事算命，只听他掐着手指，郑重其事地说:“这位小同志，你家境富裕，命带祥瑞，婚姻较晚，子孙缘薄，只得一子，到四十五岁后财运降临，你晚年无忧……”

我冷冷揭穿他的瞎话："能到这来上班的大都家境不错，他现在到二十五岁还没女朋友，肯定要晚婚。公务员本身就只能生一胎。四十五岁要是没有财运,还能到哪儿去找你质问？说不准你老爷子那时候早登极乐了！”

韩教授皱皱眉头，看来他对这个神棍袁瞎子并没有好感。

袁瞎子尴尬地笑了笑,说:“我这不是跟小同志闲聊打发一下时间嘛，何必那么认真呢？”

一直不怎么说话的马出尘忽然盯着袁瞎子猛看，然后她一把抓住他的手腕，冷冷地说："敢问可是二十年前为马士城算命的袁先生吗？”

袁瞎子大吃一惊，被人抓了胳膊，吓得浑身颤抖:“正是袁瞎子不错，敢问……”

马出尘冷冷地说:“马士城是我的叔叔,据说当年是你把他骗入歧途，导致他死于非命，尸骨无存！”

袁瞎子大呼冤枉，他说："姑娘，当年我确实给你叔叔算过命，我让他不要进入那片原始森林，我告诉他命里虽然缺土，但忌木多，他不听劝阻，非要进去，后来被鬼魅所惑，魂魄出窍，跟清风那个疯道人大打出手。当时他已经被一只黄精上身，我是迫不得已才斩杀了他的躯体。”

马出尘两眼微红，射出一丝凶狠的目光，回道："当年清风道人来马家报讯，说是亲眼看到你杀了我叔叔，如今你断是抵赖不过。”

袁瞎子气急了，哆哆嗦嗦地说："马姑娘，那疯道可曾说他当时被你叔叔体内的黄精掐昏，如果不是我杀了那东西，他估计早就横尸荒野了。如果我真是有心害人，何不将他一起杀了，何致他纠缠我二十多年？”

马出尘不为所动，手上力道加紧，袁瞎子“哎哟”痛呼出声。韩教授有些看不下去，他止住马出尘说：“侄女，你先放开，我觉得这位老先生的话也有些道理。虽然他满口胡言诳语，但也不像那种凶神恶煞之徒。让我问问他。”

马出尘一把狠狠地甩开袁瞎子，还不甘心地瞪了他一眼。只是袁瞎子什么也看不见，她是白瞪了。

韩教授说：“袁先生，我是省文物馆的韩振国，听说你曾经下去过那个墓葬，能不能告诉我们墓道口在什么地方，里面有何机关消息？”

袁瞎子见没有了马出尘的威胁，再次耍起无赖来。他撇撇嘴，说：“你们正常人都摸不到入口，我一个袁瞎子怎么有那个本事？”

韩教授说：“老先生，我是诚心诚意向你请教，想必你也知道有神秘人在打这个墓葬的主意，我们希望能得到你的帮助。”

我在一旁煽风点火：“袁爷爷，小杨原本准备把他空闲的老房子收拾收拾让你住下，免得清风道长找你麻烦，没想到我们的好心都成了驴肝肺，你一点儿都不领情。”

袁瞎子“嘿嘿”笑了两声，说：“吴娃，袁瞎子我还是那句话，不让你们进去是为了你们好。那古墓周围布满机关暗器，如同地狱一般，进去后九死一生，难能全身而退。我劝你们还是打消这个念头为好。”

之后，无论我们怎么劝说，袁瞎子来来回回就是这几句话，不肯多透露任何信息。直到天黑，我们仍无法打动他，只好先由我和杨小邪带他去一直无人居住的杨家老宅安顿，准备日后再想办法撬开他的嘴巴。

把袁瞎子安排好后，他又吵着要吃饭，还要求给他的猫带一条鱼，我只好出去买。等我买好后回来，发现他居然不见了。这个老东西，调虎离山，自己溜了。

我气馁不已，立时赶到韩教授入住的宾馆向他报告袁瞎子溜了的事情。韩教授叹了一口气，说："看来这个老先生肯定对古墓的地形非常了解，他不开口，我们也不能强逼，真是很遗憾。"

这时，马出尘忽然说了一句："不对！"

我吃了一惊，问她："什么不对？"

马出尘说："我今天抓住袁瞎子的时候，感觉他骨瘦如柴，身上冰冷，好似死人一样。当时我只顾质问叔叔之死，忘记说了，现在想想，有个很重要的细节被忽略了。"

教授问道："什么细节？"

马出尘说："二十年前，清风道人到马家报讯的时候，说过袁瞎子是一个五十多岁的老头儿。按说他现在应该已经七八十岁了，我还一直以为他都不在人世了。为什么今天我们看到的还是一个五十多岁的老头儿？"

她一说，我也想起了一件事，我奶奶每次跟我讲袁瞎子的时候，都说他是个老头儿。那时候我还没出生。时隔将近三十年，他居然相貌不变？我的心一沉，难道他是个鬼，或者僵尸？

想到这里，我不禁浑身打了个寒战，近日来跟他打交道不少，想想就后怕不已。我把我的想法说出来，韩教授也觉得很奇怪，他低头思考了一会儿说："据说鬼魂是没有影子的，那个袁先生，我看见他有影子……不过有一点可以确定，这个老先生不简单，他身上有很多秘密。这些秘密一定跟那个古墓有关系。如果能揭开他的秘密，对我们进入古墓也有一定帮助。"

只是，现在袁瞎子不知所踪，想寻找他的秘密真是难了。不过，难归难，并不是没有办法。袁瞎子会算命摸骨，这样的人走到哪儿，都会留下一段传奇故事。他几十年相貌不变，能认出他的人应该很多。他是从南边长江下游过来的，那何不查查他的祖籍？

2. 袁神仙

我主意一定，就去找杨小邪商量。这家伙一个人住在单位家属院的一套房子里。我去找他的时候，他正在家郁闷着呢，说是请示了他爸要求去考察古墓——他家就他一个独苗子，父母自然是不答应。一听说我有事找他商量，立刻兴奋不已。

袁瞎子说他老家曾经发过洪水。我让杨小邪在电脑上查一下三五十年前，哪个地区曾经发过洪水，看能不能找到什么线索。

原本我是不抱什么希望的，没想到第二天一早就接到杨小邪的电话，他的声音有些憔悴又带着掩饰不住的兴奋，上来便道："哥们儿，我查到了一个奇怪的事情！"

我问："关于袁瞎子祖籍的？"杨小邪说："不是，那个我确实查不到，解放前后近几十年，长江中下游发过大小无数次洪水。过去在梅雨季节总会发生或大或小的洪灾。如果仅仅从洪灾来查，范围太大。不过，我在湖北一个县城文秘的回忆录上发现了一件很奇怪的事。"

我赶紧问他到底什么事。他说，那个人目前已经退休了，回忆录记录的是那人父亲生前的事情。那人的父亲是国民政府在该县某乡委任的一名保长，有一年发大水之后闹起了瘟疫，乡民们上吐下泻，有一位袁神仙出现，教众人在房前屋后焚烧艾草蒲叶，还让保长支起几口大锅，这位袁神仙拿了一种没有人见过的草药，放在锅里煮沸，让大家分食，很快便控制了疫情。

由保长口述、他儿子记录的那个故事里的袁神仙，就是一个双目失明的老阿公，怀里抱着一只大猫。保长的祖籍是广东，南方人喜欢把五十岁以上的男性称为老阿公。那个文秘在记叙其他事件的时候，还代叙当年有日本人横行。所以说，袁神仙帮乡民治疗瘟疫的时间，应该在1940年前后。

那个袁神仙非常可能就是现在的袁瞎子！

虽然我早就觉得袁瞎子不简单。但是，听完杨小邪的推测，我还是忍不住浑身打了个寒战：这个老东西，莫非是个不死老僵尸！只是不知道他到底多少岁，他心里到底藏了多少秘密。

下午，杨小邪又给我打了个电话，他说，他查到一个网友在博客上放了一张照片，是一个带眼镜的古人怀里抱猫的石像。网友介绍说，在湖北一个叫A市的城郊有一个袁大仙庙宇，如今由于香火不济，无人清理，已经破落得只剩下断壁残垣和一尊石像。他前段时间去神农架旅游，就在无意间拍下了这座石像。

杨小邪有个大学同学就是那里的人，他直接打电话过去，让同学问了几个奶奶级的人物。他们说那个庙宇应该在明代就已经有了，人像身着典型盘补服，确实是明代男性常服。据说那个袁大仙原为路过的商人，听闻该地附近山中有猫成精，喜吃人脑，闹得人心惶惶，他便只身入山，剑杀黄猫。乡人感其恩德，便筑庙供奉。至于该人是不是眼盲，他们便不得而知了。毕竟年代久远，流传下来的，只是那个袁大仙如何的神功了得、舍身忘我。

其人十有八九就是袁瞎子，而这次的事情居然又追溯到明代，看来他的真实年龄，真是源远流长了。不过从上述种种事迹看来，袁瞎子并不是大凶恶煞之徒，他好像一直都在为乡民除暴安良、施舍赈灾，算得上侠义之人了。

只是不知他为何阻止我们进入古墓。难道他真和这个马楚墓有千丝万缕的联系？

暂时顾不上细查袁瞎子的底细，因为局长又把我叫过去了。我到了地方一看，他办公室里来了两个陌生的男人，局长的态度毕恭毕敬，看来这两人是上面派来的，而且身份很不一般。

果然，局长指着那个身着深色衬衣、圆圆胖胖的男人说："这位是北京盛世收藏公司的刘经理，这次古墓考察和以后的发掘保护都将由他们公司赞助。省里的领导特别交代过，要充分配合他们的工作。"

另一个身材高壮、皮肤黝黑、戴眼镜的年轻男人叫吴刚，是司机，典型的北方大汉。一介绍，果然老家是河南郑州的。

那个刘经理说："吴悠同志，听说你们市发现了一座马楚古墓，国家对于考古发掘一直很重视，韩教授反映，目前古墓的考察有很大难度，我们孙总特别指示要给予你们大力支持，我和小吴是来了解情况的。希望你能全力以赴，帮助韩教授的考古队完成任务。"

我一听就觉得有些奇怪。因为这个刘经理虽然说的是普通话，但字里言间还能听出一些本地方言的味道。虽然他满嘴的官面词语，但眼神闪烁，透露着一种狡诈，给我的感觉不像是什么好人。韩教授是国家文物保护单位派遣的，看来那个盛世收藏公司的老总应该跟文物保护单位的要人关系密切。

虽然满腹疑惑，但这些话自然是不能问出口的，我只得连连点头，简单向他汇报关于两个盗墓贼神秘死亡的事情。说到袁瞎子的时候，我只是略略说明这个人可能熟悉古墓情况，并没有把袁瞎子可能是不死老僵尸的事情说出来，毕竟那还没有得到确切的证实。更重要的是，我觉得这个刘经理并不是什么值得信任的人。但凡商业集团跟文物扯上交情，大都是金钱上的。我感觉那个孙总肯定是冲着那些地下的明器来的。

刘经理要求我带他到发现盗墓贼的山头看看，我只好开车带他前往。车行在路上，他看着车窗外，感慨地说："当年我离开的时候，路边都是低矮的小房子，现在都成了高楼大厦了。如果没人带路，估计我连老家都找不到了。”

怪不得他说话间有一些本地乡音，原来果然是从这里出去的。刘经理说，自己就是刘村的人，年轻时候跟家里闹了别扭，跑出去讨生活，到了 S 省后，机缘巧合地进了孙总的公司。

孙总年轻的时候喜欢研究古代文化，因为个人爱好做起了收藏公司，这几年生意做得风生水起，在赚得盆满钵满之余还不忘赞助国家。收藏古董比收藏人民币更有价值。看来这次这个刘经理前来了解和支持马楚古墓的考察，是带着老总指示的，也许是想获得第一手的珍稀古董呢。

那个司机吴刚看起来是个实诚人，很少言语，偶尔憨憨地笑几声。但能看得出，刘经理并不轻视他，跟他说话也很客气，这个司机可能也充当保镖，刘经理一路上的安全还需要依仗他。

中午，我带他俩去了韩教授入住的酒店，开了房间，又为双方互相介绍了一番。这几天，马出尘正在准备一些下墓要用到的工具，她和林小伟分头买了一堆的工具装在帆布包里，我发现那其中有好多还是违禁物品。

中午，趁刘经理休息的时候，我敲门进了吴刚的房间。我给他送了两包本地的茶叶，他推脱了一番还是收下了，气氛顿时变得融洽起来。我忽然拍拍他的肩膀，说："吴哥，恕兄弟我直言，你身体有病，而且这病发于内里，不显体表，如果不治，将来会严重影响你的健康和幸福。"

吴刚愣了一下，特别是听到我说到最后两个字"幸福"，他顿时脸红不已，支吾了半天，长叹一口气，说："兄弟呀，你真是火眼金睛，自从那年我替孙总挡了一刀，刺伤了腰部之后，身体就明显虚弱下来，特别是跟老婆在一起，根本做不了男人。我去了不少医院，也没看出什么来。后来，她跟我离婚了。这可是我这辈子最窝心的事呀！"

我说："吴哥，如果你相信兄弟，我可以帮你慢慢治疗。不敢说胜于从前吧，至少也能恢复个八九成。”

吴哥感激不已地说：“兄弟，我去了很多大医院，那些教授专家都束手无策，你是怎么看出来的？”

我微微一笑，说：“我祖上就是中医世家，自小我就熟读诸多古籍医书，对于现在那些坐在大医院的专家教授来说的疑难杂症，在中医里有很多注解偏方。我也只是略懂一二。”

其实一开始我并不能断定吴刚是阳痿，只是见他面部无华，舌苔黄白，双眼却赤红，喉结萎缩，我便断定他肾虚。一般肾虚的男人那方面肯定也不怎么样。没想到倒引出他一肚子的苦水。

我拿出笔，开了一个方子，也就是在八珍汤的基础上加减几味比较平实温补的药，鹿茸、阿胶等，还特意加了味淫羊藿。

我跟吴刚说：“这个方子每天两次，多则三月，少则一月，就能痊愈。之后你饮食可以多吃一些狗鞭汤或者猪肾、羊腰之类的。”

吴刚半信半疑道：“兄弟，之前我也按照朋友的提示配置过一些壮阳酒喝，经常吃狗鞭、羊腰，也没见什么效果啊？”

我跟他解释：“这就是我为什么让你在吃完药方之后再食补。狗鞭、羊腰在于以形补形，只是你身体由于曾经受伤而失血泄气，内在循环不畅，补得太过，往往不得吸收，反而引起上火。”

他“哎呀”一声，说：“你说得真对呀，有次我喝了半斤补酒，吃了五个羊腰，第二天早上口鼻都出血了，看来你真是高人不露呀。”

他如获至宝地把药方收起来，我便岔开话题，扯到孙总身上：“吴哥，你跟孙总走得近，将来有什么好的路子可别忘了拉兄弟一把。”

吴刚也属于义气之人，拍了拍胸脯，说：“以后有什么需要我帮忙的，尽管开口。”

接下来，他跟我谈起来孙总。孙总五十多岁，早年是帮会出身，人称孙二爷，积攒了一定的“原始积累”，后来就洗手做了正派生意。他不仅在商界颇有实力，如今的黑白两道提起孙二爷，都很给他面子。只是他身体状况不怎么好，每年都需要去国外就医疗养。

说到这里，他叹口了气，小声道：“其实孙总五年前就患病了，只是外界知道的人很少，这种病据说全世界目前还没有治愈的先例，唯一的治疗手段就是靠换血透析。如果换成平常老百姓，真没有那么多钱财去维持。一旦孙总不行了，我们这些跟随他多年的手下的好日子也到头了。”

我一边安慰吴刚，一边心想：这个孙总也真奇怪，既然病体垂危，怎么还有闲心来关心一个古墓的考察和发掘呢？还把自己的心腹都派下来。这里面不简单。

吴刚说他们已经接到孙总指示，先回去，等我们考察清楚后，孙总会派人协助发掘。

我隐约觉得，孙总——刘经理——刘村——袁瞎子——古墓的秘密，是有联系的。

3. 灵猫

马出尘准备的物品非常多，我算是真正开了眼界：除一些照明工具和防毒面具之外，还有洛阳铲、飞虎抓、三把伞兵刀、两把小弓弩、两把仿五四钢珠手枪、两百发子弹、几个黑驴蹄子、一包糯米、两背包压缩饼干和矿泉水。

看来她是个下墓的熟手，我笑着问她：“你该不会出自盗墓世家吧？”

马出尘狠狠啐了我一口，说：“你才是盗墓世家。我们驱魔龙族马家，可是专门斩妖除魔的，才不干那挖人祖坟的缺德事。”

韩教授在旁边跟我解释说："出尘的家族里很多人都下过坟墓，阴气重的地方常常隐藏一些妖魅之物，这也是我这次专门邀请她来帮助我的缘故。"

还真看不出，这小妮子身材纤瘦、貌美如花，居然如此胆大。一般大男人都不愿去阴气重的地方，她居然经常去那地方驱邪抓鬼。

据韩教授介绍，马家在东北是非常有名的驱邪术士，祖出萨满教，号称"驱魔龙族"，他们家世代都有保家仙的，能让动物仙附体，能让鬼魂上身开口说话。马出尘乃马家本家嫡传弟子，不但有一身好武艺，驱鬼辟邪的本领更是难得一见。

见东西都准备得差不多了，我跟韩教授说："那我们什么时候下墓，具体从什么地方下去？"

韩教授呵呵一笑，说："真是年轻人有朝气，说到风就要下雨，别急，别急，我们还要等一个人。"

还等一个人？我很诧异，不知道是谁，这么拽，到现在还不来。

等那人来了后，我才发现，他确实不是一般人。一个面容清瘦的男子，大约有二十五六岁，穿深蓝色 T 恤和长裤，平头，神情懒散，面色苍白，好像刚大病初愈。这样的人放到人堆里并不显眼，真不知道韩教授他们为何特意找这么个人来，还在这里花时间等他。

他是直接找到韩教授房间来的，身上背着一个非常大的编织袋。他走进门来，抱拳跟教授淡淡地打了声招呼："韩教授你好，我是唐昧。"他放下包袱的时候，我看到他的双手戴着那种露手指头的黑色皮套。

这种天气戴皮手套的只有两种人：一种是傻子，一种是需要戴手套掩饰的人。

但凡受过专门训练的人，隐藏再深，大都会在手上留下练过刀枪之后磨出的老茧，有经验的人一眼就能看出。显然，他虽然看起来有些病恹恹的，但绝不是傻子。他应该是一个不简单的人。

当时杨小邪刚好也过来教授房间，跟我一起看马出尘准备的工具。听到他说自己叫“堂妹”，杨小邪憋不住，扑哧笑出声来。我虽然也觉得好笑，但还是努力压住，并赶紧替他道歉：“这小子就是疯疯癫癫的，你别介意。”

那个“堂妹”置若罔闻，看都不带看我们一眼的，也不接这话茬儿，自顾自地坐到椅子上喝水去了。

杨小邪嘀咕了一句：“这人有病吧，叫这么奇怪的名字，还不搭理人，有什么了不起的啊？”

韩教授呵呵笑了一下，说：“他叫唐昧，唐朝的唐，冒昧的昧。不是叔叔、伯伯家的堂妹。”

这名字真是个奇怪的名字，这人也真是个奇怪的人。他并不在意别人的非议，喝完水后，问教授：“几时出发？”教授说：“我和出尘商量过，最好不要惊动附近的群众，我们也不好跟军方交涉，所以最好走迂回线路，天黑后从原始森林里穿过去，那里有一条路，是马家人曾经探寻过的。”

听到此处，我大吃一惊，跟教授说：“那条路据说从来无人走过，就算有也是有去无回，你这身体能吃得消吗？再说，你怎么能确定从那里进入就能寻到古墓通道呢？”

韩教授淡淡一笑，说：“考古寻踪是我毕生的心愿，哪怕死在路上，对我来说也是一种幸福。你不必担心我的身体，我还能坚持。”

我不由得对这个两鬓斑白的老人肃然起敬。

我又问：“我们何不乘船由湖面靠近悬崖，然后攀上去？”

韩教授摇头：“这条路不用考虑。十几年前省里有组地质专家曾经实地考察过，靠近悬崖处有一个海眼，那里漩涡横生，根本无法靠近，而这处海眼有可能和南海相通……”

他的话让我大吃一惊：“这里和南海相距千里，怎么可能有海眼相连呢？”

韩教授解释说：“地质队在小南湖里采集到一种长腕寄居蟹，属于南海独有的品种。故有此推测。”

这时，马出尘插话说：“当年我二叔和清风道人在原始森林尽头的湖边看到过一座气势恢宏的陵殿，选择那条路，想来不会错的。那个古墓应该是规模宏大，一部分在部队后墙的悬崖下面，只是那里是悬崖峭壁，不是考察的最佳路线，而古墓的前殿部分应该是从西南方位原始森林的边际开始修建的。”

在大家讨论的时候，唐昧一句话都不说，眯着眼睛，靠在椅子上养精蓄锐去了，好像我们说的这些根本不关他的事一般。

马出尘把武器给我们分配一番，教授和林小伟各自随身佩带一把钢珠枪，我本来就有一把局里配发的五四手枪，剩下的相关物品被分为两个包，林小伟和我各自携带一个。

马出尘拿出一把弩递给唐昧。他摇摇头，说：“谢谢。”韩教授在旁边说：“唐昧自己带有称手的兵器，不用特意为他准备。”

称手的兵器……我看了看他扔在地上的那个大包，里面依稀有个长长的棍状物体，不知道是什么。

马出尘让我们都换上长衣长裤。因为要进入原始森林，里面到处都是蚊虫、蚂蝗和毒蛇，要是不保护好，身上很难有一块好肉。

当天夜晚，天擦黑以后，我们一行五人先是从贤岭路进入袁瞎子隐居的那片松树林里，预备在袁瞎子的茅屋借住一宿，第二天天亮了再进入原始森林。

因为来过一次，加上人多，我们花了不到一个小时就到了袁瞎子的茅屋。门并没有锁，我们伸手推门就走了进去。屋子里很黑，林小伟拿出蜡烛点上。

屋子里有一种很陈旧的阴冷气息。马出尘用手在桌子上摸了一下，说：“这屋子应该有人居住，袁瞎子肯定回来过。”

我一想也是，袁瞎子二十多年不怎么入世了，他为了躲避我们，开溜后最佳的躲藏地点就是自己的老窝。只是之前事情太多，加上他不愿意配合，我们也没刻意去寻找他。

袁瞎子这个老头儿身上有太多秘密。在这间他居住了二十多年的房子里，一定能找出一些蛛丝马迹。我把想法跟韩教授一说，他也觉得有理，便开始仔细检查这间小房子。

这确实是间很简陋的土坯房，顶上有茅草搭盖，有些地方年久失修，已经破露出窟窿小洞。屋里简陋的家具也无甚特别，唯一看起来完好的只有一张床。

我把目光盯在那张老式雕花床上看了很久。这床应该有些年头了，床的三面有屏风，前面两侧各有一个小挡板，挡板有围屏一般的高度，中间有一片空间留人上下，床腿有牙板，只是中间已经破损残缺。

床下原本应该是空的，却垒上了一个土炕，好像是在依托床板。我走过去，把床上凌乱而陈旧的被褥扒拉到一边，伸手敲了敲床板。床板发出“咚咚”的声音，略带空洞。

我正准备招呼马出尘过来看看，忽然，桌子上的蜡烛一下子灭了，灯灭前依稀有个黑影从房梁上跳下来，划过两道诡异的绿光。

接着我便听到咕咕咚咚的桌椅板凳翻倒的声音，还有重物落地的声音。我伸手在包里飞快地把手电筒拿出来，打开一照，居然是袁瞎子那只黑猫。它被唐昧一脚踢到地上，挣扎着准备往上蹿。

唐昧手疾眼快，一脚踏猫，一手在他那个大编织袋里抽出一根很奇怪的兵器，一下子朝猫身指过去。那猫像是感觉到了巨大的危险，没有被打到，却发出了一声凄厉的惨叫。

只见那件兵器的前端像是人的手掌握住一个尖锐的锥子，高高跷起的大拇指中射出一缕青蓝色的光芒，随即光芒漫散，那猫便像被定身了一样，浑身动弹不得，眼中发出怨毒的光，却只能任由唐昧顺势再次挥动那件兵器，用手掌中握着的锥子头把猫的尾巴齐根砍断。

我们看得惊呆了，这简直太不可思议了，莫非这是一根超级魔法棒！

那缕光足足亮了有五秒才消失。黑猫再次恢复了行动力，一下子跃上窗台，转身狠狠瞪了我们一眼，接着飞快跳出去不见了。

林小伟再次点亮蜡烛，唐昧用手轻轻拎起那只断尾，仔细观察着。我也忍不住看过去，那只猫尾居然没有血迹，而且不到片刻的工夫，已经老毛尽掉，干枯萎缩，看起来像一截枯骨一般。

韩教授拿出放大镜，仔细观察了一会儿那根断尾，露出难以置信的表情，说：“我们都亲眼看到是唐昧刚刚从它身上砍掉的，怎么现在看起来却像是死去多时的枯肢？”

我说：“早就知道袁瞎子不简单，有可能是个百年老僵尸，难道他养的猫也会是个僵尸猫？”

韩教授摇摇头，说：“应该不是僵尸一类的，僵尸四肢僵硬，面无表情，性格麻木，没有思维，而且不能见光，袁老爷子和这只猫看起来不属于这个范畴。我现在怀疑他们是不是跟巫蛊有关！”

唐昧说：“这只猫不同一般，它好像有思维，还充满怨气，它肯定会再回来报仇的。”

韩教授说：“这只猫如此怪异，我需要找人化验一下这截断尾，也许会有一些收获。”

我点头，打电话给杨小邪，让他开车来把猫尾取回去让法医化验一下。那小子被他爸严令蹲守在家，我们临走前刻意避开他，他正郁闷地在家打游戏，听说有任务让他办，高兴得屁颠屁颠地答应了。

这时我才注意到唐昧的武器。那是一种我从来没有见过的东西，是一根铁棒的前面铸有一只手，手里握着一只上粗下细锥子样的东西。

我们都觉得非常惊奇，但大家都只是看了一眼，没有再说什么。这时，窗外传来一阵异响，虎啸豹吼，鬼哭狼嚎，打开门一看，漫天遍野的乌鹊飞鸟铺天盖地而来，茅屋周围居然还有成群的狼猫虎豹，数不清的蛇虫鼠蚁。一时间，吼声阵阵，鸟叫不停。

我们头皮发麻，面面相觑，眼前的景象真是诡异之至。

这时，只见唐昧指着一棵大树说："看，那只黑猫！"

果然，那棵树上，有两道幽幽的绿光扫射过来，果然是那只黑猫。它看我们发现它了，也不隐藏，直接蹿到一只花豹的头上，扬起脖子，喵呜喵呜地怪叫了几声。那些飞禽走兽好像收到命令一般，作势预备向我们进攻。

我们几个人都很吃惊，一时回不过神来。还是唐昧反应快，他低声嘱咐一句："照看好教授，我去对付那只猫。"

唐昧拿着那个奇怪的武器飞奔出去，一跃身，两只脚一蹬就攀上了一棵松树，执手一挥，武器前端的那个锥子直指猫身。

那只猫显然已经领教了这武器的厉害，喵呜一声，驱使着身下的花豹飞身一跃，向后方的原始森林逃跑。唐昧紧跟着追过去，韩教授在后面喊道："里面危险，赶紧回来！"唐昧也不答话，一转眼就不见了。

第四章

1. 美女蛇洞

这时，屋子里已经到处爬满了蛇鼠毒虫，有些还从屋顶的茅草中突然下落，扑扑突突的，都是那些东西落地的声音。忽然，马出尘抽出一把伞兵刀，一下子朝我脖子刺过来。我大吃一惊，叫道:“你想干什么？”

话没说完，只见一条三尺多长的红斑毒蛇被砍成两段从我的身边落下来。原来是她眼疾手快，看到有条蛇差点儿绕到我脖子上，出手斩断了。教授的头上落下一只大蜈蚣，好在立刻被我发现，拿起手里的包一下子扫过去，顺带着把教授的眼镜也扫了下来，好不狼狈。

看来这个屋子是不能待了，帮教授捡起眼镜，我们几个人赶紧护着他出来,站到了空旷的地方。那些飞禽走兽跟着黑猫一起跑得差不多了。屋子里的蛇鼠毒虫见我们出去了，也没有追赶，但是屋顶窗前还是爬满了，看来它们是想保护那间屋子，不让我们进去。

趁着这空当,我问教授:“这个唐昧是什么来头？看起来很不简单！”

教授说 :“他是一个做古玩生意的朋友介绍给我的，具体情况我也不清楚。据说他是潘家园孙家大掌柜的干儿子，去年孙家因为石明山盗墓案发，被牵连进去不少人，大掌柜也进监狱了，唐昧更不知所踪。这次是他主动找来的。他的身手和经验都是一流的，我们也需要这样的人。”

教授说，唐昧曾经参加过多个古墓的发掘工作和一些古代沉船的打捞，大都是义务的。每次不管形势多么惊险，他都能全身而退。但这些还不是他在盗墓行和考古界有名气的主要原因。他让大家最佩服的是他多次向国家文物部门无偿捐献国宝重器。他也向一些收藏家出售过一些小件的器物，但曾经有外国商人重金向他收购，都被他毫不留情地拒绝了。

我觉得这人应该不会这么简单，问教授：“虽然他没跟你提什么条件，但我看他八成是冲墓里的陪葬品来的。”

教授说：“他应该不是那种贪财的人。你看到他的武器了吗？那是一件真正的国宝，叫禹王槊。它的来历有一个古老的传说，据说它最早是大禹治水时用来开山凿石的工具和镇压江河中的妖魔鬼怪使用的神器，以后主要被当作法器摆在庙门口代替四大金刚的作用。到后来，历朝皇帝的仪仗队中都有它出现，都是为了显示皇帝和大禹一样功绩非凡。他的这件武器全部由青铜打造而成，是真正的古器，价值无可估算。”

我大吃一惊，问道：“那他从什么地方得到这件古器的呢？看起来很神奇，居然能发光把那只黑猫定住！”

教授摇头说：“据说孙大掌柜是三年前在长江的江面上捡到他的，当时他就抱着这个禹王槊昏迷不醒。他是什么人，从什么地方来，没有人知道。孙大掌柜一开始只是把他当作赚钱工具；后来发现他确实非同一般人，就收他做了干儿子。”

这时，杨小邪带着一个年轻人走了过来，看得我哭笑不得，两人全身都穿着那种黄色的消防衣，把头脸都罩住，还戴着一顶钢盔。

杨小邪老远就叫起来：“哎呀呀，好在我这次学聪明了，全副武装免得被荆棘林子刮伤，没想刚才遇到不少的野猫、狐狸的，多亏我穿得厚实，不然就见不到你们了。”

他还拍拍胸口，跟我们大肆吹嘘那些玄乎其玄的飞禽走兽，说他从来没见过那么多动物飞快地向前跑。马出尘白了他一眼。我们都懒得跟他讲黑猫驱使野兽的事，估计他看到的那些也是听到黑猫的召唤，跟随着过去的。

我要求杨小邪把那条断猫尾拿回去检验，查一下这只猫的年龄、种类。他把猫尾递给那个年轻人，说："你听清楚了吧，赶紧拿回去检验，有结果了让法医立刻给我电话。"

年轻人忙不迭地答应，转身就离开了，临走前还在不停擦汗，也不敢多问。估计他早就想离开这个骇人的地方了。

我对杨小邪说："你怎么不走啊？"

杨小邪嘻嘻笑着回答："这么刺激的事我怎么能不跟着一起呢？我来的时候就想好了，这次不会听我爸的了，我就跟着你们；如果你们不让，我就偷偷跟在后面。"

韩教授一听也无法，只好答应，并要求他一定要紧跟着大家，不能私下脱队。杨小邪见能跟着一起前去，眉眼都乐开了花，说什么都答应了。

这时，天已经差不多亮了，林子里的飞禽走兽也消退得差不多了，就剩小茅屋里还有一些毒虫、毒蛇盘踞着。我们也不敢再进去了。唐昧还没回来，教授和大家都着急不已。我们商议，再等一会儿，唐昧要是还不回来，就一起进去找他。

这时，树林里人影一闪，是唐昧，他身上有斑斑血迹，大家赶紧迎上去。杨小邪趁机献殷勤，作势去查看他伤到哪里了。唐昧轻轻甩开他的手，说："是花豹的血，我没事。"

杨小邪赶紧嘿嘿笑了两声，说："以你的身手，肯定没问题。"

我还想问问他追上黑猫没有，之后又发生什么事，但他什么都不再说，拿起地上的袋子，把他的禹王槊裹进去，跟教授说："我们出发吧。"

一行人分食了一些压缩饼干，喝了点矿泉水，就开始朝原始森林前进。

从进入森林开始，地上便到处都是青苔，枯枝落叶下面一片潮湿，树木擎天，灌木丛生，山形挺拔，山势奇伟，四周都是鬼岭妖松，雾气弥漫，景色十分奇特，而且完全没有路标。手机在这里没有信号，导航仪都失效了。我们只能靠指南针和砍刀砍出一条路来继续前进。

我们走的这条道路也很奇怪，两边山势偏高，中间略微平坦，周围都是十人合抱的参天大树，沿树根直至躯干，都长满了郁郁的青苔。

据马出尘说，她叔叔当年和清风道长曾经一起来过这里。至于为什么来这里，一切都由于她叔叔的去世而无从谈起。清风去他们家报丧的时候，她父亲曾经问过，但是清风闭口不谈，只是说了相关路线。他们当初走的就是这条路。

我们砍了几个树棍做探路杖，一直前进。第一天，遇到了一群金丝猴，一只母猴领着小猴在不远处好奇地观看着我们，然后吱吱几声蹿到树上，消失了。夜晚，我们走到了山的最高处，而后的路程整体都是微微倾斜向下的。

走了两天两夜，我们逐渐走得麻木起来。路极其难走，到处都是枯藤乱枝。树冠遮阳，几乎看不到太阳，气温越来越阴冷，光线越来越暗，感觉越来越阴森。杨小邪穿着消防服，不停地打哆嗦，他悄悄拉着我说："哥们儿，我怎么感觉有双眼睛一直盯着我们呀！"

我敲敲他的头，说："要是害怕，就别跟来，你自己非要来，现在说什么都晚了！"话虽然这样说，我也觉得总有人在跟着我们。不仅仅是我有这样感觉，马出尘和唐昧也一直警惕地朝身后观看。只是我们什么都没发现。

随着我们的深入，气氛越来越阴森，我们内心那种不安的感觉越来越明显，大家都紧锁眉头。为了消散这个不好的气氛，在停下休息的时候，我主动跟教授搭话："教授，我看这些地势低的树木，跟坡上的那些很不一样，明显小了许多，这些树木错落有致，很有规律。"

教授看了看周围的树木长势，若有所思地想了想，说："你说得很对。我估计几百上千年前，这里可能是一条道路。这些树木是人为种植的。"

他指着一棵树说："这一路走来，坡上大都是冷杉，虽然也有黄杨木，但明显比坡下的大了很多。坡下的这些黄杨木，应该是后来栽种的，所以才错落有致、间距略同。"

杨小邪插话说："肯定是古人建筑了一座陵墓后，把这里栽上大树，阻止后人去盗墓。"

教授笑着说："你说得很有道理。我觉得肯定也有这方面的作用。"

说话间，我们发现了一棵很奇怪的大树，它伫立在这些黄杨木左侧的低坡处，枝繁叶茂，但是距离地面三十多厘米的树干却空出一个大洞，周围黝黑直达根部。

韩教授走过去，用手敲敲空洞的旁边，听到"咚咚"的声音。他说："这棵树叫古梭罗树，属落叶乔木，是国家一级保护植物，像这么大的，我还真是第一次见呢，估计有上千年的历史了吧。"

杨小邪也说："这树的生命力真强，心都空了，枝叶还这么繁茂。"他一边说，一边伸头朝树洞里看。

却不想，树洞骤然伸出一个灰色的三角脑袋，嗤嗤吐着信子，是一条毒蛇！

杨小邪已然吓傻了，好在马出尘刚好站在他身后，一巴掌将他推翻到一边去。这时，一条一米多长的毒蛇一跃而起。我闻声，手执砍刀一挥而就，把它砍成两段，落到了地上。

教授仔细看了一下毒蛇的残肢，有些可惜地说："这是玉斑锦蛇，也叫美女蛇，是国家重点保护动物，现在几乎已经绝迹了，并且它并不是毒蛇，只是颜色看起来很鲜艳。”

这个韩教授不愧是学者，字字句句都带着“国家保护”的名词。只是我们是来找墓的，不是来保护动植物的，要是都跟他一样心思，保不准什么时候遇到国家保护的毒蛇猛兽，一不留神，就得把小命给丢了。

说归说，我们也不反驳他。该杀的时候，照样要杀。

杨小邪缓过神来，拍拍胸口，说：“美女，你能不能下手温柔点儿，唉，看来我打搅这条蛇的清修了。”

这时，韩教授却蹲下去，用手摸了摸树洞周围，说：“奇怪……”

因为有了前车之鉴，担心再有毒蛇出现，马出尘就拿着匕首站在教授旁边保护着。看到教授疑惑的表情，我们都觉得很好奇。

连一直都不怎么说话的唐昧也走过来，伸手在树洞周围用手抠了一下，然后放在鼻子下闻了闻，又用拇指和无名指细细捻了捻，说：“是火烧过的。”

教授也认定那是火烧后留下的炭化痕迹。也就是说，这个树洞周围确实有人为行动的痕迹。我们讨论了一下，推断应该是修建古墓的时候，发现树洞有毒蛇，就有人用火焚烧过。

看来我们这条路确实是走对了，应该是古人修建陵墓时开辟的道路，之后栽种大树，利用森林作为保护屏障。

正准备继续前进，我忽然发现，刚才还在旁边的两截断蛇居然少了头部那一截。我心想：不会那条蛇死而不僵，趁我们不注意开溜了吧？

于是，我赶紧顺着血迹寻找，猛然看到那半截蛇身正血淋淋地朝一丛灌木丛后面扭动。我大叫一声：“哪里跑！”用砍刀一下子拍下去斩住即将隐去的末端。这时，只听喵呜一声，一个黑影从灌木丛后一下子跳出来。

是袁瞎子的那只黑猫！它嘴里衔着连带着蛇头的半截蛇身，再次用怨毒的目光狠狠地扫射了一眼我们，飞快地蹿入了林子里。看来，我们一直感觉有双眼睛跟着，就是这只猫了，真不知它有什么目的。

唐味抖出他的禹王槊，准备去追赶，韩教授止住他，说："这里形势不好，最好别单独行动，我们目前紧要的是赶路。"

2. 轩辕镜

我们继续赶路。第三天下午，韩教授的脚崴了一下，他年纪大了，连日赶路确实有些吃不消。马出尘和大家商议先停下休息，找了个树木稀疏、能透进光线的地方，晚上就地扎营。

林小伟和马出尘张罗着用矿泉水烧了点儿热水给大家喝，晚饭依然是压缩饼干。杨小邪艰难地往下咽着，一边还唉声叹气、怨声载道。我明白他是吃惯了大鱼大肉，一连几天的清水、饼干，让他很不习惯。

其实我们都觉得食物难以下咽。只是形势不同，眼下就不是讲究吃喝的时候，能填饱肚子、保持体能就不错了。只有唐味，靠着一棵大树，慢慢地咀嚼着，好像在品山珍海味，双眼还微微眯着，若有所思。

晚上，山中升起了一些雾气，丛林里常常是这样，晚上更加阴森和神秘。大家扎了帐篷休息，生了一堆篝火；简单把衣服烤干后，马出尘就把火灭了。杨小邪提出抗议："森林里夜晚阴冷潮湿，靠着火边暖和些，你干吗熄火？"

马出尘冷冷地说："你不知道夜晚在森林里生火是很危险的吗？很容易招惹一些大型凶猛动物靠拢过来。"

上半夜我守夜，杨小邪自告奋勇来陪我，我俩有一搭没一搭地聊起来。

杨小邪唉声叹气地说："哥们儿，没想到丛林探险一点儿也不好玩，整天衣服湿漉漉的，睡不好，吃不好，我感觉自己瘦了一大圈，你看我的裤子都在往下掉。”

他一边说，还一边夸张地提提腰身，果然好像露出了一点儿间隙。我忍不住笑了起来，说：“正好给你这个胖子减减肥，等回去的时候，帅得一塌糊涂，更多美女喜欢你。”

他一甩头发，摆了个 Pose，说：“兄弟我现在不帅吗？胖子有胖子的可爱，瘦了就失去了我的特色了！”

正在这时，我听到有一阵窸窸窣窣的响声，赶忙冲他摆摆手，小声道：“嘘！”杨小邪立刻噤声。我们俩仔细竖耳倾听，那个声音就在旁边的灌木丛里，越来越近。由于天色太暗，当它终于靠近，我们才隐约看清，是一只圆滚滚的野兔！

它探头探脑地向前挪动着。杨小邪控制不住馋虫，一下子扑了过去。那只兔子忽然一个转身，撒腿跑了。杨小邪跟在后面跺脚，道：“到嘴的肥肉你还想跑，没门儿，看老子怎么抓住你！”说完，他跟在野兔后面追了过去。我在后面小声喊了他几声，他也不理会，一会儿就不见了影子。我担心吵醒教授睡觉，只好自己噤声跟了过去。

我拿着手电筒追了好一会儿，却不见杨小邪的身影，顿时有些急了。林子里杂草横生，鬼气森森，万一迷路了可不好办，我只好又喊了几声：“小邪，杨小邪……”

这时，我听到旁边有人叹气的声音：“唉，唉！”深山老林，一片寂静，这声音听得真真的，是一个苍老的音色。我往喉咙里吞了吞口水，定定心神，循声蹑手蹑脚地走过去。在一棵大树后面，一个穿灰色对襟大褂的老婆婆正坐在地上抬头看我。那张脸上方下尖，皱皮巴巴，我吓得浑身一哆嗦，腿都抖了起来，转身想跑。

那个老婆子在身后嘶哑着说：“小伙子，帮个忙好吗？把我送回家。”

我只得回头，勉强定定神，问她：“你是什么人，怎么深更半夜在这里？”

老婆子说：“我家是山里的猎户，我儿子打猎一天都没回家，我出来找他，走到这里走不动了，你能不能把我背回去？”

我看了看那个老婆子，她正用手捶腿。真够佩服她，大半夜来丛林里找儿子，这把年纪，估计有六七十岁了。我问她：“你家在哪里？”

她喘着气站起身，用手往前面指了一下，说：“不远，那地方有个茅屋，我就住在那里，你背我回去吧。”

我看她也怪可怜的，便蹲身让她爬到我背上。看她瘦瘦小小的，背起来却很沉重。我往前走了两步，不经意间回头望了一眼，忽然看到她刚才靠着的那棵树后，有个趴在地上的人影。不是杨小邪，还能是谁？

我再猛然一想：三更半夜，这个老婆子出现得也太诡异了。这个原始森林一直鲜有人出入，怎么可能有猎户住在此地，而且这个老婆子面相生的也太奇怪了，她的脸呈倒三角，仔细想来，像……像……蛇！

刚好我们白天打死了一条蛇，而这个老婆子说出来找儿子的，莫非……它是那条蛇的妈？这样想来，我顿时头皮发麻，冷汗唰地一下子流了出来。脖子后面传来丝丝凉气，阴冷无比，是那个老婆子呼出来的。

我顿时感觉不妙，想用力把这个老婆子从我身上甩下来，却发现浑身变得僵硬，一点儿力气都没有了。

那个老婆子“嘿嘿”笑了一声，哧溜一声从我的背上翻下来，还狠狠拍了我一巴掌。我顿时向前一倒，侧趴到地上。此时，我浑身上下动弹不得，只有眼球可以转动。我看到那个老婆子慢慢踱步到我面前，恶狠狠地说：“我要替我儿子报仇，把你们全部吞到肚子里去。”

我大脑无比清醒，眼睁睁地看着那个老婆子俯身过来，张开嘴巴，立时一阵腥臭之气扑面而来。她的身子也变得细长起来，居然成了一条巨大无比的蛇，跟我们白天斩杀的那条蛇一样的种类，是条美女蛇。它弓起身子，蛇头前屈，嘴也忽然间越张越大，大到比它的头还要大，上下四颗獠牙陡然长出，里面的猩红的舌头徐徐伸出，分出两个叉来，眼看就要把我一口吞下。

我惊恐地睁大眼睛，感觉快要窒息了。这时，我想起小时候大人们讲给我的一些乡野鬼怪异事，说的就是有些动物成精了，能幻化成人形，朝人看一眼，或者吐一口妖气，就能迷惑人心，让受害者浑身无法动弹，任由其宰割。看来我是遇到了一个蛇精。想到这里，我不由得万念俱灰，闭目等死。

就在我闭目等死之际，忽然听到喵呜一声猫叫，随后我便感觉浑身轻松，忍不住长吸了一口气，猛然睁开眼，发现面前的那张蛇脸已经退后了，并且再次变幻成老婆子的皱皮人脸。那老婆子满脸凶狠地四处探望，试图找出猫叫的声源。

我活动了一下手脚，发现已经能动了，赶紧翻身坐起，却看到前面不远处的灌木丛里走出一只花豹，花豹的背上驮着一个人，隐约是个戴着墨镜、怀里抱着黑猫的人。是袁瞎子！那只猫竖起上身，一双眼睛里闪动着绿幽幽的冷光。

那只猫哧溜一声从袁瞎子的怀里跳起，站到老婆子的跟前，嘴里发出呜呜的警告声。那个老婆子刚才还一脸凶狠，此刻忽然变得垂头丧气，哆嗦不已，像是非常害怕这只黑猫，一双贼眼咕噜噜转个不停，探缩着向后，想要溜走。

只听袁瞎子大喝道："哪里走！"他驱豹上前，从怀里掏出一个圆球形的东西，对着老婆子照来，那个球立时发出通体的耀眼白光，老婆子捂着眼睛，发出痛苦的声音，只见一阵烟雾闪过，老婆子再次变成一条大蛇，痛苦地扭动着身躯，在原地打圈。

想到自己差点儿被它吞了下去，我不由得恶从心来，从腰里掏出匕首，想也不想，就准备去拦腰将它斩断，以解心头之恨。

没想到，我刚冲过去，那条大蛇一转蛇头，再次张开血盆大口，朝我的整个手臂一口吞来。它是在作最后的困兽之斗，意图两败俱伤！我顿时被吓呆了。

只听袁瞎子喊道："黑子，上！"

蛇头来势汹汹，但是那只黑猫比它更快，在它后面扑上去，一下子咬住七寸，把它就势拖到地上，算是解了我的吞臂之险。蛇头继续顽抗，拖着黑猫弓起。袁瞎子断喝一声，从花豹身上凌空翻越，伸腿一记"流星追日"，直踢向蛇头，把那斗大的蛇头撞向一棵大树，发出一声闷响，头骨尽碎。那蛇身抽搐了几下，便不动了。此时再看袁瞎子，全然没有那种迟暮老人的残老之相，反倒多了一些仙风道骨之气。

袁瞎子从我手里夺过匕首，在那蛇身上切割了几下，取出一个赤红色的东西。据说修炼到一定年头的动物体内都会有一种结晶，也叫内丹。我猜想，那个赤红的东西该不会是蛇妖的内丹吧？

袁瞎子把"内丹"放进口袋里，又伸手在蛇身里面摸索了几下，取出一颗暗红的蛇胆，丢给了黑猫。黑猫发出欢快的喵呜声，叼起蛇胆躲到一边享受美食去了。

我这才松了一口气，赶紧向袁瞎子道谢说："袁老爷子，真是太感谢你及时相救了，你快看看我的朋友怎么样了？"我一边说来，一边赶到杨小邪躺下的地方，把他拉起来。

我用手电照了照他的脸，只见他脸色青白无比；伸手一摸，这小子还有气息，心里安稳了不少。袁瞎子用手搭了搭他的脉搏说："不碍事，只是吸了一点阴气，我用轩辕镜照一照就好了。"

他再次拿出那个圆球，放到杨小邪的额头眉心处，那个球隐隐闪了几下银白色的光芒，接着，杨小邪的脸上的青白之气消失了，只见他咳嗽了两声，悠悠转醒了过来。

他一睁开眼，便大叫起来："他妈的，谁对我吐凉气？"我拍拍他的肩膀，把前因后果跟他说了一遍，并问他怎么着的道。杨小邪跟袁瞎子道完谢，跟我说："我追那只兔子，心想一会儿烧烤了，改善一下伙食，没想到刚走到那棵大树后面，就撞上一个冰冷的黑影，我还没来得及发问，那个黑影对我吐了口凉气，我便什么都不知道了。"

袁瞎子淡淡地说："你们两个娃子，我早就警告过，不要企图打古墓的主意，你们不听。今天你们遇到的不过是个不成气候的小蛇精，后面的比这凶险一百倍，我劝你们赶紧打道回府吧。"

我摇摇头，说："袁老爷子，感谢你的好意，只是我们有任务在身，要陪国家文物局的教授来考察，这项责任是推卸不得的。"

袁瞎子摇摇头，又叹口了气，说："吴家娃子，你跟我也算有段渊源，我不想你横尸荒野。既然劝服不了你，我也不勉强。这枚轩辕镜送给你，戴在身上，妖魔鬼怪都不敢侵袭，还能拔毒治病，希望能帮助你全身而退。"

他把那枚圆球递给我，我这才看清，那个浑圆的东西通体都能照出人影。我已然了解它的功能，当即收下，谢了袁瞎子，心里却在疑惑他为何如此慷慨助我。

袁瞎子淡淡地说："奉劝你们一句，早日回头。我不希望你们找到那个古墓，千年前的灵魂不想被人打扰；惊扰了它们，你们将会受到惩罚，此前的平静将不复存在，天下也将陷入万劫不复之灾！"

袁瞎子说完，再次跃回豹身，那只黑猫已经吃完蛇胆，也返回他的手臂内安息。袁瞎子驱使着花豹，很快消失在暗夜之中。

3. 祭台

等我和杨小邪回到扎营的帐篷时，天已经快亮了。唐昧和马出尘站在帐篷外面，唐昧依旧一脸的茫然之相，马出尘却非常不满，她说:“吴悠，让你守夜，你上哪儿去了？我们被野兽叼走了也没人知道！”

我赶紧上前道歉。这时，教授和林小伟也醒了。我和杨小邪把遭遇蛇精以及袁瞎子相救的事说出来,大家都啧啧称奇。特别是他那只黑猫，居然连蛇精都害怕，怪不得能驱使群兽。

我还没来得及提到袁瞎子送的轩辕镜，这时，杨小邪的手机忽然响了。自从我们进入森林以来，大家的手机都没有信号，只能当夜间照明工具使用。

杨小邪一看号码，说 :“是局里法医打来的，估计是关于黑猫尾巴的鉴定做好了。”我担心一会儿又没有信号，怕杨小邪说不到重点，就一把夺过手机，跟对方简单打了招呼，询问结果到底怎么样。

对方说:“动物的年龄一般是从它骨骼的生长状况来看的,年龄越大,它的骨骼钙化密度就越大，就如同一棵大树的年轮越多代表树龄越长一样,我们化验室目前有一组活了三百多年的乌龟的骨骼钙化密度图……”

我怕一会儿信号真的没有了,赶紧打断他,说:“你赶紧说这只猫吧。”

他说 :“这只猫尾所属的猫应该是埃及猫的一个分种，如果按照正常的推算，估计年龄……应该是那只乌龟的三倍以上……”

这时，信号果然又断了。好在，我已经问到了一些东西。

“埃及猫,埃及猫,三倍以上,那不是一千多岁了,它是一只猫妖吧？”我忍不住喃喃自语。

听到这样的结论，大家都觉得不可思议。韩教授说 :“任何动物都不可能有一千多年的寿命，除非……”

“除非什么？”杨小邪追问，“教授，你别打哑谜了，我们猜得很辛苦啊！”

教授咳了两声，说：“我的意思是说，除非这只猫的骨骼组织有了变异，产生了不寻常的钙化。”

我接口说：“我觉得也有这种可能。还有，它的那双眼睛，我感觉好像是人的眼神，极其诡异。”

杨小邪说：“莫非它真是一只猫精，活了上千年？”

一直没有说话的唐昧，忽然接了一句：“活了上千年的，不一定都是害人的妖精；有些年岁正常的人，却比妖精还贪婪狠毒！”

他的话说得没有来由，让大家一阵深思。

我们又赶了两天路。为了不招惹不必要的麻烦，这次，大家都小心翼翼的。在第五天下午，忽然下起了一场瓢泼大雨，杨小邪指着一棵很高大茂密的树说：“我们去那下面躲躲吧。”

马出尘说:“雷雨天最好不要站在树下,是基本的常识,你不知道吗？”

我们赶紧搭起了帐篷，几个人挤在里面刚休息了一会儿，忽然听到一声轰轰的炸雷在旁边响起，探头一看，居然是杨小邪所指的那棵大树，被雷劈开一个大洞，连带旁边的落叶、枯藤都被烧焦了一片。好在没有到那棵树下躲雨，不然说不定就被雷劈死了。

马出尘突然说：“这个洞里有东西！”

杨小邪问：“你怎么知道？”

马出尘淡淡地说：“这世上很多阴邪之物，修炼到一定的年岁，也就是说快要成精了，它身上有种戾气，最容易招来雷击。”

过了一会儿，雨停了，我们走过去一看，那个洞里果然有一团黑乎乎、软绵绵的东西。我用砍刀挑出来一看，居然是一只像簸箩那么大的蜘蛛，它被雷电烧焦的残肢是鲜艳的红色！好在，它已经死了。

这时，洞内忽然动了一下，接着，密密麻麻地爬出一群小蜘蛛。我们赶紧向后退。看来，那只大蜘蛛在临死前用身体护住了自己的孩子，母爱天性，不管是人还是成精的动物。

教授说："一般深山老林里的蜘蛛都会有毒，我们千万不要沾上。"话音刚落，杨小邪从背包里拿出一个小瓶子，喷出一些气体，气味弥漫过来，闻着居然是杀虫剂的味道。那些蜘蛛果然很听话地避开我们，朝大树后面分散着逃开了。

杨小邪居然还随身携带了杀虫剂，真让人哭笑不得。没想到马出尘狠狠地瞪了他一眼，说："我们会被你害惨的，擅作主张，你以为杀虫剂是万能的吗？气味太浓烈，最容易招引别的动物，到时候我们对付的就不是小蜘蛛那么简单了！"

杨小邪恹恹地看了她一眼，吐吐舌头，不敢反驳。我们都相信马出尘不是危言耸听，这种地方确实危机四伏，什么样危险的东西都有可能出现。

刚想到这儿，我忽然感觉全身发冷，背后便是窸窸窣窣的一阵响声。我回过头一看，居然是一只黑色的山猫，比家猫大上十几倍，和小牛犊子差不多大。它四肢灵巧地站到了一棵大树的树干上，那泛着黄绿色光芒的眼睛森冷地盯着眼前我们这些猎物，还时不时地伸出舌头舔舔外露的两颗尖利的门牙。

我再次环顾左右，居然在它身边又出现了数十处这种冷幽的光芒。

我们忍不住头皮发麻，浑身哆嗦。这种猫看起来身体灵活，凶残狡诈，简直可以同成年的花豹有一拼，我们这些人绝对不是它们的对手。

唐昧说了声"快跑"，我和林小伟一起飞快地架着韩教授，撒开脚丫子之后奔逃，心里不住地暗骂杨小邪这个拖油瓶，净添乱，这些山猫八成是他那杀虫剂引来的。

一阵嗷呜嗷呜的叫声从身后传来，隐约还能听到它们那尖细而锋利的爪子在树上抓出的咯咯声和它们上下蹿腾的声音。大家拼命狂奔，只想赶紧甩开这些讨厌的家伙。

跑着跑着，我向后看了一眼，只见唐昧在后面拿着禹王槼正对着那群山猫。他执槼点一下，一束蓝绿色光束闪出，一只山猫便定住了身形，再点，再定住一只。只是山猫的数量太多，他点不过来。而那些被定住的山猫也不过几秒钟便挣脱了，再次涌向前来。他的禹王槼发出的光芒渐渐暗淡起来，原来这玩意儿也会被消耗能量的，越用越弱。他也只好收起武器，快步跑来跟我们会合，一起向前奔走逃命。

忽然间视野开阔，我们眼前出现了一个宽阔的湖面。原来，我们已经到了森林的尽头。大家只得刹住脚步，回头来看，那些山猫也紧跟后面，一字排开，摆出攻击的姿态，用爪刨地，嘴里发出呜呜的声音。

突然间，一只山猫从树上跃下，直扑马出尘。这些东西真是鬼精得很，大约也看出马出尘是个女的，好对付一些。只见马出尘身子一矮，不知什么时候手里多了一把锋利的匕首，在山猫扑来的时候，她抬手把匕首朝头顶一划，登时传来一声凄厉的猫叫。她的身体顺势来了个漂亮的半回旋，平移了几步。山猫被开膛破肚后，鲜血和内脏洒了下来，都落到她刚才下蹲的位置。如果不是她闪躲得快，估计全身都得被沾染上。

离她最近的杨小邪可就不那么幸运了，一团猫内脏几乎全部跌到他的脚上，那双已经灰迹斑斑的阿迪登山鞋更加腥臭不可闻，熏得他痛苦地呲牙咧嘴一番。

那群山猫看到同伴的下场，暂时也不敢再次发起攻击了。我们趁机向湖边退去，停到有几块像石墩子一样的岩石边。大家都拿出武器准备好，预备抵抗山猫们的下一轮袭击。

那些山猫看似很凶猛，此时却不敢再往前进了，它们在那边来回徘徊了一会儿，却不敢靠近湖边。后来，那只领头的山猫嗷呜了几声，它们便悄悄地撤去了。

杨小邪说:“这些山猫被马大侠女来了个下马威,都吓得滚回去了！”

马出尘却不吃他这一套吹捧，皱皱眉头说：“这些山猫好像在惧怕什么，它们不敢往这边来，应该跟这个湖有关系。”

我们仓皇逃到此处，还没仔细观看地形，此时经她一说，再细细打量，天已经黑了，站在湖边只能看到天上的星星和月亮。

不知什么时候，湖面到处弥散开浓烈的雾气，隐约有灯火闪动。杨小邪眼尖，喊了一声：“好像有座楼！”

大家都抬头观望，只见湖面上不知什么时候矗立起一座塔楼来，青灰色的砖墙，主楼之上，凌空高耸着朱红殿柱，依稀有盘龙飞舞，在左右两边各有两层小楼，翘角飞檐，檐角琉璃群兽，雕梁画栋，庄严辉煌，内里有烛火灯光，人影绰绰，倒映在波光粼粼的湖面之上，看起来碎光莹莹，异常幽美。

只是在这种暗夜，这栋塔楼突兀地出现在湖面上，说不出的诡异与神秘。我感觉这根本不是人住的地方，心想，莫不是丰都台吧？这般的阴森鬼气！

我们都吃惊地睁大眼睛，张大嘴巴，一时说不出话来。马出尘小声说：“清风道长说起过这座楼，他和我二叔就是在湖边看到的，他们就是为了找寻这个塔楼，才遭遇不幸……”

韩教授用手扶了扶眼镜，说：“这不是楼，是一座祭台。奇怪，这种祭台的规格样式像是春秋战国时期的，不是说这里是马楚太子的陵墓吗？看样子根本不是一个朝代的。”

除了韩教授和林小伟外,我们都不懂得各个时期的建筑有什么不同。

大家都仔细观察着，只见这座古老的建筑在月夜和薄雾的笼罩下，像漂浮在湖面的一幅水墨画一般，显得分外沉寂肃穆。

就在我们目瞪口呆之际，忽然一阵风吹过，薄雾渐渐散去，那座祭台也随之慢慢消失……

杨小邪惊呼了一声：“闹鬼啊，那是一座鬼楼！”

韩教授摇摇头，仔细思虑了一会儿，说：“这应该是影像留声的现象，就像云南的惊马槽。”

韩教授说的这个关于“惊马槽”的事件，发生在云南境内一处幽深的山谷中。据说，谷中经常会听到兵器相碰、战马嘶鸣的声音，附近的村民把这种奇怪的现象叫做“阴兵过路”。后来还是专家给出结论，那里1800年前是诸葛亮率领的蜀军与孟获交战的战场，两军交战时恰逢雷雨阴天，地球本身就是一个磁场，雷电起了传导作用，把那些场面录制下来，遇到雷雨天气便有可能重复播放。

我们刚刚经历了一次雷雨天气，这座古祭台的影像就从薄雾中展现出来。如果不是教授提醒，我们还真以为看到了一座鬼楼。看来二十多年前，马家的人和清风道长也是在阴雨天看到了这座祭台！

马出尘说，马家人和清风道长之后就遭遇不测，看来这座古祭台的出现，是个不好的兆头。我们商议一番，觉得不应该轻举妄动。既然山猫不敢靠近，那晚上就在这岩石边歇息一夜，第二天再在附近寻找古墓的入口。

杨小邪好不容易放松精神，吵着要去湖边清洗他的鞋子。唐昧却拦住他说：“不要过去，那湖里不安全。”

我觉得奇怪，问：“你怎么知道湖里不安全，你发现什么了？”

唐昧摇摇头，淡淡地说：“我只是有种预感，好像这个地方我来过，那个湖给我的感觉不好。”

杨小邪不置可否地看看他，又自顾自地说："站着说话不腰痛，要是你的鞋上搞上这些脏兮兮的东西，看你洗不洗，我是忍受不了，我一定要洗。"

自从进入原始森林以来，都很少看到唐昧说话，很多时候，他总是若有所思，眼神看起来迷茫而忧伤，让人感觉他满腹心事。只是大家都不熟，也不好发问，只怕问了他也不说。

他的那件武器，看起来像是被赋予了魔法一样，居然可以用光束定住身形，也有点太神奇了，就像美国大片里的兵器。只是这种兵器目前美国好像都没研究出来吧。那禹王槊看起来是件古物，据说古代有很多神秘兵器都有无上的法力，看来我们真是看到了一件《封神演义》中的法宝。

第五章

1. 泥鳅蛊

我和林小伟在附近捡了些枯树枝，生了一堆火。旁边林子里隐约有动物的吼叫声，还能看到一些幽幽的冷光，但是它们不知道是害怕篝火，还是其他什么原因，只是远远地吼叫徘徊了一会儿，便离开了。

杨小邪在湖边把鞋袜脱下来，用水冲洗一番，忽然大叫道："快来看，好多鱼呀！"他一边说，一边伸手到水里去抓，没想到还真给他抓住一条。这个地方应该经年无人踏足，那些水里的鱼也不知道害怕，听到声音，便往岸边靠拢，大约是想凑凑热闹。

杨小邪抓住一只后，剩下的鱼儿便知道危险了，纷纷散开，遁入湖底去了。

那是一条我从来没有见过的鱼，浑身乌黑，像乌鱼，又有点儿像超大个儿的泥鳅。它挣扎一番，最终还是被杨小邪用匕首开膛破肚，就着湖水洗干净。他又从旁边找了一个树杈，削尖了把鱼叉起来，就着火堆烘烤起来。不一会儿，一阵香味传来，我立刻感觉肚里的馋虫被勾了出来，忍不住直咽口水。

杨小邪同我一样，口水都快流出来了。他一边不停地翻滚烤鱼，一边跟我说："吴悠，你快跟唐昧再去抓几条，这条烤熟了先给教授补补蛋白质，吃了几天的干粮，我们都受不了了！"

我想想也是，正准备起身去湖里抓鱼，唐昧却一把拉住我说："别去，这鱼吃不得！"

杨小邪怒道："怎么吃不得，我还能害你们不成？你们不吃，我先吃！"他把烤鱼抻过来，不顾还冒着热气，一口咬下去一大半，舔舔嘴唇，露出极度美味的样子，也不怕被鱼刺卡着，紧接着风卷残云般，几口就把一条差不多有一斤的烤鱼吃完了。

吃完鱼，他起身咂咂嘴巴说："真好吃呀，这真是我此生吃过最美味的东西了，你们还不快去多抓几条……"

话没说完，他忽然捂着肚子蹲下来，脸色显出痛苦的神色，嚷道："哎哟，这鱼有古怪，它……在我肚子里活了！"

我赶紧上前扶住杨小邪，只见他双眼通红，还泛着血丝，面色蜡黄，额头布满汗珠。大家面面相觑，都没想到杨小邪吃鱼居然真的吃出事来。我问他："你到底怎么样，是不是被鱼刺扎着了，还是鱼没烤熟，你的肠胃几天不见荤腥，经受不住？"

杨小邪大叫："根本不是那么回事，那鱼就没有什么刺，我的肠胃也没那么金贵，是……是鱼又活了，真的活了，还在我肚子里到处游来游去呢！哎哟，还往嗓子眼儿里钻……"

他突然停住说话，用手狠狠地掐住自己的脖子，掐得自己白眼直翻，干呕不停，却什么也没吐出来。

唐昧走过来，冷冷地说："告诉你这湖里有古怪，这鱼吃不得，你偏不信！"

看来他一定知道什么，我急急问道："你怎么知道吃不得，你是不是认识这种鱼？"

唐昧摇摇头，像是回忆起一件不愿意想起的事情，脸上的表情极其痛苦。他说 :“我也不认识，只是感觉在哪儿见过这种鱼，它给我的感觉非常不好，所以才提醒杨小邪不能吃。”

然后他又说 :“你们可听过一个传说，过去为帝王修建陵墓的工匠，最后往往会被杀死以保全墓穴的秘密。而这里湖面上刚好出现祭台的影子，看来古时真实的祭台就应该在这附近。而祭台就是专门杀人祭祀的地方，这里的鱼，不同于常，应该就是那些屈死的冤魂所化，它们身上带着临死前最恐怖的怨恨和诅咒，吃了它，肯定会遭殃。”

听他这么说，我们都愣了一下，关于修陵杀工匠祭祀的事情，一些研究资料都有记载，杨小邪最喜欢看这些野史怪谈。这时，他终于再也忍不住，哇哇地吐了出来，吐了好大一会儿，把隔夜的干粮都吐了出来，直吐得只剩下酸水，这才直起腰来。

这时再看他吐的东西，居然是一堆黑色棉絮状的东西，还在地上微微蠕动。我用树枝拨弄了一下，从那里面居然伸出几条细细的头，像那种寄生条虫，依稀地看到虫头的左右各长了两个眼睛，散发着蓝蓝的荧光，说不出的恶心和恐怖。

那些虫子在树枝的扒拉下开始四散逃跑。我从火堆里拿出一个很大的火棒，按过去把它们都烧死，只听得叽叽呀呀的惨叫声，根本不像是虫子能发出的，倒像唐昧所说，是怨灵的惨叫，而后便闻到一股焦臭味，那些虫子被烧得剩下一堆灰烬了。

韩教授走过来翻翻杨小邪的眼皮，又摸了摸他的肚皮，说 :“他是中了巫蛊，这应该是一种泥鳅蛊，好在已经差不多都吐出来了，他暂时没有生命危险。”

我们都很吃惊，没想到被杨小邪吃下的鱼居然是泥鳅。这里又不是大海，那种泥鳅也确实太大了，我从来没有见过如此巨大的泥鳅。

我着急地问教授："暂时没有危险，那怎么样才能完全彻底地解除杨小邪的泥鳅蛊呢？"

韩教授叹了口气，说："我对巫楚文化研究了很多年，巫蛊之术盛行于战国时期，主要用于举行祭祀仪式。像这种用于害人的，我也只是略略了解，却不知如何解除。看来我们只有进入这个墓穴，说不定能找到破解之法。"

教授大致讲了一下泥鳅蛊，和唐昧说的差不多，这里过去应该有个祭台，那些被用来祭祀的人在生前服食过一种蛊药，他们被杀死后，尸体扔到河里，腐烂后被湖里的泥鳅和泥而食，泥鳅便也成了蛊毒传播的媒介，即便染上蛊毒的泥鳅死亡，它的尸体腐烂又要被其他泥鳅分食，将蛊源扩大，只要湖水不干，这种蛊毒链会一直存在。

中了泥鳅蛊的人会脸色青黄，腹痛不已，觉得有很多泥鳅在肚子里钻来蹿去，甚至往喉咙和肛门里钻。

所有的蛊毒都会有一定的条件限制。教授推测，这里靠近海眼，大约有特定的温度和深度适宜那种泥鳅生存，故在湖泊的其他地方暂时还没有人误食这种泥鳅。

中了蛊毒的人，如果长时间不解除，对身体会有很大的伤害，毙命也是有可能的。我忽然想起袁瞎子送给我的轩辕镜，赶紧拿出来，放到杨小邪的印堂之上，只见那颗圆球再次发出淡淡的荧光。大约过了三分多钟的时间，轩辕镜不再发光，我取回一看，原本晶莹剔透的珠子，隐隐多了一些黑色。而杨小邪面色也恢复了正常，除了有些头昏眼花、浑身没力以外，和常人也差不多了。

韩教授看到轩辕镜很吃惊，他招手要求我递给他看看。他从口袋里掏出一个放大镜，在灯光下仔细端详，然后抬起头，喃喃地说："真是轩辕古镜，没想到传说中的神器，居然是真的存在的！"

我很纳闷儿，问教授：“这个圆球到底有什么来历？”

教授推推眼镜，定定神，才开口说：“传说轩辕镜乃上古神器，人类祖先轩辕黄帝大战蚩尤之时就是靠这面镜子才得以成功。据说轩辕镜能驱魔辟邪，很多古书都有记载。我还一直以为那只是神话传说。”

宋代赵希鹄的《洞天清禄集》中记载：“轩辕镜其形如球，可作卧榻前悬挂，取以辟邪。”

宋代梅尧臣作诗《饮刘原甫家》云：“世无轩辕镜，百怪争后先。”

元代无名氏所作《神奴儿》第四折道：“大人怀揣万古轩辕镜，照察我这衔冤负屈情。”

可见，此镜在古人心中确实如神器一般，且在多个朝代均有对它的记载。至今，故宫太和殿的正大光明牌匾之上还有一面镜子，称“轩辕镜”。历朝历代的皇帝都认为轩辕镜是皇权的象征，悬挂于金銮殿之上，能阻挡一切妖魔鬼怪和邪恶势力的侵袭和颠覆。

不过有野史所记，到了唐代末年，金銮殿所挂的已不是真正的轩辕镜，而是后仿的，它只是一种象征和装饰而已。真正的轩辕镜在唐人袁天罡当国师的时候，已经被他偷偷替换。在袁天罡最著名的《推背图》中，原本有一篇《易镜玄要》，就是关于轩辕镜的详细介绍和运用之法，甚至连《推背图》关于前后八百年的推断，都是跟轩辕镜有莫大关联的。只是这卷最重要的《易镜玄要》早已失传，野史中也不过是略略提及，无人曾阅。而那枚真正的轩辕镜至袁天罡之后就再也无人得见，至今成谜。

我听韩教授提到袁天罡，猛然想起一件事：袁瞎子也姓袁，莫非他是袁天罡的后代？如此说来，这个老头儿就更加神秘了。而他居然把这样贵重的东西送给我，到底是为了什么？

我百思不得其解。这时，半天没有言语的唐昧喊道：“那是什么？”

他手指右侧的一面山坡，那里山势比周边都略高，山头趋向湖里数十米，四周都是参天大树，唯独那个山头树木寥寥，全部为矮小灌木，草木覆盖面积也很少，显得斑斑秃秃，用强光手电照过去，隐约能看到地面上的黄土。

教授仔细看了一下，继而兴奋地说："那是一个潜龙取水的地势，如果料得不错，那里应该就是古墓的入口！"

2. 麒麟蛊

风水学把连绵的山脉称为龙脉，山势为龙的骨架，水流为龙的血液，山环水抱的小南湖确实为一块风水宝地，这条龙脉大有万马奔腾、从天而降、俯首汲水之势。

葬者，藏也，乘生气也，势如万马至天而下，其葬王者。教授说："风水之法，得水为上，这里果然是一处王陵。"

我们顾不上休息，赶紧打开强光手电筒，穿过荆棘林子，往那边赶去。走到坡下，林小伟忽然大叫道："哎哟，我的妈呀！"大家停住一看，灌木林子里露出一个人头！

几个人同时情不自禁叫了一声："啊！"

还是马出尘眼尖："是个人俑！"

我们顿感轻松，赶紧凑过去看。韩教授用手电照在上面，眉头越皱越深，说："这是一个青铜跪俑，看服饰是战国时期的。"

这时，只听唐昧说："这里还有。"

果然，周围还有四个人俑，一共是五个跪俑，全部面朝前方。那里有一处地势略高，中间微微露出一个细细的铜柱。

教授神色凝重，他招呼林小伟，两人拿出伞兵刀，细细挖掘开来。不一会儿，一只造型古朴的大罐子展现在我们面前，罐上有盖，盖柄就是我们最初看到的那个细铜柱。

教授拿出纸笔记录起来，林小伟拿出一个数码相机开始拍照，对于考古工作者来说，这无疑是个重大发现。

罐子是埋在地下的。如果不是那个盖柄，还真不好发现这个巨大的罐子。它大约有两人合抱那么粗，上尖下圆，上面刻满了精美的纹饰和一些文字，只是年底久远，加之又深埋地下，只能隐约看到一些蟠龙纹饰，字迹已经模糊不清。

教授不让人帮忙，怕损坏了这宝贵的文物，他和林小伟足足清理了一个多小时，那个罐子还没有见底，看来想要完全清理出来，还需要很长时间。

我看他们两人都很累了，便提议说："不如我们揭开罐子，看看里面到底有什么。"

杨小邪也探头探脑地说："说不定是陪葬的金银财宝，赶紧打开看看！"

我打断他，说："教授，你觉得这里面会埋藏着什么东西，会不会有危险？"

教授想了想，说："应该不是金银财宝，陪葬品应该在陵墓中，或者棺木里。这里有青铜跪俑，可能跟某个仪式有关！"

他又低头想了想，说："马楚时期的资料中，还没有关于神秘仪式的记载，而且从跪俑的服饰和罐子的纹饰来看，这是战国时期的。"

我们原本为马楚太子陵墓而来，但发现很多东西都跟巫蛊有关系，神秘出现的鬼祭台、泥鳅蛊……而楚城是战国时期巫楚的发源地……由此，教授作了个推断：此地和战国时期的楚国应该有莫大的联系。

他刚把话说完，唐昧的脸色忽然大变。他闷声不响地走上前去，蹲到青铜罐前，把右手伸出，扯掉一直戴在手上的黑色手套，细细摩摸了起来。我这才发现，唐昧的手确实很不寻常，他的手指修长，但是手掌却非常坚厚，大鱼际到合谷穴，有厚厚的老茧。他那只手像是长期拿着武器锻炼过，和他整个人非常不搭配。我想起他的禹王槊，那该是一件非常沉重的武器。

唐昧抚摩了一会儿铜罐，忽然脸色一变，起身说："不能打开，这里面有危险！"

我们都很疑惑，不过心里对他的话还是非常看重的。因为上次泥鳅蛊也是他事先出言警告，结果果不其然。

杨小邪却不服气地说："又是危险，你这张乌鸦嘴能不能不说这些不吉利的话，眼看我们就要挖到宝贝了，你倒说说，这里面到底有什么危险的东西？"

唐昧沉默了一下，依旧脸色凝重地回答："我也说不清楚，只是感觉依稀在哪里见过这些东西，却想不起来具体是什么。这个青铜罐给我的感觉很不好，不能打开。"

杨小邪唏嘘了一声，嘀咕说："感觉，又是感觉，我还感觉这里面有块价值连城的宝玉呢！"

唐昧摇摇头，不再说话，我们也都不敢轻举妄动。最后，教授发话了："既然我们这次的目的是来考察古墓，这个青铜罐就先埋在这里，等来日再重新挖掘吧。"

我们想想，虽然都很想知道里面到底埋藏了什么东西，但也都赞同这个决定。

这时，罐子里忽然传来"咚咚"的声音，好像有什么东西在里面撞罐顶。我们都吓了一跳，这里面居然有活物！

杨小邪也吓得浑身哆嗦起来，他也不说里面有金银珠宝了，催促着我们赶紧离开。

然而，只听罐子里声音越来越大。忽然，罐顶“咣当”一声被顶开来，一阵黑气散出，一个硕大的怪头猛然钻了出来。

杨小邪和林小伟同时大叫一声，一屁股坐到地上；我也吓得浑身发抖，两腿发软，差点儿跌倒。到底是见过世面的，大家的双腿都在打颤，只有马出尘扶着教授，手里已经拿出那把手枪；唐昧也紧紧握住他的禹王槊，警戒着那个怪物的反应。

黑烟散尽，只见青铜罐里的居然是一个蛇身怪头，它的身子大约有碗口粗，在罐子里盘旋了好多圈，几乎把罐子挤满了，而它的头上有角，嘴有獠牙，额下有须毛，双眼通红，散发着幽光，像是刚从熟睡中醒来，嘴里不停喷着腥臭的气味。

教授牙关打架，哆哆嗦嗦地说：“麒……麒麟……”

我一看，脑袋长得确实很像，但绝对不是，便提醒他说：“这是一条蛇身子！”

教授吁了口气，用手擦擦脸上的汗珠，说：“是麒麟蛊，没错，我只是在一本战国帛书上看过关于这个东西的记载，世间居然真有此物，这是蛊中至毒，我们赶快离开！”

唐昧说：“你们快走，我在后面阻挡一会儿。麒麟蛊浑身是毒，沾上立刻丧命。”

他的话还没说完，那个怪头立刻朝他喷了一口毒液。那液体遇空气居然“呼呼”地燃烧起来。唐昧飞快地闪身避过，而他刚刚站立的那片地方一下子陷出一个大坑，周围的树木也都枯死，瞬间变成了黑色的灰烬。

教授急忙说：“它嘴里的毒液有很强的腐蚀性，比浓硫酸还强，赶快避开！”

大家赶紧撒丫子跑，林小伟被吓坏了，连爬起来的力气都没有了，用屁股顶着地面，手撑地上，匍匐着后退，简直要哭出来了。我赶紧退回去，一把捞起他，拉起来就跑。

我一边跑一边问："教授，到底什么是麒麟蛊，有什么办法可以制住它吗？"

教授喘着气说："战国帛书上所记，把百种毒物放进密封的青铜器内，让他们互相残杀，最后仅存的那只，形状和颜色都改变了，每种动物的毒性和凶残都积聚其中，就叫麒麟蛊。我们眼前这只麒麟蛊不仅仅是一只毒物，应该还被加了咒语，所以才让它沉睡了上千年，可能就是为了让它守护这座陵墓。"

原来，这只剧毒无比的麒麟蛊是用来做守陵神兽的。

这时，再次有呼呼的喷火声传来。我扭头一看，那只麒麟蛊已经从青铜器中爬了出来，它的头高高昂起，身子一弓便弹跳起来，速度飞快。唐昧离它只有不到两米的距离，手里拿着那把禹王槊，对着麒麟蛊狠狠地点过去。此刻，青蓝色的光束再次发出，但是射到那只怪物身上，它只是顿了一下，而后猛地一挣，蓝光立刻消失，它再次精神抖擞地扑过来。看来，这次禹王槊也制不住它了。唐昧变了脸色，一边做防御状，一边后退。

我知道禹王槊再厉害也不过是一件冷兵器，不可能当金钟罩，唐昧如果被那麒麟蛊沾染上一滴，就会立刻丧命。当下顾不上多想，我伸手拿出一把弓弩，搭箭拉弓，"簌簌簌"三声响过，三支小箭破空而去，直射那只麒麟蛊。但是，箭头射到它身上，居然像碰到铜墙铁壁一般，即刻又啪啪落到地上。那只怪物，居然利箭不入！那种弩箭足以射穿野猪的双眼，没想到对它居然没有一点儿用处。我不由得暗暗叫苦！

纵然如此，它还是放慢了一点儿速度，看来是对这种弩箭有所顾忌。它只是慢了一下，接着便发起怒火来，嘶叫一声，声音非常刺耳，像一百种虫子夹杂在一起发出的怪声。听得我吓了一跳。接着它便放弃了唐昧，几乎是一下子冲到了我的面前。

我一看，直觉眼前发黑，心想完了，这下怎么也躲不过去了，该挂了！麒麟蛊头上的双眼露出凶狠恶毒的眼神，它张大嘴巴，眼看就要扑到我的身上，我甚至能想象得到它扑过来只要一下就能把我咬死，而后吞食我的身体……

在这千钧一发的时刻，我忽然听到马出尘在背后喊了一句："临、兵、斗、者、皆、阵、列、在、前，神龙出窍！"接着，半空传来一声龙吟，没错，确实是龙吟！扑到跟前的麒麟蛊愣了一下，眼神中闪出一种恐惧和疑惑。出于人的本能，我赶紧向后猛然退了几步。

这时，我们都看到了一个奇异的景象：半空中，一条金色的龙张牙舞爪地直朝麒麟蛊扑过来，周身散发出一种赤眼的光芒。

麒麟蛊昂首喷出一团火焰，那条金龙即时吐出一个水柱，水火相撞，形势立刻显而易见。水柱包裹住火光，倒势席卷，全部砸到麒麟蛊身上，它显然也被吓呆了，刚刚还不可一世的它立时趴到地上，像待宰的羔羊般瑟瑟发抖，任由那条金龙把它一下子咬成数段，全部吞到肚子去。

那条金龙昂首长啸一声，再次飞腾升空，消失在云层中。

我转身，看到马出尘闭目凝神，双手举起，半握相交在一起，右手拇指上有一个古朴的龙纹玉扳指，似乎正从天际吸收一道光芒。

我仔细看她，只见她额头布满汗珠。当光芒吸收完毕，她睁开眼睛，长吁一口气，接着便虚脱般向后倒去。

我稍微错愕了一下，赶紧上去扶住她，顺势蹲下去，让她躺到我的手臂上。她微微笑了一下，说："好在来得及，我也只是试试，没想到我的护身神龙真的是麒麟蛊的天敌！"

我这才明白，原来，驱魔龙族马家不是浪得虚名，真的是有龙神护身的。

大家一看麒麟蛊被金龙消灭，都松了口气，赶紧围过来。杨小邪惊叹不已，说:“马女侠，马姐姐，你的神龙是怎么养的，能借我玩几天吗？”

我狠狠瞪了他一眼，心想：一条龙也能随便借的吗？这样不靠谱的话他也能开得了口。

马出尘虚弱地笑了笑，说：“这是我们马家的龙神，需要用主人的精气魂才能驱使，我之前也只召唤出来过一次，并且在七日内只能驱使一次，借给你你也不会用！”

我心想，我们这次行程遇到太多意想不到的惊险，如果能得到她那条神龙的帮助，肯定能化险为夷，便问她:“为什么七日内只能驱使一次？”

韩教授接口说：“驱使神龙，需要主人的精气魂，这样会耗损大量元气，而人的生理循环周期是七日，在这段时间能重新调理元气，出尘，我说的可对？”

马出尘点点头，闭目不再说话。

韩教授嘱咐我说：“吴悠，出尘的身体这会儿极度虚弱，请你照顾好她！”

马出尘是为救我才消耗掉身体元气的，我自然义不容辞，同时心里充满了感激和愧疚，想我堂堂男子汉，居然需要一个女人来保护。

话虽如此，此刻我再看马出尘，觉得她真是太漂亮了！想起她召唤神龙的样子，简直有一种超凡脱俗、飘然若仙的感觉。

3. 鲛人传音

我们重新经过人俑和石台，再次转回山坡，深一脚浅一脚地从下往上搜索。教授对于风水寻穴颇有一番研究。站在山头之上，只见东南方不远处也有一座山头，正是部队后墙那处悬崖地段，两个山头形成开口向左的V字形。教授说:“这里山势连绵,两座山头遥遥相望,是一龙两头,对面那座山头和这里原本同出一脉，比较适合群葬，并且这两个龙头在地下必定有相连的通道。”

光线太过黯淡，我们只能隐隐看到那边的山体，其他的并不能看得明白。教授又叹口了气，说 :“天有三奇地六仪，天有九星地九宫 ;十二地支天干十，干属阳兮支属阴;古论阴阳这般诀，误尽阎浮世上人;阴阳动静如明仪，配合生生改不得！葬山之法，势为难，形次之，方又次之，顺形势者为吉。这里原本是一处藏风纳气的帝王佳穴，可惜千尺之势，委婉顿息，外无以聚内，气散于地，这处吉穴，早被破了风水，所藏之气，皆漏于地。”

教授的话，我们听得不是很明白，大抵是说这处龙脉的好风水被破坏了。

教授用手指着山头的位置，很痛心地说 :“看，那里应该是墓道入口的地方，如今成了一个断面。应该是山体下滑，塌陷下去了。”

这样说来，我们想从墓道入口进去恐怕是不可能了。

这时，唐昧用手电照了一圈，指着东面山脚下一个黑乎乎的洞口说:“这里应该是山体塌陷露出来的，也许能进去！”

那个洞口和周围的山体相比，凹陷下去一个大坑。他用洛阳铲在洞穴附近掏了一圈，洞口很快变大。他拿了个火折子丢进去，我们伸头看了看里面的情形，向下一点果然是一个墓室。

我们一个接一个钻了进去。我扶着马出尘在最后。这里应该是个配殿，面积很小，北面有个石门，已经破损，那里应该连接着墓道，靠东面的墙壁上镶有两个铜人擎灯俑，在一个石门旁边，左右各一。灯俑的造型很精美，云鬟高盘的妙曼女子双手高高执起。

而在那个石门的右侧，有一口井。那井口用简单的青砖垒成六角。

除此之外，这个墓室再无他物。

教授说："看这个灯俑的造型，是战国时期的。在墓室内修井，还真没有听说过，我们小心，搞不好又是什么巫蛊之类。"

这时候，杨小邪直朝井口走过去，把头探进去说："里面有水，咦，井口还有一道铁链！"

我大骂他："小心有东西从里面伸出来把你拽进去，你怎么总是冒冒失失的！"

教授和林小伟走到灯俑旁边去拍照观摩，还一边啧啧称奇，说这种保存完整、造型精美的灯俑目前考古界也很少见。

林小伟用手伸到井口，拽出一根铁链，哗哗作响。那道铁链的上端深埋在井口的石壁中，另外一段向下，井水应该很浅，铁链的下端根本看不清，下面是一片黑暗。

杨小邪退后一步，说:"吴悠，你可别吓唬我，真有东西出来我也不怕，到时候就让马女侠把神龙放出来咬它。"

这时，我忽然听到一个奇怪的声音，好像幽幽的歌声，听起来缠绵悱恻，哀怨无比。我们都停下来仔细聆听，没有错，确实是歌声。幽幽地，漂荡在整个墓室的周围。听得我们心里非常瘆得慌，又感觉非常忧伤。

那种声音说不出的奇怪，像是一种吐词不清的单音调调，听起来很有规律。

教授轻声说："是楚语。"我追问："说的是什么意思？"教授摇头，说："我只听出是楚调，听不明白说什么，方言音太重。"

唐昧的脸色忽然大变，浑身震动，一下子跌到地上，他喃喃地重复着那个语调，哼唱到：楚宫慵扫黛眉兮，只自无言对暮兮。千古艰难一死兮，瑶兮瑶兮独伤兮。

我们一起看着他，大家都觉得很吃惊。我心想：他不会是听懂了这种怪调调吧？莫非他也是研究楚国文化的年轻学者，可是这种声音教授也听不出到底唱什么，他怎么知道的？

教授看着唐昧，沉思了一下，说："这应该是一曲楚国民歌，寄予一个少女对情郎的思念。"

我们都四处张望声音到底是什么地方发出的，可是这个墓室确实空空荡荡，没有任何别的东西。

这时，那个声音忽然又消失了，唐昧还是失神地傻在那里。我有些按捺不住，一手扶着马出尘，另外一只手一把将他拉起来，说："你到底是谁，为什么听懂这种声音？你不会跟袁瞎子一样，是一个千年老僵尸吧？"

唐昧抬眼，略略回神，苦笑了一下，说："我是谁，我也说不清楚。不知道为什么，这个声音，我一听就听懂了，我好像听过这个声音，还非常熟悉。"

"为什么这种调调你一听就懂？我们怎么听不明白？"我很疑惑。

唐昧说："好像……就好像你早上醒了，就知道要刷牙洗脸一样，你为什么要刷牙洗脸，就像我为什么听懂这个声音一样。"

我一听，觉得这不是说废话吗，是人就知道要刷牙洗脸，这是本能。本能？等等，这种调调对于他来说，听得懂，也是本能？难道他原本就会说这种方言？

他两眼发直，一脸的茫然，看起来不像是装的。这时，他又说了一句："有些事。我也不是很清楚，说了你们也不会相信。总之，我肯定不是千年僵尸，我也是人。"

我还想再问，唐昧摆摆手表示不愿意多谈。杨小邪弱弱地说："这里好古怪，我们还是赶紧离开，去另外的墓室看看有没有值钱的文物，赶紧拣几件就跑路吧。"

他一边说，一边伸手去推旁边那道石门，我看他用了很大劲，却没有任何反应。教授和林小伟也上前去帮忙，向左向右来回试了好几次，依旧丝毫都没有反应。

唐昧忽然站出来，看了看那道石门，然后让他们让开，他走到右侧那盏灯俑旁，用手在后面不知怎么按了一下。门哗啦一下，徐徐升起，里面是一片黑暗，却有微微的风感。按说这种密封的墓室不会有空气的流动。

我正觉得奇怪，杨小邪用手电刚照过去，忽然有个黑影从里面一下子冲出来，连带着撞倒了正在门口伸头朝里探望的林小伟，我也被顺带的劲道推到一边跌转了几下才稳住身。我觉得非常不妙。杨小邪大叫道：“有鬼！诈尸了！”

被杨小邪这么一叫，大家都很害怕。我勉强转脸看去，昏暗的光线中，看到一个穿道袍的身影刚从身边跑过去。那身道袍有些熟悉，我猛然想起清风道人，不错，就是他。他腋下夹着一叠很奇怪的东西，黑色的，隐约看到连串在一起的小片片，还闪着莹莹的冷光。他一闪而过，从我们进来的那个洞口逃走了。

我大叫道：“不是鬼，是清风道人。他拿了墓里的陪葬品。”

唐昧身形闪动，用快得不能再快的速度，一下子追了出去。

我们都伸头去看那间墓室，里面很开阔，大约有一个小型篮球场那么大。墓室的中间有一口巨大的铜棺，已经被打开了。靠着南边的墓墙上有一个大洞，风正是从那里灌进来的。

教授叹口气，说：“看来这个古墓被破坏的很严重，估计里面很多东西都已经没有研究的价值了。”

我也觉得很奇怪，说“这个清风道人肯定是一直跟在我们背后，在我们受到麒麟蛊攻击的时候，他从一旁绕过，在墓室的南边打了盗洞钻进去拿了什么东西。”

教授说：“如果我估计的不错，他手里拿的应该是一套金缕玉衣。”

我们都看到他手里的东西是黑色的，连林小伟都不可置信地发问：“教授，有黑色的金缕玉衣吗？”

教授说：“我也不能肯定，只是从那件东西的外表看来，好像是玉衣的形状，具体情况看来还得看唐昧能不能追回来了。”

我们正准备进去，井口的链条哗哗啦啦响了起来，里面好似有活物。我们一起凝神看过来，大气都不敢出。

随着链子的响声，一张狰狞的头慢慢露出来，跟人头差不多大小，头上满是肉瘤，依稀有五官，面部坑坑洼洼，双目圆睁，没有眼睑，嘴里满是獠牙，浑身都是黏液，还正往下滴，说不出的诡异恶心！

那截链子的一头正锁在它的琵琶骨上，把它的活动范围牢牢固定在井的周围。

它用一只手拽着链子，一只手扒着井壁，慢慢爬上来。那双手非常短小，好似胎儿没有发育好的畸形的小手。当它爬到井沿上面，终于露出了下半身，居然是一截鱼尾！

教授喊道：“南海鲛人！”

那东西听到声音，受到惊吓，一下子腾起，朝教授扑过去。我大喊道“小心”，另外一只手伸过去，把教授拉起，急急后退了几步，避开了那鲛人的追捕。

那鲛人看一击不中，就趴在地上，用眼睛打量着我们，露出满口獠牙，大量的黏液从它嘴里流出。我估计它是很久没有大吃过，看到我们，想要饱餐一顿。

这时，马出尘拿出仿五四钢珠枪，一拉保险抬手射了出去，“啪”的一声打中了鲛人的脸颊，穿刺而过。它发出凄厉的叫声，随即从眼睛里滚落出几颗透明的珠子。

据《搜神记》载："南海之外有鲛人，水居如鱼，不废织绩。其眼泣，则能出珠。"传说中鲛人是古人类某国为避战祸用法术改变了体质躲入水中而成族，因而有双腿；又有传说是渔人遇到海中仙人，被仙人变为奴仆，化身鲛人。谁也不知道鲛人真正来历是什么，传说永远只是传说。以前只知道珍珠是从贝壳里面长出来的，没想到鲛人之泪居然也能化为珍珠。有一颗珠子正好滚到我的脚下，散发出晶莹剔透的光华。我相信这样一颗珠子，绝对是极品珍品，是那种贝壳里养殖的珠子无法比拟的。

那鲛人吃痛，赶紧躲到井沿的后面，一双眼睛非常警惕地看着我们。马出尘又抬手射出两枪，鲛人非常机灵，在马出尘抬手的时候已经蹦腾起身，一下子扎进井里去了。半晌，听到里面传出"扑通"落水的声音。

这下，我们都傻眼了。马出尘身体太过虚弱，这会儿也气喘吁吁的。我们谁都不敢再贸然到井口边去探望了，万一那鲛人一下子蹿上来，被扑到身上，可不是闹着玩的。只有杨小邪无知者无畏，蹒跚着身子向前挪动把那几颗珍珠拾到了手里。

好在这时唐昧已经回来了，看到他手里拿着那叠玉片，想必是从清风道人手里追回来的，大家顿时一阵欢呼。

看到他禹王槊的手指头处有血迹，杨小邪说："还是你厉害，那道士也被你杀了吧？"

唐昧淡淡地摇头说："没有，那道士功夫非常厉害，我追他到湖边打了起来，差点儿被他跑了。好在那个鬼祭台又出现了，把他吓了一跳，我才趁机把他打伤，夺下了这个玉衣。后来他便忽然莫名其妙地不见了……"

唐昧这样说，我们有些不明白，估计是那道士见势不妙，逃跑了，天黑唐昧没有看清他跑哪儿去了，也就没有再追赶了。

教授从唐昧手里接过玉衣，用放大镜仔细察看，脸色露出不可置信的神情，嘴里喃喃自语，不知说些什么。只是此刻不是搞考察研究的时候，我赶紧把鲛人出现并袭击我们的情况跟唐昧大致说了下。

他听我说完，“哦”了一声，正准备说什么，忽然，之前那种怪怪的楚歌再次传来。

这次大家再次凝神，还是唐昧先发现的，他说：“是从井里传出来的。”

他提起禹王槊，朝井口戳下去，在里面狠狠搅动了几下，没有任何的反应，只是那歌声忽然停了。他把禹王槊提起来，正准备朝里面观望，忽然一阵嚓嚓的铁链声响，那个鲛人再次从里面腾起，一下子蹦到井沿外面。

只见它紧紧看着唐昧，神情里却没有丝毫的敌意，紧接着忽然躬身在地。

我们一看它动了，都很害怕被它袭击。我立刻拿出自己的配备手枪，准备朝它射击，但是却被唐昧伸手止住了。

“它手里有东西！”唐昧指着那鲛人说。

果然，那鲛人躬身匍匐在地，两只小手握着一个东西，像是一块很厚的黑玉。它虔诚地把黑玉直直奉送到唐昧的眼前，嘴里还发出阵阵声音，居然就是那种楚歌的调子！

原来一直唱歌的就是它！

第六章

1．天外飞仙

简直太不可思议了。唐昧的脸上也显出迷惑的神情，但他还是接过了鲛人手里的东西。而后，那鲛人用小手指指琵琶骨上的那道锁链，发出咕咕叽叽的声音，像小水泡在肚子里翻滚发出的声音。看它的神情，很明显是要求唐昧将它身上的锁链去了。

唐昧满脸疑惑，他把那块厚玉接过来，仔细翻覆看了几遍，才发现那是一块方方正正的玉印。玉印大约有三四寸厚，长宽约八九寸，顶上有小柄，底部有鸟书字。

唐昧随口念道："上震下震，震惊百里。"

唐昧听得懂楚语就已经让我们很吃惊，他居然还认识鸟书。这次连教授都觉得不可思议了。他把玉印接过去，仔细看了几遍，点头说，不错，正是"上震下震，震惊百里"，这是鸟虫篆。

教授又解释说，鸟虫篆是把汉字篆书线条表现形式转换成装饰性的鸟形、虫形和鱼形等动物纹饰，或将笔画盘曲、缠绕，使之如抽象的动物形状的一种文字。

鸟书在春秋中后期至战国时代盛行于吴国、越国、楚国、蔡国等南方诸国，多见于青铜器铭文，湖北宜昌附近出土的越王勾践剑，上面的八字铭文就是鸟形字。

鸟篆作为东周时期流行于楚、吴、越、蔡、曾、宋、徐等国的一种艺术字体，标示着汉字发展史上的一种特殊现象。它的兴衰与东周由统一走向分裂的总趋势、周代尚文之风、青铜文化的发展等因素密不可分。而现存资料表明，铭鸟篆文器物首见于楚国，正是楚国的文化、历史、风俗等因素导致该种字体的产生。随后，受楚文化影响的其他南方诸国也出现了鸟篆。

我们都疑惑不已，杨小邪首先发话："唐哥，你的本事我们有目共睹，我还想拜你为大哥。只是你到底是什么人，也得让我们搞清楚啊？"

唐昧低头不语，一直看着那个玉印，还用手轻轻在底下的字体上抚摸，那个鲛人看唐昧并没有打开它锁链的意思，又开始作揖叩首，嘴里不停地唱着那首曲子。

唐昧双目茫然，竟然像傻了一般，陷入苦苦的思索；任由我们在旁边呼喊他的名字，也不应声。

接下来的几分钟，我们和那个鲛人都看着他，想知道他到底想起什么了，这时，他忽然换了个声调说："西瑶，西瑶。为什么这个名字这么熟悉呢？"

而后，他连看都不看我们一眼，径直走到鲛人面前，拿过禹王槊，用前段青铜手掌握着的锥子的锋利前段，一下子敲到鲛人琵琶骨上的锁链上。不知他用了什么手法，那鲛人凄厉地叫了一声，好像受痛，接着，脸上露出欢欣的表情，那链子也应声而断，末端带着血迹。

我们都大吃一惊，担心那个鲛人会扑上来袭击，谁知它一声不吭对唐昧躬身拜了拜，用手指了指我们身后的墓室石门，又唱了两句那种楚歌，而后翻身腾跳到井里不见了。

唐昧略略从迷茫中醒了过来，他淡淡地说：“这下面应该连着水域，它是回到属于自己的地方去了。”

我们从石门进去，林小伟打着强光手电筒，只见整个墓室非常空荡，没有任何陪葬品，只有靠着东北方向的一个被翻开盖的大棺材。这有些超乎寻常。

从古墓的规模来看，不管是不是马楚太子墓，这儿都是一个规模很大的陵墓。既然有玉衣陪葬，这墓室不应该显得这样寒碜，完全没有其他的陪葬品。

杨小邪一个箭步就朝那口棺材奔去，马上被我喊住了：“小心里面有不死老僵尸！”他确实被吓住，赶紧止住了脚步，又想起清风老道士刚从里面出去的，应该不会有什么僵尸粽子了，便说了一句：“陪葬品八成是放到棺材里了。”

结果，他蹑手蹑脚走到棺材前，却大喊了一句：“空的，居然是空的！”

我们赶紧围上前去，一看，果然，棺材里什么都没有。

不但没有陪葬品，连尸骨都没有。

韩教授说了一句：“奇怪，这墓室是空的，那这件玉衣又是从什么地方取出来的？”

我分析说：“应该是从棺材里，清风道士进来后一定跟我们一样，发现整个墓室都是空的，自然要打开棺材，如果我猜的不错，这是一个衣冠冢。”

所谓衣冠冢，即葬有死者的衣冠等物品，而并未葬有死者遗体的墓葬。这是因为死者的遗体无法找到，或已葬在另一处，再于此地设衣冠冢以示纪念。

韩教授点头，表示赞同我的看法。看来唐昧从清风道士手里抢回的那件黑玉衣是墓主人身份的标示。

马出尘由于身体虚弱，一直被我半扶着，偶尔她会体力不支半靠在我的身上，脸颊微微向上，因为这个原因，她的目光不经意地上瞥到墓室的墙壁，忽然说："上面有图画！"

林小伟和杨小邪都把强光手电照到了墙壁上，我们大致看了一下，发现壁画一共有十几幅。古人的阅读顺序和现代相反，于是我们从墓门右侧开始一一看下来。

第一幅壁画上是一个妙曼的女子从天而降。那女子千娇百媚，云鬓轻挑，蛾眉淡扫，玉步轻移，体态婀娜，姿态优雅，最鲜明的一个特征是她的纤腰盈盈一握。她手里拿着一个物件，是一个长方形的盒子。她的下方还有很多人，面前摆着桌子和祭品，都在俯身叩拜。

第二幅图画中，那名女子好似受伤在奔逃，她身后有很多模糊的人影军队，看旗帜上有秦、晋、齐、楚。描述的应该是这几个国家发生了一场战争。

第三幅图画中，一名将军模样的男子怀前护着这名女子，在乱军中纵马前行。将军的背后有面旗帜，上书"楚"。

这时，杨小邪指着那个将军说："你们看他的武器！"

我们看着他指的地方，都吃惊地张大嘴巴。那个将军手里挥舞的，正是一把禹王槊！

教授提示说："禹王槊是古代帝王的仪仗队里常常出现的，也会被国君的护卫将军当作武器，不同时期会出现很多样式造型材质都不一样的禹王槊。"

我们一齐看向唐昧，只见他也是一脸凝重地盯着壁画，可能也想不通壁画上怎么会出现跟自己手里一样的禹王槊。

我们接着看下去，发现那个将军的脸庞非常清晰，剑眉大眼，阔嘴挺鼻，跟唐昧也有七八分的相似。如果不是穿着古代的军装，还真以为是他的肖像画呢。

我们接着看第四幅图画。只见图画中的女子站在一个大殿里，女子的前方是一个头戴皇冠的王者，他的背后也有“楚”字样。王者手里拿着个长方形的盒子，他正从中拿出一枚黑色的玉印，似乎正在问询这个女子什么事情，但是却满脸的怒容，应该是没有得到自己想要的答案。

第五幅图画画的是这名女子站在一道悬崖旁边，正将那个手执禹王槊的将军推向悬崖下面。令人不可思议的是，那个将军只有半截腰部以上的身子，他怀里依稀抱着那个长形的盒子，正大声惊呼着。女子的身后有很多手执兵器、全副武装的士兵，站在最前面的士兵手里正拿着一副脚镣。

第六幅图画是这名女子端坐着，她的面前是一只我们刚刚遇到的那种南海鲛人。鲛人手里拿着一个小碗，女子一手伸出，从指端流出鲜血滴入碗中，而她的身上挂着一幅画像，里面正是那位手执禹王槊的将军。女人另一手拿着那枚黑玉印，指端指向画中的将军。

最后一幅图画便是这位女子躺在棺材里，身着玉衣的样子。她的双目紧闭，大约是死亡了。

最后一幅图画上还有一行鸟书字体，教授念道：

辞九歌

若有人兮山之阿，被薜荔兮带女罗。既含睇兮又宜笑，子慕予兮善窈窕。

乘赤豹兮从文狸，辛夷车兮结桂旗。被石兰兮带杜衡，折芳馨兮遗所思。

余处幽篁兮终不见天，路险难兮独后来。

表独立兮山之上，云容容兮而在下。杳冥冥兮羌昼晦，东风飘兮神灵雨。

留灵修兮憺忘归，岁既晏兮孰华予！

采三秀兮於山间，石磊磊兮葛蔓蔓。怨公子兮怅忘归，君思我兮不得闲。

山中人兮芳杜若，饮石泉兮荫松柏。君思我兮然疑作。

雷填填兮雨冥冥，猿啾啾兮又夜鸣。风飒飒兮木萧萧，思公子兮徒离忧。

念到最后，他“咦”了一声，说：“这不是屈原所作《楚辞》中的《山鬼》吗？”

我们几个人把这几幅壁画仔细看了几遍，却发现唐昧一直站在第五幅壁画前，神色看起来很痛苦。

其实我们对他都是充满疑问的，特别是我和杨小邪，很想搞清楚他跟壁画中的将军到底有什么关联，但是看他这个样子，我们都不好开口问询，只好一边看壁画，一边偷偷观察着他。

他思虑了一会儿，神色变得悲戚，谁都不再理会，只靠在墙角闭目休息起来。

我和教授几个人开始分析这几幅壁画的内容。教授说：“《汉书·地理志》中有楚地之俗信巫鬼、重淫祀的记载。看来，古人对鬼神的崇拜并不是空穴来风。壁画上的那个女子，应该就是他们所信奉的巫山神女。”

关于巫山神女，古籍中讲到了巫山云雨这个典故。说的是楚襄王（也可能是楚怀王）在巫山遇到一位美丽的女子。楚王一见之下，惊为天人，欲效连理，唯仙凡阻隔，未能如愿。返宫后，他对神女仍念念不忘，巫山神女为解楚王一片痴心，遂在梦中与楚王结合，赠玉佩而别。楚王其后踏遍巫山，再访佳人。神女再现法相，解说前缘已了，勉楚王收拾情心，专心社稷，遂辞别重返天庭。

杨小邪听了，说：“这个传说很著名，看来这几幅壁画跟巫山神女有很大关系，只是一些典故传说被传颂下来的时候，往往赋予神话色彩，也许那个女人并不是神。

我点头，在古代人们掌握的技术不够发达，很多现象会被理解成鬼神之说。如果一个体态轻盈的女子被大风刮起，又飘落到地上，就有可能被他们看成神仙。

2. 奈何桥

从最后一幅画来看，这个女子既然会死，自然不是神仙。

我跟教授分析：“应该是一个手执装有黑玉的盒子的女子从天而降，被世人敬奉为神仙，于是各国君主都派人来争夺这个女子。她手里的黑玉和盒子应该是她能从天而降的一个重要因素，也是这几幅壁画传达的重要信息。她在混战中被楚国一个执禹王槊的将军所救，之后，她和那个将军应该发生了一些故事。到底是什么故事，画中却没有记载。可能只有她和那个将军知道了。”

教授点了点头，说：“只是不知道她又怎么到了楚王的面前，那个将军又怎么不见了？”

我挠挠头想到，故事在这里断了衔接，应该是出了什么意外，女子被献给了楚王。我接着说：“有可能是那个将军把她献出的，也有可能是那个将军遭遇不测，她被别人抓获，献给了楚王。而楚王应该是想要得到关于那块黑玉的秘密，这个女子并没有告诉他。”

“之后这名女子在悬崖旁边再次遇到那个将军，她把他推了下去。后面那些士兵应该是来抓捕这个将军的，女子在他们之前把将军推下去，但是那个将军的半身都没有了。这就不知道是怎么回事。”

我们苦思冥想了半天，依旧不得所解。杨小邪清清嗓子，指着第六幅壁画说：“我们还是来看这一幅吧，这个女人应该是用自己的血来喂养这个鲛人，并且把手里的黑玉托付鲛人，让它交给那个手执禹王槊的将军。”

教授说：“小杨的判断不错。巫楚有种巫术是用自己的鲜血来喂养一些灵物，以达到和它们签订一种盟誓，这也是一种血蛊，喝下施术人鲜血的灵物，能够誓死效命。”

小邪说：“既然她用血蛊让鲛人把黑玉交给将军，那么她为什么要在之前把将军推下悬崖呢，而且既然被她推下悬崖，还少了半截身子，按说那个将军肯定活不成了，为什么她还要托付鲛人等这位将军呢？”

还有那首著名的《山鬼》，被写在这里，看来是描述这个女子的。古代很多诗词歌赋都是后来被整理出来的，也许当初这首诗歌并不叫《山鬼》，也许叫《神女》呢。从诗词的字里行间能看出，故事讲的是一个美丽多情的少女跟她的情人约定某天在一个地方相会，尽管道路艰难，她还是满怀喜悦地赶到了，可是她的情人却没有如约前来；风雨来了，她痴心地等待着情人，忘记了回家，但情人终究没有来；天色晚了，她回到住所，在风雨交加、猿狖齐鸣中，倍感伤心、哀怨。既然诗歌出现在这里，肯定是描写壁画上的这个女子在等待那位将军的心情。

教授说：“清人顾成天所作《九歌解》首倡山鬼为‘巫山神女’之说，‘山鬼’当为‘女鬼’或‘女神’的意见，遂被广泛接受。看来，壁画中的神秘女子当真是崇尚巫蛊之术的楚文化中传说的巫山神女！”

这些壁画似乎在讲诉一段很唯美的爱情故事，只是我们一时无法得解。我对教授说：“只看壁画，我们无法还原当时的情景，而且这个墓室也很奇怪，只是一个衣冠冢，我们再看看其他墓室还有什么能提供信息的线索。”

教授点头，我们便原路出来，拐入一个直径将近半米宽的甬道。甬道的左边应该是入口。那里有一道石门已经破损，断口参差不齐，像是外力造成的，痕迹陈旧。在甬道的中间，还有两片陷坑，里面深达三米左右，散落着已经生锈腐烂的尖锐刀锥利器。其中一个陷坑中还侧卧着一个骷髅，他身上的肌肉和衣物都烂掉了，只剩下一副头盔，看样子应该是一名古代士兵。

教授说：“这是连环翻版机关。看来在我们之前，也许几百年前，已经有人进入这个古墓，破坏了一些机关暗器。甬道向右那里应该正对着主墓室。”果然，倾斜向下走了大约二十多米，甬道忽然分叉，一条朝向东北，一条朝向东南。

我们不知该选择哪条路走。教授说：“进来前我已经看清楚方位了，就目前这两条甬道来说，东北朝向的应该短一些，因为这个道是横穿整个龙脉的山头，而东南朝向的则向龙尾延伸，应该会曲折延长。我们一条条探查，我提议先从东北朝向这条短的通道开始。”

我们都觉得他分析得有理，大家便开始进入东北朝向的甬道。大约走了十几米，我们看到甬道正中一前一后有两颗巨大的石球，直径跟甬道差不多大小了。我们绕过石球，便看到地上有三具尸骨。有一具是仰卧的姿势，它的骨骼一大半已经折碎了。看来，是那颗石球辗压导致的。

教授说：“大家小心，这种机关叫铁索吊石，是在墓道顶或者墙壁拐角隐蔽处固定金属滑轮，利用滑轮将巨石吊起，悬于顶端。墓道地下铺木质踏板，索链由石板而下，通过滑轮以隐蔽的方式连接踏板，中间有挂钩和脱钩相接，遇外力压迫可自动脱落。吊起之石可在墓道顶部悬挂三层，各层互不相依，索链通过石上孔洞收缩进出，能反复三次开启机关……”

教授的话还没说完，忽然听到一阵锁链牵拉的声音，好像什么机关被启动了。这时，一声巨大的砸地的声音传来，只见甬道前方一个巨大的圆形石块从天而降，随即咕噜噜往下滚来。我们都大惊失色，好在我一直扶着马出尘落在最后面，还没有绕过地上的石球，一看状态不对，赶紧一拉马出尘的手，两人躲到了后面。

唐昧喊了一声“小心”，便连拖带拉把跟在他身后的教授和林小伟拽到了刚刚绕过的石球后面。最悲苦的是剩下的杨小邪，被唐昧的拖动之势带着一屁股坐到了地上，当时傻在那里，顾不上躲避了。那巨球一路骨碌，擦着他的膝盖急速而过，和原先地上的大球撞到了一起，震荡了几下才停下。

再看杨小邪的膝盖，已经被血染红了，裤子也破了个洞。他吓得忘记喊疼，半天才反应过来，忍不住呲牙咧嘴一番，好在没有伤及筋骨。

看杨小邪没有大事，我们便接着小心翼翼地往前走，所幸没有再遇到什么机关。走了大约三四百米，居然没有路了。面前一道石门，把去路牢牢堵住。这是一整块的汉白玉，和周围墓道的颜色格格不入。石门和墙壁的连接处用的是那种灰麻的黏土。石门相当厚实，把前路牢牢挡住。

教授说:“这里应该是两条龙头相连的甬道,不知什么原因被封住了。后砌的汉白玉是唐朝之后才流行的墓葬材质。也许就是因为龙头被隔断，才造成这里龙脉被破坏了。两个龙头之间的V字形夹角越来越远。”

几个人都很是纳闷儿，何以战国墓中会出现汉白玉石门，不知把这里封住是何原因，莫非是甬道的前方有什么秘密，不愿被人发现，所以才封死?

我们只得绕过那三颗大石球朝原路返回，重新回到甬道岔口处，进入东南朝向的通道。

这次，我们整整行进了大约五百米，来到了陵墓的前殿。

这里地势非常低，又因为靠近湖泊，所以地下一片潮湿，越往前走，地势越低，积水也变得深起来。空气中一种潮湿发霉的味道，让人感觉呼吸困难。

在前殿的门口有一条排水河横贯而过，有一道石桥拦河屹立其上，桥的两边各有两根铁链条。

在古代修建陵墓的立意中，桥一般有两个作用，一是桥下的护城河能够排水，因为地下陵墓往往是阶梯状的，愈往下行，积水越多，桥下的低洼，一团黝黑，深不可测。

另外一个至为重要的意义，就是墓主人相信桥可通神、通仙、通天国，也可以通鬼、通冥府、通地狱。从民间文化的层面看来，桥梁及其象征性甚至更多地被人们用来在人与鬼、生与死之间建立联系或形成过渡与中介。

唐人张读所撰《宣室志》上曾提到，奈河出自地府。中国古代向来就有地府与阳间有河流相隔，亡魂须过渡以桥的观念。

桥面经过千百年的时间的腐朽，看起来残旧不堪。好在是石桥，要是木头做的，早就不能通行了。石桥上的台阶上长满了苔藓，看起来湿滑无比。唐昧打头，教授拿着强光手电，林小伟和杨小邪，我和马出尘，我们一字排开，小心翼翼地抬脚朝桥上走；每走一步，都要提前用脚试探一番。

马出尘基本已经恢复了元气，不需要我搀扶着，我却习惯性地跟在她的旁边。杨小邪回头，一脸媚笑的小声打趣我说：“哥们儿，你看上这个养神龙的姐姐了吧，还是因为她救了你，你准备以身相许啊？”

我佯装生气，准备反驳他，又担心被别人听出了端倪，只能狠狠瞪他一眼，其实我心里还真有点喜欢马出尘。也许杨小邪说得对，自从马出尘救了我一次后，我就对她生出一种很异样的情愫。

杨小邪嘿嘿坏笑两声，紧跟着又是一阵“咯咯咯”的声音。我以为是杨小邪出怪声，骂到：“你小子学公鸡打鸣啊，不要只顾发怪声了，看好脚下，别摔倒了！”

杨小邪说了一句“不是我”，忽然就停住了，那种咯咯咯的声音再次响起。这次我确信确实不是他。大家立刻顿步凝神警惕，显然也都听到了。

那是一种像是什么东西在摩擦的声音，十分诡异，听得我后背凉飕飕的。马出尘说：“河里有东西！”教授把手电朝旁边照过去，立刻有个黑影子从水里“哗”的一声蹿上来。黑影的身上有一条铁链，和桥边的铁索连在一起，发出咯咯嚓嚓的声音，原来声音是从这里来的！

这时，另外一边的铁索下也同时跳跃起几条黑影。一跃之际，我已经依稀看到那是条鲛人，跟那间石室井下的鲛人一模一样，被锁住了琵琶骨，固定在石桥的铁索附近。也许墓主人的用意就是利用它们作为一道防御机关。想要进墓必须通过石桥，而它们就埋伏在桥下。

我大喊道：“是鲛人！”唐昧已经把禹王槊抡向了率先朝教授攻击那条，只听“砰”的一声，那条鲛人发出凄厉的惨叫，而后落入了水中。其余的大约有十几条，见状显然是怯了，落到两旁的铁索上，虎视眈眈地盯着我们。这些鲛人在黑暗的水下生活太久了，眼睛已经退化了，与其说是盯着我们，还不如说是用耳朵在聆听着我们的动静。

马出尘很吃惊地说：“小吴，你发现没有，这些鲛人眼睛已经退化了，但石室那只却没有，难道它们不是一个种族？”

我略加思索，说：“我估计跟那个壁画上的女人有关，那个鲛人是她用血豢养的，可能由于这个原因，视力才没有消失。不然怎么帮她找那个手执禹王槊的将军呢？”

正说话间，一只不甘心的鲛人忽然扑向马出尘，大约是我们的声音吸引了它。马出尘天不怕地不怕，鬼神也不怕，可是她到底是个女孩子家，看到鲛人浑身湿嗒嗒的恶心黏液，忍不住惊叫了一声，向我身边躲来，脚下却被那只鲛人一把抓住，失重跌倒。我慌忙用手去拉她。岂料她的脚下已经腾空，被那只鲛人顺势往河下猛拽！

这时，剩下的鲛人一齐腾跳着扑上来。唐昧护住教授和林小伟，禹王槊左右开弓。杨小邪拿着匕首，骂声连连。只听得扑扑的打斗声和鲛人的落水声，一片混乱。

马出尘连连大叫起来，双脚乱弹，企图挣脱鲛人的黏爪，却因为恶心和恐惧，无法着力，被那只鲛人拉到了桥栏之下，眼看就要被拽下去。我低着头趴在地上拽住马出尘的胳膊，咬紧牙关奋力往后拖着，但根本无济于事，连我都被快速地拽了进去。没想到那只鲛人力气如此巨大，看来它应该是这群鲛人的首领了。

眼看马出尘就要被拽下去了，我心急不已。救人心切，我屏住力气腾出一只手抓住桥栏，猛然一用力把马出尘的半个身子拦腰抱了上来，软香玉软，我的脸从她胸前的双峰滑过，女人独特的气息和弹性让我忍不住浑身哆嗦了一下。此时顾不上多做他念，我借着自身的重力向地上一坐，让她从我的头上越过，算是把她从鲛爪里救出来。

只是这样一来，我的腰部以下空门大露，那只鲛人立时用牙咬住我的裤子，一下子把我从桥面上拖了下去，我暗叫一声“不好”，一时之间，我感觉马出尘从背后抓了我一下，也只是抓住了一个衣角，我还是被鲛人拉了下来。情急之中，我双手胡乱一抓，居然抓住了栏杆旁边的铁索,我借着这一抓之力,用脚狠狠踹了那鲛人一下子。它被我踢得“扑通”一声落入了河里，但很快又从水里蹦腾出来，直取我的双腿。我被悬在那里，唯一能做的就是不停踢动着双脚，防止被它抓着。

正在这进退两难之时，我听到桥面上传来“咚”的一声，好像是什么东西掉出来了。我飞快瞄了一眼，原来是一个鲛人趴到了唐昧的背后，用锋利的牙齿咬破了他身后背着的那个帆布袋子，里面那块黑色的玉印掉了出来。

在幽暗的空间，黑玉散发出一种蓝绿的幽光。

那些鲛人忽然都停了下来，只见它们全部停止了厮打，腾身回到了铁索上。它们的双目已经退化，却好像能感觉到这种幽光，全部用前爪抓住铁索，躬身朝黑玉叩拜起来。

我们大为惊奇，在这要命的节骨眼上，好在唐昧背包中的玉印掉了出来，看来这些鲛人很忌畏这枚玉印。只是它们跟那个在井下的鲛人还是略有不同，它们双目退化，且不能学人语言，但无一例外，这枚玉印像一件信物一样能指挥和镇压它们。

马出尘趁机把我拉上来，我看自己的双腿被抓出了不少血痕，小腿以下的裤子全都是洞，教授、林小伟和杨小邪身上都有不少抓痕。我气恼不已，拿出配枪准备一枪崩了这条大鲛人。

唐昧却把我的枪挡到一边去，淡淡地说："它们也是被人锁在这里，身不由已，没必要下狠手！"我只得悻悻作罢。

杨小邪嘀咕着说："差点儿被它们杀死了，还护着这些怪物，好像你是它们的主人一样！"

唐昧假装没听见。杨小邪也只是图个嘴皮子利索，不敢再说什么，任由唐昧用禹王槊一个个挑断那些鲛人身上的铁链，放它们回到河里去了。这时我才发现，原本护栏边的铁索上有很多根小的铁链，根据铁链的数量，至少应该有一百多个鲛人，但是我们只看见了十几个。

我把疑问说了出来，教授理理头发，顺顺呼吸，说："这个陵墓在封闭之后，曾经有人进入过，这从前面滚地雷的机关被破坏，还有机关处的骷髅就能看出来。现场遗留的盔甲说明，应该是一个军队进来过，距今也许过了几百上千年。这里的鲛人应该被他们杀死了不少，我们看到的这些是遗留下来的。”

我们都觉得他分析的有理，便不再多说什么，过了拱桥便抬脚进了前殿。

3. 九鼎之秘

前殿搭着很高的架子，四周砌有巨大的石条，石条缝隙里的土呈褐色，应该是经过特殊处理的，有些木质的构造已经腐朽破败成灰烬，只能看到一些大致的轮廓，规模看起来很宏大，但是好像修建的时候很匆忙，有些工程并没有完成便停下了。也许当初建造的时候，非常宏伟和壮观，但历经千年的时间，只剩下一片萧索和残破。

前殿正中有九个巨大的铜鼎。鼎耳外撇，束腰，平底，蹄足，精致轻巧，上面除了饕餮纹、夔龙纹、阳线阴刻以外，中间还刻满了铭文。

教授说：“在春秋战国时期，鼎是最重要的礼器，有一套严格的用鼎制度。天子用九鼎，诸侯用七鼎，大夫用五鼎，士最多用两鼎。只有楚国是用升鼎来显示身份地位高低的。”

诸侯只能用七鼎，可这个楚墓居然发现了九鼎，看来墓主人想要一统天下，独霸中原的野心，在死后也不愿放弃。

教授上前一看，非常惊喜，说：“也许就是这个九鼎能告诉我们这个墓的主人是谁！”

古时以右位为尊，教授从右边开始，拿着放大镜，依次看过。

这个时候，大家都没有说话，静静等待着教授看完。战国时期的文字极其复杂，大致以小篆为主，那些鸟文我一个字也看不懂。好在教授是专门研究巫楚文化的，非常熟悉这些字体。大约过了大半个时辰，教授终于看完，他重重叹了口气，说："原来这是楚襄王的真正陵墓！"

我们一听，都觉得很惊奇。杨小邪立刻提出质疑说："楚襄王的墓不是在徐州龟山被发现了吗？怎么会在这里？"

教授说："你只知其一不知其二，历史上的楚襄王有两位，一个是战国时期的怀王之子，也是典故巫山云雨的主角人物；另一位是汉代的一位封王，也就是徐州龟山埋葬的主儿。"

这九鼎也就是楚襄王的墓志铭，不仅记载了楚襄王的生平，还讲述了一个惊天的秘密。而这个秘密和那壁画中的女子，有着莫大的关联。

这个秘密要追溯到襄王之父楚怀王当政的时期。楚国本来是六国中的强国，拥有强大的国力。历史记载，怀王贪婪成性，屡次中秦国相张仪的计谋，往往得不偿失。楚国本是齐国的坚定盟友，却背齐投秦，终将国力耗尽。

现代人看到的历史永远都是笼罩在一层薄纱之内，真正的内幕往往鲜为人知。楚怀王初登王位之时，胸怀大略，野心勃勃，他和所有的诸侯国王一样，妄想有一天称霸中原，统一天下。当然，他也明白这不是一件容易的事。于是他便寄希望于巫蛊之术，企图借用神仙鬼怪之力，达到自己的目标。

某一日，在楚国境内一座连绵的山下，一个仙女怀抱玉盒，从天而降。她美艳如花，盈盈细腰，人民敬畏叩拜，将她奉为神灵。怀王得到消息后，觉得这是个绝妙的机遇，这一定是上天派给自己的使者，如果得到这个仙女，就一定能得到仙神的帮助，一达宏愿。

怀王派军队去请这位仙女的时候，别的诸侯国也得到了消息，几路大军一经相逢，便大战在一起。那位仙女在混战中受了伤，被怀王派去的将军蔑所救。那位将军爱上了仙女，并且违命私下把仙女放走。怀王得知真相后，愤怒不已。他原本是准备把将军蔑杀了的，但手下的谋士提议可将将军派去监管建造陵墓，诱惑仙女自投罗网前来相救。

古代君王的陵墓建造有个不成文的规定，就是墓成之日，就会把那些工匠和士兵全部杀死，以保全秘密。既然将军蔑被派去造陵，自然就难以活命。

那位仙女果然中计，来到楚怀王宫中面见。她自称名叫西瑶，随后献出随身所带盒中的玉印，声称这东西为无上珍宝，具备神奇的魔力，要求怀王放了将军蔑。怀王收下玉印，却提出让仙女传授法术神功，助他一统中原。仙女不愿意挑起战争，拒绝了他的要求。

相持不下之时，西瑶要求面见将军蔑一面。怀王答应了，派士兵护送西瑶到陵墓的入口处跟将军相见。西瑶把盒子交到将军手中后，把他推下了悬崖，而后念动了一句咒语，将军蔑忽然就不见了。

教授讲到这里，我们就便都明白墓室中那几幅壁画讲述的到底是怎么回事了。

那个叫西瑶的仙女是为了救将军蔑，才将他推下山崖的。而他跌落山崖的瞬间，由于那个盒子具备的魔力，让他凭空消失了，他的身体一部分慢慢隐去，所以才会在壁画上呈现出一个没有下半身的将军蔑。

说到这里，我问教授：“那个盒子到底是个什么东西，居然能让人身体消失。从西瑶的本意来说，她肯定是想救将军。所以，他的消失，肯定不是死亡，一定是去了什么别的地方。”

教授点头，一时却想不到该如何解释。他虽然是考古教授，但还是比较遵循科学依据，对于那种凭空消失的事情，也是不敢大胆设想。

杨小邪忽然说：“你们听说过佛教的神足通吗？”

神足通，又作如意足通、神境智通、神境智证通，即得如意自在之神通力。《大毘婆沙论卷一四一》载有它的三种神用：

一、运身神用，举身凌虚，犹如飞鸟，亦如壁上所画飞仙。

二、胜解神用，於远作近解，依此力故，或住此洲手扪日月，或屈伸臂顷至色究竟天。

三、意势神用，眼识至“色顶”，或上至“色究竟天”，或超越无边之世界。

杨小邪继续解释说：“那个玉盒装置有可能是一个超人类文明的时间机器或物质转移装置，极有可能是被运用于某种物质的超距输送的。这种装置使被传送的物质具有了类似于佛教中的神足通的功能，让人可以自在无碍地在多个物质空间进行传输。也许这只是盒子的功能之一，它有可能揭示了一个超十一维的物质空间的存在，当然这不是我们人类所能理解的。”

杨小邪的一番话让我们都觉得不可思议，但又不能不承认他说的很有道理。连教授都连连点头，说：“小杨的话虽然目前没有事实证据，但是从理论上来说可以作为参考。”

我盯着唐昧看了看，心想：这家伙叫唐昧，跟那个将军蔑，长相相似，他们之间到底有什么联系，莫非是转世投胎来的？

只是这个念头有些太过匪夷所思，加上唐昧一直一脸的茫然，好像他比我们还疑惑似的。这样的猜测，我一时不敢说出口。更何况，他一路上一直在起着保护大家的作用。如果我们把他当作魂魄投胎看待，说不定他跟我们急了，凭我们几个的能力，恐怕不是他的对手，还是静观其变吧。

马出尘拿了瓶矿泉水递给教授，教授喝了两口继续说。

那位将军蔑消失后，楚怀王并没有多作追究，但是他却要求西瑶做他的妃子，并为她修建了一座名为遗梦园的宫殿。但是，西瑶却并不开心。那个鲛人口里念的那首诗应该就是她的心情写照：楚宫慵扫黛眉兮，只自无言对暮兮。千古艰难一死兮，瑶兮瑶兮独伤兮。

一个孤独寂寞、思念情郎、满怀委屈的深宫怨女跃然其上。

按理说，在古代能成为帝王的宠妃是无上荣耀，很多女人想求都求不来，但是西瑶却并不稀罕，她答应教导怀王手下的巫师巫蛊之术，来换取不愿做妃子的条件。

楚怀王为了靠那些巫师达成一统中原的宏愿，便答应了她的要求。但是，男人本身就是很奇怪的感情生物，特别是那些权力极大的人，他们对于越是得不到的越是渴望得到。因为西瑶的拒绝，他对她的征服欲和霸占欲愈加的强烈。他为她茶饭不思,夜不能寐,这里还用了一句“思之不得，辗转反侧”。

可见楚怀王当时是极喜欢西瑶，于是便有了“楚王好细腰，宫中多饿死”的历史传说。

西瑶为楚怀王培养了许多法术高强的巫师，预备对周围的国家发动战争。这件事情被秦国的细作获知，报告给了当时的秦昭王。秦王立刻提前发兵，在楚国尚未作准备的时候，攻占了楚八座城池。

秦昭王的母亲原本是楚怀王的姑母，秦昭王利用母亲的名义写信给怀王约他在武关会面，商量两国交好之事，怀王临行问卜西瑶，西瑶告诉他此行大吉。其实，西瑶是故意让他去送死的。

怀王在武关被秦王禁锢，逼他交出西瑶。怀王深知秦昭王的野心并不止此，坚决不答应；他认为只要有西瑶在手，迟早能独霸天下。被禁锢秦国期间，他无数次想尽一切办法逃跑，结果还真让他逃了出去。可惜他逃到赵国寻求赵王庇护，赵王也提出要他写信召西瑶前来交换，他不同意，又逃到魏国，魏王也想要得到西瑶，均遭到怀王的拒绝，最终他为了把西瑶留在楚国，而被秦国军队再次捉回，死在了秦地。

怀王被秦国禁锢的时候，他的儿子襄王还正在齐国做人质，后来被楚国人民迎回国家推上王位。他深知父亲走向死亡，都是西瑶的一句卜卦之言，但是他并不怪罪与她；相反，他觉得自己能从一名人质成为君王全拜西瑶所赐。他并不关心父亲的死活，而是把西瑶奉为楚国第一女巫师。

当怀王的尸体被秦国送回后，襄王象征性地把父亲安葬在百里洲。怀王当年修建陵墓的地方正是西瑶从天而降的地方，西瑶告诉他那是一处连接天地之间的风水眼，死后葬在那里能保持尸骨不败，灵魂不灭。于是襄王预备把那里当作自己秘密的陵墓。

教授讲到这里，我们都明白原来西瑶当年就是降落到这里。而这座陵墓曾经是怀王修建，又被襄王据为己用。

西瑶长年容貌不变，貌美如花。襄王在尊崇她的同时，对她亦产生了爱慕之心。此时，秦国再次攻打楚国，实则就是想要讨走西瑶。然而秦军斩杀楚军 5 万人，夺取 15 座城池，最后还是未能得到西瑶。

战败后的楚襄王也明白西瑶是一颗烫手的山芋，于是他便命才子宋玉写了一篇《高唐赋》和《神女赋》。

《高唐赋》里记载，楚怀王有一天到高唐游山玩水，玩得精疲力竭，晚上很快入梦。梦中见一女神，称名为西瑶，乃天帝的女儿，自己带着枕头与席子来找他求欢，两人一夜恩爱。天亮之后说分手，神女还不忘给怀王留下一个地址："妾在巫山之阳，高丘之阻。旦为朝云，暮为行雨。朝朝暮暮，阳台之下"。

《神女赋》里说的则是楚襄王故地重游，他也如愿在梦中见到了神女，"上古既无，世所未见。瑰姿玮态，不可胜赞"。梦中，当襄王想有进一步的举动之时，神女却"頩薄怒以自持兮，曾不可乎犯干"，在最后关头，神女果断地拒绝了襄王的求爱，翩然离去，并教导襄王要励精图治，把心思用到治国造福民众上。襄王把西瑶封为楚国的"护国神女"。

"神女有心，襄王无梦"也成为许多女孩子婉转地表达爱意的一句非常文艺的台词。

楚襄王的用意也就是让其他诸侯国断了抢夺西瑶的念头，同时也是在为自己立威，既然神女愿意跟楚国交好，说明楚王才是一统天下的正主。

岂料秦国并不买账，依旧整顿军队前来攻打楚国。此时楚国的实力与秦相比，明显不是对手。襄王向西瑶叩求御敌之法，瑶曰：此乃天命，无人能改。

战事三年，楚国节节败退，襄王只得带领军队迁都陈，并从此一蹶不振。秦国占领楚国大部分城池，这让襄王无比的愤恨与恐惧，担心自己死后灵魂也不得安宁。

西瑶感恩襄王待自己的礼遇，向襄王承诺，虽然不能改变楚国的目前的战势，但在他驾崩之后，会用无上的法术守护他的陵寝和躯体不受破坏。

此后，西瑶安排自己的大弟子宋玉培养了一支巫蛊奇兵，就是著名的下里巴人，来保护楚国的安宁。《战国·楚》中记载，宋玉对楚王说："客有歌于郢中者，其始曰：下里巴人，国中属而和者数千人。"说的就是楚国当时豢养了数千下里巴人作为巫蛊奇兵。

襄王死后，其实并没有安葬在他之前为自己修建的夷陵，而是秘密葬到了怀王之前在楚城为自己修建的陵寝中，西瑶则请命陪葬。

九鼎上的故事到这里，便讲完了。

第七章

1. 磁陨

教授说："我一生致力研究战国楚文化，有诸多疑点一直困惑不已，没想到，今天这九鼎居然解开很多谜底。"

例如，强大的秦国何以跟楚怀王一直纠缠不休？把他诱骗囚禁之后，襄王已经即位，此时怀王已经没有了利用的价值，却不愿意归还楚国，原来是为了一个叫西瑶的女人。秦国占领楚国的领地后，还要把襄王的夷陵捣毁，实则是想在其中探寻西瑶留下的秘密，也就是巫蛊之术。

在襄王死后，楚国明显一蹶不振。历史记载，襄王死后，聚结所有兵力不过十万余人，而此时，秦国居然没有再乘胜追击。原来不是秦王仁慈，而是西瑶留下的巫蛊奇兵起了作用。

襄王死后，其子考烈王于前 258 年发兵救赵，同时北有信陵君所率的魏军配合，于前 258 年大败秦于邯郸，后直至秦王政年间，才再动干戈。

怀王、襄王两代君王终其一生，均败于秦国之下，但考烈王居然能大败秦于邯郸，他何以具备这样强大的兵力，这原本就是历史一大疑问，原来一切还是巫蛊奇兵的作用。

可惜，西瑶早已看透未来，用她一句话来说：天命已定，无人能改。

秦国最终统一中原，楚国纵然有巫蛊奇兵，也难逃灭亡。

说到这里，我们都唏嘘不已。

杨小邪忽然提到了一件事，他说："教授，你确定没有看错吗？西瑶会用无上的法术来保护襄王的躯体不受破坏？那就是说，我们将无法进入主墓室？"

他的话让我们都愣了一下，只是大家都没有在意，我笑着说："古代墓主人往往都喜欢搞一些恐怖的警告来恐吓后人不能进入他的埋骨之所，就算真的有什么无上的法术，经过了两千多年，早已失灵了。西瑶作为施术者都陪葬了，法术还有效吗？"

大家都觉得有理，便继续前行。从大殿走过，经过了一段长长的甬道。这条甬道非常简洁，也非常宽阔，大约有五米宽，顶上漆黑一团，看不清高度，灰褐色的砖和混泥土浇灌而成，大约有两三千米。一路上我们都小心翼翼，害怕再遇到什么机关之类的，但是还好，什么都没有。

接着我们便来到了一道石门前，两边墙壁上方各有一盏灯俑，门上有八个鸟字。教授解释道：禁止入内，擅进者死！

我们都愣住了，互相看了一眼，脸色都不好看。我心里有一种不祥的预感，想起教授讲述九鼎中的故事时，所提到的西瑶用无上法术守护襄王尸体的事。

如果换成以前，我会觉得这只是一个故事，或者一个传说。我是无神论者，对于这些巫蛊之事，总觉得是荒诞之谈。但是，这几日所见所闻，让我不得不承认，空穴来风，事必有因，古代一些传说是有据可循的，有些事情听起来匪夷所思，并不代表不存在、没有发生过，只是事实超出了人类所能认知的范围而已。

比如在古代，人们看到有个人从天上飞下来，觉得不可思议，他一定是神仙，但是到了现代，我们有了飞机，这一切看起来就很简单平常了。

也许，西瑶所谓的法术，不过是一种在两三千年前的古人看来，比较先进的防盗手段而已，被墓主人拿来预言警示，威吓盗墓之人。

只是这墓门紧闭，我上前用伞兵刀敲了敲，貌似很沉重，不像是轻易能打开的。杨小邪忐忑地问唐昧："唐哥，一路上你一直都是先知，这次能不能告诉我们，这个墓室到底能不能进啊？"

杨小邪的话真是说到了我们的心底。这一路走来，唐昧好像很熟悉这座古墓似的，这让我感觉他是不是以前进入过；还有他跟那个壁画上的将军如此相似，不仅长相相似，还拿着同样的武器，让人怀疑他是不是从画里走出来的。

我们一起看着唐昧，他却熟视无睹，皱着眉头，好像在极力思索，而后说了一句："应该没有危险……"

林小伟追问了一句："你能肯定吗？"

唐昧又恢复了淡淡的表情，说："不能肯定，我只是预感。"话说完，他伸手按到右侧一盏灯俑的底座下，用力搬动了一个石阔，只听得咔嚓几声，眼前的石门居然徐徐升起，一个石室展露在面前。他好像永远都清楚每个地方的暗门的打开方式。

墓室内长期没有通风，散发出一股霉败潮湿的味道。我们等了一会儿才进去。在这等待的时间里，我忽然感觉有一种厚厚的雾气渐渐从墓室内散出，这种雾气无色无味，跟空气一样，只是略带水汽，原本是看不到的，只是我手里拿着的强光手电筒隐约黯淡了下来。

要知道这种强光手电可以连续使用 72 小时，这支到目前为止用了还不到 12 个小时，不可能会出现电量不足的情况。

我让林小伟从背包里再拿出一支未使用过的，打开也是非常黯淡。他说"奇怪"，便把手电朝四周照过去，原本是想检验一下到底能照多远，但是当光线照到甬道的墙壁上时，我们都大吃一惊：墙壁上出现了大量的壁画。

我也赶紧把手电照过去，发现左右两边的甬道墙壁上都出现了那样的壁画：右边是一幅祭祀图，领头的是一个头戴黄金眼罩、身着长袍的巫师，两手伸出正在手舞足蹈，眼罩下的嘴巴张的很大，似乎正在念念有词，看起来非常形象生动。他的身后有无数线条简单的小民，有的抬着三牲五畜，有的俯身叩拜。

左边是一幅帝王升天图，有很多文臣、武将、士兵、民众，跪拜在地上，天上正在飞升的帝王旁边左右各有一名清秀艳丽的妃子。旁边有缭绕的云雾，前方还有一轮明月。

我清楚地记得，我们刚刚经过的时候，甬道两边的墙壁上什么都没有，转眼之间，居然出现了如此庞大的壁画，这简直太不可思议。杨小邪牙根打着颤说："就这一会儿工夫，找人画上去也没那么快呀，哥们儿，一定是有鬼，我们快跑吧！"

马出尘冷冷一笑，说："就你那点儿出息，还要跟我们出来考察，不过，我可以很肯定地告诉你，这里绝对没有鬼。"

教授说："出尘家族里的人都能通灵。如果有鬼，她能够感觉得到。"

杨小邪不好意思地挠挠头，说："不是鬼就好说了，那这忽然出现的壁画又是怎么回事？"

我想了想说："小邪有句话说对了，就这一会儿工夫，找人画也没那么快，所以说，这幅壁画一定是早就画好了的。"

可是，为什么我们刚刚经过的时候，却没有发现呢？那一定是因为什么原因，壁画被隐藏住了，但是壁画后来又出现了，壁画的出现，一定是我们触动了某种机关。

我想起墓门打开时候，手电光变得黯淡，而我似乎感觉到一种雾状的水汽。看来一切和这种水汽有关系。我把我的想法和分析说了出来。

教授点点头说：“小吴还是比较细心的，看来壁画的出现是在墓门之后，应该是墓室里隐藏了一种特殊的物质，当墓门打开之后，这种物质散发到墓道墙壁上，让那些壁画显影了。”

这应该是墓主人的一种防盗手段，通过种种诡异的现象，让盗墓者感觉恐惧，打消进入的念头。杨小邪就是一个很好的例子。

教授接着分析说：“这种物质能让手电筒的光线变得黯淡，如果我推测的不错,应该是一种磁性物质。如果想知道到底是什么造成的磁性，就必须进去看一看了。”

如此说来，我们都觉得很有道理。林小伟帮忙打着手电，教授把壁画都拍了下来。

而后，我们陆续走进来，一进门我便有一种极度不好的感觉，说不清是什么。总之，隐隐的不安便在那时就潜伏在心里了。

石室大约有五百平方米大小，四周堆满了陪葬品，青铜礼器、乐器、酒器、兵器、车马器、洗浴器、编钟、瑟、编磬等，有些竹简已经破败不堪了，还有堆积成小山一样的金币、宝石、珍珠、美玉。

其中最显眼的是一座编钟，钟由十三件成组，饰蟠虺纹，以有兽面穿钉悬于架上。最大一钟纹饰与其他略异，铭云“唯荆历屈栾，晋人救戎于楚境”。

教授伸出颤抖的双手，小心翼翼地触摸上去说：“这都是真正的国宝啊！这是晋楚争霸战争之后，晋国进献的国宝精粹，也是楚国称霸中原的历史见证。”

杨小邪跑到一堆金器旁边，用手一下子抓起了一大把，大笑着说：“哇,好东西真不少,这可是真正的古董呢！”他一边说,一边把那些玉佩、宝石之类的抓起来，又丢下去捡另外的，大有猴子下山，捡到芝麻，看到西瓜的架势。

教授心疼不已，唉声叹气让他轻拿轻放；他充耳未闻，眼睛都有些发绿了。按说杨小邪的家庭条件非常不错，但是人对金钱财富天生有一种追求欲。面对财富，我们都惊呆了，心里想的是，拿一点儿出去卖掉，我就是有钱人了，以后不用辛辛苦苦的朝九晚五了。

这时，我忽然发现有一个人对这些财宝视若未见，这人便是唐昧。他盯着石室的中央，那里有一个巨大的石台，石台上有一口青铜棺椁。

石台边伫立着一盏造型奇异的巨大的铜灯，灯形如树，灯枝上有群猴游戏，金鸟啼鸣，夔龙盘枝，下有两个下穿短裳、上身裸露的男子抛食引猴，底座有三虎作为器足。全灯由大小八节接插而成，每节皆有榫铆，榫口各异。

我们暂时把财宝放到一边，走到石台旁边。教授啧啧称奇，说："这叫青铜连枝灯，在古代还叫摇钱树，象征墓主人的身份地位，目前出土的也不超过三个，属于国家一级文物，是不折不扣价值连城的国宝。"他和林小伟都激动不已，忙不迭地拍照和做笔记。说实话，一路走来，文物古迹看到了不少，保存完好的也很多，但是像这类国宝级的东西还真是难得。

然后，他用手摸了摸停放棺木的石台，又用放大镜仔细看了看。那块石台子大约有一米多高，三米多宽，不是很规则的长方体，整体黝黑，表面有很多像指印一样的小凹坑。我和教授各拿着一把强光手电筒，当光线照射到石台上的时候，愈发黯淡了，好像被吸收一样。

教授说："这是一块铁陨石，上面那些凹坑应该是陨落过程中与大气剧烈摩擦燃烧而形成的气印。墓道中的壁画显影应该和这块陨铁有关系。"

陨石在高空飞行时，表面温度达到几千度。高温能让陨石表面融化成了液体。在继续飞行的过程，遭遇大球大气层的阻挡，速度越来越慢，融化的表面冷却下来，形成一层薄壳叫"熔壳"。熔壳很薄，一般在 1

毫米左右，颜色是黑色或棕色的。在熔壳冷却的过程中，空气流动在陨石表面吹过的痕迹也保留下来，叫“气印”。气印的样子很像在面团上按出的手指印。熔壳和气印是陨石表面的主要特征。这就是判断陨石的标准。

这块巨大的陨石已经有几千年的历史了，由于一直在密封的空间，所以表面气印还没有消失。

我拿起一把伞兵刀靠过去，没想到立刻被吸了上去，好像有人从我手里强掰猛拽一样，果然是一块磁性强大的陨铁。

2. 千年尸体

石台上有一口青铜棺椁，我们站在下面一起盯着那口棺椁。这会儿离得近，这才发现这口棺椁已经被打开了，顶头露出了三四十厘米宽的空隙。

这口棺椁看起来气势磅礴，加上墓室里有如此多的陪葬品，让人联想到里面一定有比较贵重的东西，或者有更多秘密。

杨小邪说：“我们也不要在这里大眼瞪小眼，是骡子是马，打开一看就知道了！”说着便要向石台爬去，预备开棺。

这时，忽然传来“吭”的一声，我还以为自己听错了，但接着又连接着几声“吭吭”。没错，确实是棺椁里发出的。几个人同时向后退了几步，我心里咯噔一下，不会是诈尸了吧？这里面可是死了两千多年的楚襄王啊！

“棺椁里有千年老僵尸？”杨小邪苍白着脸惊叫道。

林小伟也颤抖着说：“我们还是退出去吧，等回去打好报告，多带些人来发掘。”

我摇摇头，说：“恐怕没那么简单，如果搞不清楚到底是怎么回事，说不定我们连这个墓室都走不出去。”

一听我这样说，大家又向前靠了过来，仔细倾听，这次听清了，又有几声传来，像是人被痰液堵住了喉咙，极力咳嗽的声音。

唐昧说：“不在棺椁里，在石台后面。”

他一手从我手里接过手电筒，一手端起禹王槊，做戒备状，缓缓步入石台之后，半晌听他惊呼：“是一个人，清风道人！”

我们走过去一看，在石台的后面有个空隙，清风道人正半死不拉活地躺在地上一动不动。我上前摸摸他的颈动脉，还在微微跳动，呼吸很浅，应该是缺氧昏迷了。

杨小邪一看，大怒说：“我早就觉得这个疯疯癫癫的死老道不是什么好人，他之前打盗洞抢玉衣，这次又先我们一步进到这里。我看不如把他弄死，免得多事！”他说着就要上前掐清风的脖子。

教授赶紧上前制止，说：“小杨，这个老道是不是盗墓贼，还是交给有关部门审查处理，我们不能草菅人命。”

其实杨小邪也只是嘴上说说，杀人放火的事，他是有那心也没那胆。他很不服气地说：“我和吴悠就是有关部门的人，我看还是先把他绑起来再说吧。”

林小伟拿出一捆预备登山用的绳索，把清风捆得死死的，而后马出尘过去在清风的后背前胸推拿了几下，只见他咳咳几声，悠悠转醒，看到我们后大吃一惊，很快他又闭上眼睛，大约是还没缓过气来。

半晌，他再次睁开眼睛，很紧张地说：“这个地方太诡异，咱们快离开吧。”

杨小邪冷冷一笑，说：“什么咱们啊，你还是先交代一下你跟在我们背后到底想干什么。要是不说清楚，小爷我就把你……把你扔到棺材里。”

清风吓得浑身哆嗦了一下，其实杨小邪也只是顺口拈来，胡说吓唬他的，没想到他居然吓成这样，牙齿都在上下打颤，磕磕巴巴地说：“不要，不要。棺材里有鬼。”

他的话让我们大吃一惊，一齐转头看向马出尘。因为她能通灵，能感觉到鬼魂的气息。马出尘看看我们，摇摇头，说：“这个墓室很静，我一进来就看了一下，没有鬼魂的存在，棺材里应该有具尸体。你们怎么能相信这个道士的话呢？”

我想想觉得也是，这道士是什么人，他的话怎么能相信，不过，看他那样子，应该不是信口胡绉，棺材里的尸体应该没有那么简单。

杨小邪见他不老实，又作势要打。清风哭丧着脸说：“我真没有骗你们，我看到棺材里的那个死人眼珠动了。”

我觉得事情应该没有那么简单，又有些怀疑这个道士是不是疯了，便冷冷地质问清风说：“你是怎么到这里的？我们一打开墓门没有感觉到气流，这里应该是封闭的，刚才我也看了，周围都没有盗洞，说，你是怎么进来的！”

老道士一愣，接着又咧嘴，绷出了一个比哭还难看的表情说：“我说我是凭空进来的你相信吗？你还是别问了，我们赶紧逃出去吧。”

他一边说，一边挣扎着想要站起来朝门口的方向挪动。我一把抓住他，把他按到地上，说：“你不是说棺材里有鬼吗？还不老实交代，不然把你扔进去！”

老道士这次彻底没辙了，狠叹一口气，说：“好，好，我告诉你，我说我也不知道我怎么到了这里你肯定不信，可是我真的不知道，我怎么到了这里！”

老道士几乎哭了出来。他说他在湖边跟唐昧争夺那件玉衣的时候，忽然看见湖面上飘起了一座鬼楼，上面不但有灯光，还有人影人声，他吓了一跳，这时唐昧一槊子刺过来，他下意识地朝边上一躲，没想到一下子掉进了一个黑暗的深渊之中，他在半空中旋转了无数次，头都转晕了，忽然就重重落到了地上，他缓过神后，拿出身上的火折子擦亮，就发现身处一个墓室之中了。

当时他第一感觉就是觉得呼吸困难，这个墓室是封闭的，不容多想，赶紧寻找出路，却发现墓门被封死了，根本打不开，墓室再没有任何通道，于是他便把目光转到石台上的棺椁上。他想也许棺椁之内会有密道，或者开启墓门的玄机。

当他费了九牛二虎之力把铜棺一头撬开一条缝隙的时候，立时出现了让他魂飞魄散的一幕：棺椁里躺着一个头戴黄金面具的人，他只看到了头部。当他把火折子凑过去的时候，清楚地看到了那个面具的一双眼睛，幽幽转动了一下，还散发出耀眼的光芒！他惊骇之极，大叫一声从石台上翻落了下来，心悸加上缺氧，让他彻底倒地昏迷了！

他后怕不已地哆嗦着："我还以为自己死定了，迷迷糊糊感觉有人进来了，没想到居然是你们！"

我看了看老道士，觉得他说的话水分太大，特别是他莫名其妙进入这个墓室，听起来荒谬之极，不过如今这不是事情的关键，看他的表情对这具铜棺非常惧怕，估计里面应该不会很简单，到底是尸体还是鬼，只有看看才能知道。

对于鬼魂之说，我并不相信，不是有科学家研究说：所谓的鬼魂不过是一种磁场，是人肉体死亡后，一种脑电波的释放，在某种情况下能干扰活人的脑电波。说穿了，并无多恐怖，只是人的心理作用。

我对唐昧打了个手势，我们两人同时翻身上了石台，一人一边，用吃奶的劲我也没能抬动棺盖分毫，倒是唐昧那一边好像有了一些松动，敢情这家伙的手劲非常之大。

我趁喘气的空隙，伸头瞄瞄棺盖打开的那端，隐约看到一个面具。唐昧说了句：“你站到一边，我来！”

他猛一用劲，大喝了一声“起”，棺盖很听话地被他掀了起来，推到一边。我把手电筒照过去，只见铜棺里躺着一具头戴黄金面具。身穿王服的男人；他的双手交叉在胸前，皮肤细腻，看起来光鲜如初，好像睡着了一样。

我把手电光线凑过去，透过那黄金面具的眼洞，我看到了里面的眼睛居然是睁开的，并且猛然闪动着耀眼的光芒！

我大吃一惊，倒吸了一口冷气，汗毛都竖了起来，浑身哆嗦，两腿打颤，几乎也要从石台上跌落。唐昧一把抓住了我，说：“是手电筒的光反射的！”

我松了口气，暗叫了一声惭愧，差点儿丢人丢大了，好在唐昧冷静，一眼看出了端倪。不过，这个尸体也太诡异了，看样子应该是楚襄王的尸体没错，但是过了几千年不但不腐不化，还睁着眼睛！

这时大家都一齐站到了石台之上，连被反绑着双手的清风老道也挤了上来想看个究竟。这一具尸体让大家都很吃惊，一时之间，整个墓室都很安静。我们怔怔盯着尸体看了许久，极度感叹这具保存完好的尸体。

马出尘说：“这根本不像一具尸体，他是睡着了吧？”

教授摇头说：“九鼎上记载了这铜棺中的人是楚襄王，应该不会错，他死了几千年了，那时候怎么会有这样完好的保存方法？比马王堆的辛追的防腐技术还好！”

马王堆辛追尸体的防腐技术十分罕见，但是一接触到空气，也立刻被氧化变黑了。眼前这具尸体在空气中暴露了许久，居然一点变化的迹象都没有。

“也许揭开他的面具能有所发现呢！”清风在旁边小声的提议。刚刚他还十分惧怕，现在又对这具尸体变得热衷起来，让我感觉有点儿不同寻常。

教授刚要说什么，估计是阻止他揭开面具。因为这样可能会让尸体立刻变化，而不能及时得到妥善的保护。但是，唐昧已经伸手揭开了那具黄金面具，一张头戴金冠、唇上有八字须、不怒而威的四十多岁的男人脸展现在面前。他的面容白里透红，眼睛微微睁开，嘴唇轻启，似乎刚刚睡着的样子，看起来非常安静祥和，哪里有一点死尸的气息?

大家看尸体纹丝未动，像是没有什么危险，都松了口气，不过依然不敢过分靠近。这具尸体太过鲜活，我有些犯迷糊:这到底是人还是尸，莫不是楚襄王只是假死被人下了棺,实际上他并没有死透,又活了过来?

我记得在电视上看过一期《探索发现》，讲的是一座规模宏大的古墓的挖掘。挖掘过程中发现一具白骨森森的骷髅，呈现挣扎的状态。最后学者推断是墓主人当时吃红薯的时候被噎得一口气上不来，昏迷了过去，家人以为她死了，就把她下葬了，结果她在棺材里醒了过来，最终因为缺氧在极度痛苦中挣扎着第二次真正死去。

不过话说回来，纵然楚襄王是假死，那么过了这么多年，他早该因为缺氧和饥饿而死亡，但是他却看起来像刚刚死亡的样子。我想起教授讲诉九鼎上的故事中，楚襄王死后，西瑶会利用巫术保持他身体不腐不败，并且不受外人打扰。

他的身体果然不腐不败，只是，我们这群人却打扰了他，不知接下来会受到什么惩罚呢，看起来并没有什么危险啊！

这时，一个人影绕过我，一下子奔到襄王尸体前，闪电般的伸手一捏他的双颊，两根手指从尸体的口中夹出一个黑黑的物体，并且飞速地把那个黑物体塞进了自己的嘴巴。在我们目瞪口呆之际，他飞快地退到了墙边。

是清风老道，他不是被捆住了吗？不知什么时候，趁我们不注意自己挣开了绳索，并且取出了尸体口里的东西。一开始他说棺材内有鬼，好像很是害怕，但是刚刚他又一味地怂恿我们揭开黄金面具，我就开始觉得他有些不对头，没想到他果然别有用心。

古时之人，在死后陪葬的物品中，不仅仅有金银器具饰品，富贵之家还会用一些玉珠、珍珠之类的封住七窍，而那些穷苦百姓往往也会用一些铜钱之类的，叫做压口钱。王侯将相，往往会在嘴里含一颗极品玉珠，称作“驻颜珠”，据说能长久保持尸体不腐不烂。

清风老道此行看来并不简单。他在众目睽睽之下取出尸体口中之物，塞到自己嘴里，也不嫌脏，真让人恶心。杨小邪大骂道：“臭老道，你果然不老实，快把宝贝给吐出来！”

清风老道嘿嘿一笑，说：“吐出来是不可能了，除非你们把我开膛破肚。不过，你们都是正派之人，断然不会干这样的事的！”

唐昧冷冷地把禹王槊指向清风，说：“你以为你这次能跑得了吗？”

清风老道也明白情势不利于自己，干笑两声，摆摆手，说：“我也是没有办法，请你们听我说，这颗丹药在死人嘴里是没有用处的，但是吞到我的肚子里，却能救人一命。”

我听出了一点端倪，盯着他问：“你怎么知道尸体嘴里有颗丹药，看来你是早有预谋了，到底是怎么回事？你要是不说清楚，立刻把你打成死尸，在这里杀个把人绝对是神不知鬼不觉。”

清风老道一看我们几个围上来和恶狠狠的目光，知道这下挨不下去了。他目光闪动了几下，张嘴欲言，忽然露出吃惊的表情，用手指着我背后说：“有鬼，这次真见鬼了！”

我以为他故意混淆视听，又准备要什么阴谋诡计，并不为所动，但是，身旁的马出尘也惊叫了一声，声音非常恐怖，像是看到了极度恐惧的事情。我转头，看到棺材里的尸体不知什么时候，变成了一具枯萎发黑的木乃伊。

原来，尸体嘴里的东西被取出之后，立刻发生了氧化，顷刻间，全身肌肤变得黝黑缩水，脸像发皱的柚子皮一样干瘪下来，面部表情也变得狰狞，只剩下黑皮包着骨头，嘴唇下露出森森的白牙，看起来无比的骇人！

这时，一只非常小的红色虫子从尸体的鼻子里慢慢爬出来，而后嗡嗡扇动翅膀，在我还没有回过神之际，一下子趴到我的左手臂上，狠狠咬了一口！来不及多想，我赶紧狠狠一甩，把它甩到地上。唐昧用禹王槊一下子把它戳死了。我再看自己的手臂，上面有个红红的小点，不疼不痒。但是，瞬间有条红线透过皮肤下的血管缓缓地蔓延至上。我惊恐不已，看来这个小虫子肯定是有毒的。

接着，嗡嗡之声再次传来，并且还是一大片，都是从尸体鼻子里爬出来的红色小虫。唐昧用禹王槊拍死了两只，余下的好像刚刚苏醒一般，盘旋着预备朝我们攻击。教授大喊一声："这是加了巫术的尸虫，有毒！不能沾上，赶紧跑吧！"

唐昧挥舞了几下禹王槊，把那些夹杂在一起的虫子暂时扫到了一边，但是尸体鼻子中还在继续爬，我们赶紧跌跌撞撞向墓室外面跑去。

墓室内有成堆的金银玉器，这时逃命要紧，谁也顾不上去捡。一行人刚逃出墓室外，唐昧就伸手在左边的灯俑座下抠动了几下，这时只听咔嚓嚓几声响，墓门应声落下，算是彻底把那些尸虫关在了里面。

3. 悬浮镜

我们几个人这才喘着气坐到地上歇息，我再看自己的手臂，红线已经蔓延到胸口，鲜红的颜色非常醒目。

教授神色黯淡地叹了口气，说：“小吴，你太不小心了，这种尸虫是有毒的，被它咬中了，毒液会随着血脉走向流经心脏，速度非常之快，十二个时辰内就会……唉！”

他的话没说完，但是我们都知道是什么意思了，就是说十二个时辰内我就要翘辫子了。

我吓得够呛，浑身发冷，一下子瘫倒在那里，心里无比的沮丧。我就要死了，我连女朋友都没有正儿八经谈一个，我还没有好好给父母尽孝，我还没有好好享受人生……总之一句话，我没有活够呢！

我扭过脸，看到大家无比同情的目光。马出尘伸手抓住我的手，忧心忡忡地问教授：“难道这种毒没有解药吗？”

教授叹口气，没有说话。我忽然想起自己口袋里还有袁瞎子给的轩辕镜；他曾经说过，这枚镜子能驱赶邪神，还能拔毒治病，何不试试再说！

这样想来，我赶紧从贴身口袋里拿出那枚轩辕镜。不知道什么时候，这枚轩辕镜居然改变了形状，变成了椭圆形的。

我心里非常奇怪，只是这时拔毒保命要紧。我把变形了的轩辕镜靠近尸虫叮咬的地方，一阵清凉的感觉传来，轩辕镜阵阵发热，只见手臂上的红线，慢慢变浅，大约过了五六分钟，红线居然真的消失不见了。

我长长吁了口气，看来这条命算是保住了。大家都很高兴，马出尘破涕为笑。我看了她一眼，愈发觉得她真是个非常漂亮的女孩，这种再世为人的感觉很难得，我觉得自己忽然变得矫情起来。

杨小邪心有余悸地说：“既然吴悠已经好了，我们还是快离开这里吧，指不定还有什么更加难对付的机关陷阱、毒虫毒蛊潜伏在这里。”

马出尘大骂他乌鸦嘴。不过，经过刚刚一番的变故，我觉得此地确实不宜久留，这时看到清风老道也跟我们一起，暂时也不想跟他多磨，心想，等离开这里，我第一件事就是把他带到局子里关起来审讯一番，不怕他不老实交代。

我们随便吃了一点压缩饼干，喝了几口水，起身预备从来时的墓道离去。墓室门关闭之后，眼前这条墓道中两边的壁画也消失了，再次证实了壁画的出现跟墓室里的磁性陨石有关。这道墓门好像起了个隔离磁场的作用。

这时，透过前方的一团漆黑，我扬起手电筒，忽然看到不远处的墓道上空一片晶莹透明的水雾，就像是在空中悬浮着的一面水晶镜子。说是镜子也不很确切，因为那面水晶还散发着一种光华，说不清楚像什么。

我吃了一惊，把手电筒照过去就像照镜子一样，我的脸投影在那片水晶之中，放出一团光芒，随即整个脸扭曲变形，越变越细，最终变成一条线，那线又绕成一个圆圈，不停地旋转，就好像是太极的图案，终于归入一片黑暗之中。

那画面倒也并不恐怖，但我还是觉得被刚才看到的情景吓坏了，好像整个灵魂被强烈地从身体里抽出来一样，全身发颤，我的手一时拿捏不稳，手电筒一下子掉到了地上。

教授问我怎么了，我捡起手电筒，想把自己看到的说出来，又担心是不是看错了，说出来引起恐慌，想了想，对教授说："我好像看到一面镜子。"

教授把手电筒接过去，仔细地照着看了一下。这时我再次看到那片水晶镜子，相信他们也都看见了，因为大家的脸色都变了。杨小邪惊骇地说："确实有一面镜子，里面还有人。"

我仔细瞪大眼睛，果然，镜子里有七个人影，由于他们背对着我们，一时看不清楚。

杨小邪说："莫非另外有一队人也进到这个古墓来了，我们跟他们搭个伴吧。"

教授说："没听说还有另外安排考古人员参加啊！如果有其他人，可能是来盗墓的，我们还是小心点。"

我仔细瞅了瞅，发现不仅那队人人数跟我们一致，并且穿着打扮也很相像，里面也有一个跟杨小邪穿着一样黄色消防服的人，并且也有一个拿着类似禹王槊武器的男青年，还有一个很猥琐的青衣人影跟在后面，很像清风老道！

我一拍脑门儿，忽然明白过劲来：那队人，不是我们自己吗？只是因为他们都面朝前方，我只看到了后背，加上隔了一段距离，光线又黑，所以一时之间没有认出来。

我把自己的发现跟大家一说，所有人同时恍然大悟。林小伟说："可能是整个墓道长期空气不流通，某些地方的水汽在空气遽然流动的时候积聚到一起，形成了一面水雾镜子。"

他跟着教授考古，看得多，经验也多，总结出来的结果，是比较有道理和说服力的。

我觉得也有可能，但是，我突然想到了一个问题：我们照镜子的时候，看到的是自己的正面，而这面水雾镜子，怎么看到的是背后？

我把疑惑说出来，大家也都觉得很奇怪。杨小邪神经兮兮地说："看起来很古怪，不会是楚襄王的鬼魂作祟吧！"

教授摇头，说："应该不是，这大约是一种镜像的原理，不过这种镜像太奇怪了，我暂时还想不出是怎么形成的！"

我想了想，说："也许是一种光线的折射造成的，把我们的影像复制到那里。不过，这里的景象太诡异了，我们还是先离开再说吧。"

我们继续往前走，我一边走一边时不时用手电筒去照射那面水晶镜子，开始还不怎么觉得，走了大概五百米，忽然感觉前面那面悬在半空的水晶镜子也升高了，里面的人影依然清晰可见，确实是我们背对着自己在前进！

我心里涌动起莫名的不安，我觉得事情肯定不是那么简单，不过不管怎么样，我们都要赶紧走出去。

等我们走到那面镜像下面的时候，它已经升得很高了，我把手电照过去仔细看，原来那面悬空平直的镜像这时居然是呈现水平面，好像是墓道顶上装上了一面镜子。在我们前进的时候，它也在运动！

墓道顶部依然是一片漆黑，不知到底有多高。那面镜像悬浮在那里，四周一团雾气，让我有一种高不可测的感觉，好像它的高度超过了墓道顶部！

我心里非常没底，教授也觉得疑惑不解，回头嘱咐林小伟把这面镜像的位置和形态仔细记录下来，等下次再来的时候，带好相关的仪器，仔细观测镜像形成的原因。

杨小邪和清风老道在后面直催着快点儿前进，我们只好赶快向前走去。

这次走的时间真长，我感觉比来时走的长了将近一倍了，还没有到头。连杨小邪都嚷嚷："是不是走错了，我怎么感觉好像过了一个世纪！"

我想想，应该没有错，这是一条甬道，两旁又没有任何暗门和岔道。

后来，唐昧说了一声："到了！"

我发现手电光照射到一面石门上，果然是到头了，但是我很快发现了一件令我非常吃惊的事情：这个石门看起来很熟悉，两边墙壁上方各有一盏灯俑，门上还有八个鸟字！

我们几个人都看到了，大家脸色变得铁青。因为这道石门就是我们刚刚从里面逃出来的那间墓室的门！

杨小邪嘴唇发白，说："怎么会这样，我们明明是朝外面走的，怎么又走了回来？吴悠，你不会是眼睛花了，把我们又领回来了吧？"

我哭笑不得，同时又头皮发麻。这条甬道非常笔直，一路上有目共睹，我们确实是朝外面走，中间也没有分岔和其他的墓室，怎么又走回来了？

教授说：“难道前殿有两个门，我们从其中一个穿过来的主墓室，现在从主墓室回到前殿的时候，到了另外一个门？”

我摇头否决了这个说法，因为这条甬道非常直，两段原本就是连接着前殿的唯一一个门和后面的主墓室。

马出尘想了想，脸色苍白地说：“如果我们没有看错道路，也没有从中间返回去，那只有一个可能……”

她哆哆嗦嗦地说：“就是鬼打墙！”

她的话让我们都感觉浑身发冷，不过她很快又轻轻摇摇头，喃喃地说：“我用阴阳眼看了一下，没有鬼魂的气息和影子啊！”

所谓鬼打墙，就是在夜晚或郊外行走时，分不清方向，自我感知模糊，不知道要往何处走，所以老在原地转圈，其实是人的一种意识朦胧状态。有种说法是被鬼魂迷惑了双眼，看不清方向，所以总在一个地方打圈，或者迷失了方向感，不知不觉转回来时的道路。

她的话让我愣了一下，忍不住皱了皱眉头。关于鬼打墙，我并不相信真的有鬼。所谓有鬼，不过是来源于心里的恐惧，或者把很多视觉的错误或者自己现有知识解释不了的现象，归结为鬼魂作祟。

想到这里，我说：“要想知道到底是不是我们走错了岔路，还是视觉错误，或者说真的是鬼打墙，那就再走一遍看看！”

大家都点头认同，于是一行人赶紧调头往回走，这一次走的比较快，我也注意到甬道上空那个悬浮的水晶镜子跟刚刚出现的时候一样，还是能在各个位置和距离都能看到我们背后的影子，并没有再出现别的变化。

这个水晶镜子出现很是匪夷所思，也很诡异，我努力不去看，也不去多想，只希望赶紧从这里走出去。同时，我也留心到一路走来的各个角落和边际，甬道确实是笔直的，也无任何岔路和暗门之类，看似没有任何问题。

我的心再次发冷，越是看着没有问题的问题往往会是大问题。如果我们能在路上找到一些线索和蛛丝马迹，也许会从中寻到破绽和问题的突破口。可是，什么都没有发现，这只能说明一个问题，不是问题出错了，错的是我们本身。

幻想和愿望往往都是美好的，可是现实往往都是残酷的。当我再次看到手电光下那个熟悉的石门时，我知道，诸位神仙们，没有一个听到我的呼唤！

杨小邪几乎要哭了，他说："这到底是怎么回事，我确定我们没有走错路，怎么可能又走了回来呢，真的是鬼打墙。马姐姐，你不是会驱鬼请神吗？你快把它赶走吧！"他用哀求的眼神，可怜兮兮地看着马出尘。马出尘白了他一眼，没有说话，而是看着我！

我想剩下的人的心情也好不到哪里去，大家都面如土色，因为紧张和惧怕，这时候反倒都沉寂了下来。

我清了清嗓子，说："各位。我不相信什么鬼打墙之类，那只是一种迷信的说法。我相信这应该只是一种现代科学解释不了的现象。自古邪不胜正。就算真的有鬼，我相信我们也能在气势上吓倒它、打败它。"其实，我心里非常没底，这样说来，不过是安慰大家而已，至少我们不能在胆气上被吓倒，不然如何有勇气走出去呢？

偏偏杨小邪不识好歹，委屈地说："我们都能算正义之士不假，只是这个清风老道就不能算吧，他连古尸嘴里的东西都抢，早就邪风入侵。说不定我们陷入困境，就是因为他偷了墓主的心爱之物，那只鬼不放过他，拖累着我们也出不去了。我看，还不如杀了他祭祀墓主。"

清风老道吓了一跳，警戒地往后退了几步，慌乱地看着我们。我摆摆手，让杨小邪少废话，这个时候内讧绝对只会让事情更糟糕。

一筹莫展之际，唐昧发话了，他淡淡地说："现在还没到要命的时候，我们应该冷静，保持清醒，说不定只是一个小小的问题没有想通而已。很多机关和障眼法看似很古怪神奇，其实说穿了也很简单。"

经他这样一说，我忽然精神一振，因为我想起了他话中的一个词：障眼法。

第八章

1. 障眼法

我对唐昧说："你说得很对，我们还没有到山穷水尽的地步，不到最后，我们一直都要保持希望。或许，这条墓道没有问题，这个石门也没有问题，有问题的是我们的眼睛。换句话来说，是我们的眼睛欺骗了自己！"

听我这样说，大家的神色都为之一振；原本黯淡的眼神，也焕发出了光彩。教授拍拍我的肩膀，说："后生可畏，你果然不简单，能临危不惧，找出问题的关键。看来我们得好好分析一番！"

我说："既然九鼎说已经记载了西瑶会用巫蛊之术保护襄王尸身不受打扰，说明这种现象的形成是人为的；既然是人为的，肯定就不会是鬼魂造成的。这种现象我们觉得匪夷所思，不过是因为我们利用自己所了解的科学知识解释不了，并不代表这种现象是不能够形成的。"

教授看着我，仔细斟酌我所说的话，很慎重地点头，鼓励我道："继续说！"

我说："既然我们没有走错路，眼前的一切看似都没有问题。那就说明问题出在我们自己身上。"

杨小邪提出异议："我们这么多人，不可能所有人都看错吧？"

我点点头说："我们每个人看的事物应该是一致的，但并不代表都是正确的。打个简单的比方，我们自小就被灌输了一套固定理论，如玫瑰花是红的、叶子是绿的、太阳是发着金光的、头发是黑的。可是，这些颜色是谁定义的呢？我们所知的真的是正确的吗？在色盲的眼中，同样的事物，他看到的颜色就是不同的，难道能说他是错误的？还有，如果一个人生下来就被告知玫瑰是绿色的、叶子是红色的、头发是白色的，于是有一天，他发现有人跟他的说话不一致，于是便有了争执。大家各执一词，因为自小被灌输的理念不同，相同的事物会有不同的诠释和理解。如果说我们都看错了，那不是我们的错，而是有些事物，在我们眼中有了统一的错误理解。"

大家都若有所思起来。杨小邪叹了口气，说："什么红色、白色、绿色，云里雾里，我听不懂，就一句话，你说我们该怎么办吧！"

我也叹了口气，说："一时半会儿，我也不知道怎么办。不过，我确定，只要我们剖析了眼前这种神秘诡异的科学解释不了的现象，我们就能走出去。"

杨小邪一下子泄了气，说："说来说去，不还是一样走不出去吗！"

我苦笑了一下。教授这时却站起身，严肃地说："小杨，这句话你说错了，经过小吴的一番分析，我们都不再恐惧了。这说明问题已经解决了一半，剩下的一半不过是时间的问题。大家都不要吵，让小吴好好想想。"

我闭目想了好一会儿，说实话，说不紧张，那是假的。目前的现象，我从来都没有遭遇过，我顶多知道这是一种人为布置的机关和陷阱，至于机关的阵眼在哪里，真是难以想象。总之，我觉得这跟我们的视觉有很大的关系。

想到这里，我睁开眼睛，一咬牙说："我们再走一遍吧！"

杨小邪哭丧着脸说："还走啊，这条墓道好像越走越长一样，来来回回走几次。我看我们就算不被困死，也会累死！"

我说："你说对了，我也感觉这条墓道明显比我们进来的时候长了很多。我觉得问题一定出在墓道上，所以我决定这次我们分开验证。"

大家疑惑不解地看着我。我解释说："有时候，我们的眼睛看到的往往并不是真实存在的，也许，现在我们看到的这个石门也不是最初的那个。我们从起点出发，最后又到达了起点，这本身就是不可能的事情。也许我们到达的并不是起点，而是……"

说到这里，我挠挠头，不好意思地补充说："我也不知道该怎么说，总之，我们是不是真的从起点回到了起点，也许视觉会骗我们。或许是真的是多出了另一扇石门呢。现在有个办法可以验证，那就是我们分为两组，一组人现在从起点出发，另外一组人待在原地。"

教授说："小吴的办法非常可行。"

大家也都很赞同，唐昧提议由我和马出尘一组，从起点出发，剩下的人待在原地。这样最保险，因为大家心里对清风老道还是有些提防的，留下唐昧，如果有什么变故，料他也不敢轻举妄动。

于是我和马出尘又走了一遍，这一次我们的步伐加快。我们俩并排一起，她把手伸过来握着我的手，触手温软；我心里一时悸动，涌动起男子汉的豪情壮志，我对她说："出尘，你别怕，我会保护你的。"

她看看我，抿嘴对我微微苦笑了一下。

一路上依然没有任何的变化，但是还没走到的时候，我就发现，我们又失败了。因为，快到头的时候，我再次发现了教授、林小伟、杨小邪、唐昧与清风老道，他们在手电筒的光照下，正站在我的前方，看到我们，均是一脸的失望。

我颓然坐到地上，大口喘气。看来视觉并没有欺骗我们，这扇石门也并不是凭空多出来的，我们确实从起点又回到了起点。

我觉得这样走下去也不是办法，看来西瑶是用了一种我们无法突破的机关设置了一切，索性靠着墓道坐下去。大家都不再说话。

我把从进主墓室前和之后所有的过程都回想了一遍。我忽然发现了一个巨大的线索，那就是那面悬空在墓道上空的水晶镜面。

想到这里，我睁开眼睛，抬头仔细看着那面镜子。目前我们处在石门的门口，那面镜子就悬浮在黑暗的墓道上空，看不清直线距离到底有多远。只是我清楚地记得，在我们进入主墓室前，那里并没有任何东西。

一开始，按照林小伟的提示，我们一直都认为那面水晶镜子是由于主墓室打开后，里面聚集的水汽散出凝结而成，有了这个先入为主的观念，便未在重新对这面水晶镜子做出定义。

现在看来，一切并没有这么简单。首先，主墓室虽然有些潮湿，但是封闭千年后，一旦打开，就算水蒸气散发，也应该是向四周空间大幅度铺开；随着通风，很快都会散去，不可能在墓道的上空凝结成镜面；而且这个镜面一直持续悬空存在，并没有消散。

再者，如果真的是镜面，我们照镜子的时候，看到的是自己的正面；而这个水晶镜子，无论我们在它的前方还是后方，看到的，一直是我们的后背。这违反了正常的镜像原理。

看来，一切的问题，可以从这个悬空的镜面找到突破口。

我兴奋地把自己的发现说出来。大家仔细观察一番，都觉得我说得有理。

我说："既然如此，我想再试一次，这次我把突破口重点放在那边镜像下，我准备再走一次。"

大家都没有吭声，其实内心已经很悲观了，杨小邪毫无劲头懒懒地说："你想折腾，你自己去折腾吧，我是没有力气跟你一起耗的。如果注定被困死，我希望是在睡梦中死去，而不是累死。”

马出尘站出来说：“吴悠，我愿意再跟你走一次，我相信，我们还是会有希望的。”

我点头，感激地看她一眼；她用手拍拍我，以示安慰。

这次，从一开始出发，我就很注意墓道上空那面悬浮的水晶镜子。每走一段距离，我就会用手电照一下；我发现，它确实在呈旋转式移动，也就是说，它处于墓道上空的位置没有变化，只是随着我们的走动开始旋转。当我们速度快的时候，它旋转得快，当我们放慢了速度，它也开始变慢。

最开始，它是倾斜状和我们呈面对角度；当我跟马出尘走到了那面镜像之下，我抬头，仔细看着那面水晶镜子，已经跟墓道平行了。

从始至终，一直都在那面镜像里的是我们的背影。

我示意马出尘停下，站到镜像的最下方。她疑惑地看着我，我跟她说：“出尘，你有没有发现，我们在镜子里的影子一直都是背影。这是不是说明，如果我们站在这里，然后往回走，说不定就能走出去呢。”她半信半疑地看着我，但还是依言跟我一起转身，朝来时的路走去。

走了一段距离后，我回头看了一眼那边镜子，上面依然是我们的背影。

近了，终于近了，我以为这次我做对了，但是，当我的手电光再次照到杨小邪那张胖脸的时候，我心里无比的失望，整个人也像泄了气的皮球一样，立时瘫倒着靠到墙上。

马出尘走过来扶住我。我看到所有的人脸色都是铁青的。我不停地告诫自己，不能泄气，这个时候，我们最大的敌人不是这个走不出的机关陷阱，而是我们自己内心庞大的恐惧。

我强装镇定，问林小伟：“我们的食物和水还有多少？”

林小伟检点了一下背包，作了个大概的统计，说：“压缩饼干还有五十多包，矿泉水不多了，只有两瓶了。”大家的脸色骤变。谁都明白，在这种情况下，水是最重要的，不然就算我们最后能被人找到，估计也已经是一具脱水的干尸了。

好在唐昧发话了：“我这里还有十瓶，节省点，还是能够维持几天的。”他拍拍自己的民工大背包，大家的脸色这才缓和点。

只有我心里暗暗下沉，我知道，唐昧的包里根本没有任何的食物和水。我找了个借口，把他拉到一边，轻声问：“你包里真的有水？”

他见瞒不过我，索性苦笑了一下，坦白说：“我要不这样说，估计一会儿人心就会涣散，不定还会出现什么事情。”他用眼角瞟了一眼清风老道，果然，那老家伙正不怀好意地盯着林小伟的包，眼神闪烁，不定在打什么坏主意。

我让林小伟把剩下的两瓶水拿出来，交给唐昧保管，然后说：“从现在开始，我们开始限量食物，特别是水，作好最低限度的准备。”

杨小邪有些崩溃地说：“是不是准备等死啊，哥们儿，真后悔跟你们一起来考什么察，真是吃饱撑的，自己找死。”

清风老道居然在这个时候抗议说：“凭什么让他保管，老道我也是队伍的一分子，为什么不交给我？危难时刻，他要是自己独吞了，我们岂不是活活渴死！”

目前形势不利于他。我知道他是在挑拨离间，狠狠瞪了他一眼，不想同他啰唆，因为他的话根本不会起作用。一路上经过几多惊险和危难，我们虽然对唐昧有很多的疑惑和好奇，但是从心底还是很折服于他；他虽然看起来很冷淡，但他绝不是那种抛下大伙不管的人。

正想发飙的杨小邪恰好找到了矛头，他嘿嘿一声冷笑，拿出自己的配枪，对着清风说：“谢谢你提醒了我，正好我们的食物有限，你这个老妖道原本不是什么好人，杀了你风干了做储备干粮。”

清风吓坏了，纵使他有一身武功，在这个隐蔽的墓道空间里，无论如何都抵不过手枪的威杀力的，他一边大呼救命，一边倒退着向后躲避。不过，这个墓道的空间有限，不管他怎么躲闪，都在杨小邪的射杀范围之内。

我知道杨小邪也只是吓吓他，抒发自己内心的愤怒而已，懒得理会他们，靠在墙边冷眼旁观。林小伟拿出一盒烟，说：“抽支烟提提神，缓解下神经。”

他递给教授一支，又给了我一支。唐昧不抽烟，摆摆手拒绝了。我们都没有看一眼清风老道，他急得直冒冷汗，跺着脚说：“你们都是冷血动物，居然见死不救。”

教授连连摇头，他想起身劝解，我暗暗用眼色制止他，漫不经心走到杨小邪身后说:“清风道长,如果你能老实交代自己怎么会出现在这里，还有你跟袁瞎子之间到底有什么恩怨，也许我会让小邪枪下留情，饶你一命；反正你这老道也不知道多少天没有洗澡了，浑身又脏又臭，估计你的肉也不好吃。”

听我这样一说，大家都看向他。马出尘说：“能不能走出这里还是个未知数，你何必夹带着那些秘密走进棺材里，何况这里连棺材都没有。我们要是活不成了，肯定先拿你垫底。”

清风老道长叹一声，说：“你们说得对，也许这次我连活着出去的命都没有。既然如此，我就告诉你们吧。”

2. 驻颜珠

二十多年前，茅山派金光道长有两个弟子，大弟子清澜心术不正，喜练旁门左道以及邪术速成之法，吃喝嫖赌，样样都沾。小弟子清风向来循规蹈矩，深受师父倚重。师父预备把掌门之位和本门至宝《喜神术》一并交托给他掌管。

此举遭到大弟子清澜的嫉恨，他终日在师父面前念叨师弟资历和经验尚浅，应该下山云游，建立功德。金光老道一番考虑之后，便派清风下山云游四海，驱魔降妖，匡扶正义。

清风老道从江苏出发，一路上做了不少好事，这里就不细表。在贤岭山附近他遇到了马士城。

马士城是东北马家年轻一辈的杰出人才，马家自古就以降妖除魔为己任，他也是出门云游历练的，听说贤岭山深处的原始森林里有很多成了气候的精怪最近出来害人，正预备前去斩妖除魔。

两个人趣味相投，便约着一起进入原始森林。当他们刚刚进入贤岭山，便遇到了袁瞎子。那时候袁瞎子刚刚隐居至此，他为两人算了一卦说："此行凶多吉少。"特别是马士城，命里缺土，但是忌木多。如果进入原始森林，非死则重伤。

马士城当时并没有听从袁瞎子的劝告，说袁瞎子危言耸听，甚至有些怀疑他是不是跟那些精怪是一伙的。

两人进入原始森林的第四天黄昏到了湖边，他们决定暂时休息一晚，当时是马士城守夜。清风老道在睡梦迷糊中被一个年轻的女声吵醒，他起身查看的时候，发现不远处的迷蒙夜色中出现了一个灯火摇曳的塔楼。他大吃一惊，因为临睡前他观察过湖面，什么都没有，这个塔楼是凭空出现的。

他正待细看，忽然听到有哀哀怨怨的女子在唱歌，寻声转到一棵大树的后面，他看到有一个白衣飘飘的美丽女子在跳舞！而马士城正站在一旁，目不转睛地看着那个跳舞的女子。

女子一边跳舞，一边脱衣，不一会儿便露出光滑如玉的肌肤和丰满曼妙的身体。清风是修道之人，自幼在师父的教导下讲究清心寡欲，此刻也忍不住全身发潮，心绪澎湃。但是，他强忍着内心的欲念，把目光转到了别处。这时，他见马士城像着了魔一样，慢慢走向了那个女子，而后，缓缓脱掉自己身上的衣服，在那个女子呼唤和娇喘中，慢慢和她拥抱在一起。

可怜那马士城，一时把持不住定力，被迷住了心智。试想这素来无人的原始森林里，何来如花美眷？清风此时想提醒他，可惜他只是朝那女人看了一眼，便被她的眼神勾住，他发现自己已经是浑身动弹不得。他明白自己跟马士城一样，定是中了那精怪的圆光之术。

这时只听一声凄厉的惨叫，那个和马士城纠缠在一起的美女此时已经露出了狰狞的面目，她长出了两颗长长的獠牙，正狠狠地咬在他的脖子上，大口大口地吸食着他的鲜血！

马士城除了能发出凄厉的惨叫，依然是浑身动弹不得，任由那精怪宰割。清风看到这里，浑身发虚，额头渗出大颗的汗滴；他知道等那精怪收拾完马士城，就会轮到自己了。这时，他心里无比的懊恼，不该不听那个算命瞎子的话。

果然，那怪物吸食完马士城的鲜血后，把他扔到一边，转身向清风走过来。它浑身散发着腥臭的味道。清风恐惧极了，他拼命想要动弹，这时他看到了那怪物的脸：长着尖嘴和满脸的黄毛，是一只成精的黄鼠狼，正张大嘴巴向他脖子扑来！

就在他暗呼我命休矣的时候，忽然听到了一声猫叫，那黄精愣了一下，即刻一只黑猫便从树上落到了它的对面，弓起身子做攻击状。那只黄精把眼神瞪过去，那只猫也不甘示弱，狠狠回瞪着它。那只黄精很快发现不妙，那只猫并不怕它，便倒退着预备逃走，可是反被黑猫所震慑住，无法动弹！

这时，身后传来一声暴喝："哪里走！"只见剑光一闪，那条黄精的头"扑通"一声被砍了下来！清风这才发现自己已经能够动弹了，那把砍下黄精头颅的宝剑正是自己的佩剑，此刻却出现在那个算命瞎子的手里。

清风顾不上多想，赶紧去看马士城，他跑过去一把抱起他，发现还有微弱的气息，便轻轻摇晃了一下，说："马兄，你快醒醒，快醒醒！"

马士城微微睁开眼睛。清风发现他的双眼非常古怪，全部都是黑色，几乎看不到眼白了，吃了一惊。这时，马士城忽然猛然跃起，对准他的脖子狠狠咬了一口，钻心的疼痛传来，他大叫："马兄，你干什么，你到底怎么了？"

这时，只听马士城的背后传来扑哧一声，脖子上的疼痛立减，马士城随即也滑落倒地。原来是那个瞎子把宝剑掷过来，插进了他的背后！

清风眼冒火花，他大声责问："你为什么杀他？你到底是什么人？"

瞎子淡淡地说："你的马兄已经死了，这只黄精吃过不少尸体。他也中了尸毒，现在咬了你；你还是赶紧离开，去寻找保命之法吧。"

清风知道自己不是瞎子的对手，也不敢再多说什么，只得踉跄着连夜逃离了那片森林，准备回茅山找自己的师父金光道人求救。

只是在临走前，他看到自己脚边有一个散发着幽光的项链。他隐约记得好像一直戴在那只黄精脖子上，黄精被瞎子砍头的时候，项链落在了地上。想到一些精怪身边往往戴着宝贝，他顺手便捡了起来，揣到怀里。

清风回到茅山的时候全身已经长满了黑斑。金光老道看到后大吃一惊，他问明前因后果后黯然伤神地说："如果只是普通的尸毒也不足为患，如今看来，那只黄精平时经常吃一些千年老尸，这种尸毒极度厉害，我没有把握能完全解除。"

只是事已至此，拼尽全力，金光老道也要救自己最心爱的小徒弟。

他嘱咐大弟子清澜为自己把风，把清风带进自己练功的石室，让他坐进一个大浴桶里，里面是配制了各种药材的泡澡水，金光用全身的功力疏导清风体内的尸毒，让其通过毛孔散发出来。

洗澡水换了三遍，每次都变得黝黑无比。然而，在最紧要的关头，清澜忽然闯了进来，从背后一剑杀死了师父金光。清风又惊又恐，喷出一口鲜血，随即昏倒了。清澜以为师弟尸毒发作，便未加细查，翻箱倒柜找到金光藏在暗格中的《喜神术》，放火烧观后便逃跑了。

不知过了多久，等清风被烟雾熏得悠悠转醒的时候，发现师父早已气绝身亡，地上留有鲜血写下的一行字：寻回本门至宝，重振茅山观！

清风含泪安葬了师父，茫茫人海，不知何处寻找清澜清理门户。当务之急，是重建庙观。他身无长物，想起在贤岭山原始森林捡起的那圈项链珠子；他准备把它拿去碰碰运气，说不定能卖个好价钱。

他拿着那圈黝黑的珠子刚到古玩市场一亮相，就被便衣抓了起来，说他倒卖文物，他大呼冤枉，却没人理会他的申诉，直接把他关了起来。

他在牢房里整整被关了半年多，他以为此生无望，要老死于此了，没想到有一日居然有人要见他。

来人自称孙先生，大约四十岁左右，监狱的领导对他很客气，言语间好像上级领导特别关照过。孙先生详细询问了他那圈项链的来历，他自知自己想要出狱的希望在此一搏了，便把所有的事情都讲诉了一遍。

孙先生很认真地听完，特意还询问了那片原始森林的位置和特征。而后孙先生便把他从监狱里带了出去，还给了他一笔钱，让他重建茅山观；等他安置好一切后，再去北京潘家园博古斋找伙计小刘。

孙先生走的时候，特别跟他交代了一句："你身上的尸毒并未完全清除，也许十年，也许二十年，将会再次发作。只有我知道怎么样彻底解除。"

清风并不想去北京找什么伙计小刘。他觉得既然孙先生是为那圈黑玉项链而来，肯定会安排他带人寻找黑玉项链发现的地方，就是那片原始森林。那地方太凶险，他并不想再去冒险，说不定下次真的丢了性命。至于自己的尸毒，暂时感觉不到任何症状，就算将来真的发作，也是将来的事情，还是保住眼前的性命要紧。

他建好道观，取名清风观，而后便开始天南地北寻找师兄清澜道人，但是一直未果。

两个多月前，他发现自己的身体出现了一些状况，还长出了黑色的尸斑，虽然颜色很浅，但是从身体的毛孔内散发出阵阵的尸臭味让他意识到，自己当年所中的尸毒再次发作了，看来那个孙先生并没有骗他。

万般无奈之下，他来到北京潘家园寻找博古斋的伙计小刘。时隔多年，他不知道那个地方还存在不存在。一路打听之下，果然让他失望不已，在两年前博古斋老板牵扯一桩盗墓大案，而被抓了起来死在狱中，博古斋也随之倒闭。

博古斋的旧址重新换了招牌，变成了一家茶馆。他不甘心之余，到茶馆前去打听，没想到还真给他问着了，茶馆老板说博古斋的店员小刘是他这里的老顾客。

老板打了个电话，他等了一个小时后，一个矮胖的男人一脸疑惑的赶来了，他就是小刘。清风前言不搭后语地把自己的来意说了一下。小刘也没能听明白，有些不耐烦，准备离开，可当听到清风老道提到一圈黑玉的项链时，一下子怔住了，随即果断地打断了清风的话，而后左右看了看，确信无人注意时，拉他进了一个房间。

进了房间后，小刘的态度就改变了很多，很客气地说："原来你就是老板提到发现项链的人，只是，你怎么现在才来找我，你晚来了二十年了！"

清风很不好意思地回答说："惭愧，我当初一心挂念着处理师门的事情，所以到现在才来找你。"

小刘淡淡地笑了一下说："你是因为身上的尸毒发作才来的吧？"

清风被看穿了心思，非常的不自然，讪讪地不知如何回答是好。好在小刘没有过多的指责，他喝了口茶，漫不经心地说："老板早就指示过我，如果你来找我们合作，我自当指点你救命之法。"

小刘告诉清风，在贤岭山附近有一个千年古墓。据野史记载，这所陵墓是马楚太子埋骨之所，墓主人死后口中所含的驻颜珠，能保持尸身不腐不烂，是一枚专解尸毒的救命灵丹。他们愿意提供信息和路线给清风，让他进入墓室，但是，他一定要帮他们带出一样东西，就是古墓棺中陪葬的一个黑玉盒子。

清风在小刘的安排下来到贤岭山，意外遇到了袁瞎子。他找他理论当年马士城死亡之事，其实也是想从他嘴里套出原始森林内的秘密。清风一直怀疑袁瞎子跟那片森林、那个古墓有莫大关联，特别是见他二十年容貌未变，更加确信袁瞎子是个怪物，甚至怀疑马士城当年被害，那个黄精就是和袁瞎子一伙的。

但是，当时恰好我和杨小邪把袁瞎子救下。他虽不甘，也只好悻悻作罢。

在我们进入原始森林的时候，清风事先得到小刘的消息，一直跟在我们的身后。当我们跟麒麟蛊决斗的时候，他趁乱迂回到山坡，打了盗洞进入了有壁画的墓室。当时他发现有一口铜棺，打开后只有一副黑色的玉衣，他便信手拿走。他记得当初自己捡到的那副黑玉项链跟这个玉衣是一样的材质，带出给去小刘和孙老板，他们一定都很有兴趣。

他刚刚取出玉衣，就发现我们已经进来了，想出其不意地闯出去，却被唐昧追着一直不放。后来他在湖边看到鬼祭台，一个惊吓，被唐昧夺去了玉衣。而他却被莫名其妙地卷入了一个黑暗的空间。

清风叹了口气，说："后来的事情你们都知道了，你们信也好，不信也好，我都没有必要骗你们。这里面确实非常匪夷所思，我自己都觉得一切很古怪。"

清风提到潘家园博古斋和孙先生的时候，我抬头看了一眼唐昧，他坐在地上，闭目养神，居然一点儿反应都没有。之前教授曾经私下告诉过我，唐昧是潘家园博古斋孙大掌柜的干儿子。这孙先生看来就算不是孙大掌柜本人，也和他有很大关联。

清风所说的小刘，让我忽然想起一个人——盛世收藏公司的刘经理。盛世收藏就是赞助这次古墓考察与发掘的那家公司，他们的老板不是也姓孙吗？叫孙二爷。莫非这孙二爷和孙大掌柜是兄弟俩？

我觉得唐昧一定知道一些内部情况，但是教授看我的神情，冲我摇摇头，我只得作罢。这小子整个闷骚、冷淡型，如果他自己不想说出来，我就算问也不会得到什么答案。

想到这里，我对杨小邪摆摆手，让他收起枪，对清风说："如果你说的是真的，看来你也不算太坏，希望你老老实实待在那儿。只要能出去，我们不会抛下你。"他忙不迭地点头。

3. 折叠空间

见没有清风拿来泄气了，杨小邪又开始发牢骚："我快崩溃了，要是我顶不住了，就拿枪结果了自己，免得半死不活地受罪。"

马出尘冷冷看他一眼，说："能不能不要那么消极，这个时候，我们更不能放弃。"

唐昧冷静地说："军队打仗的时候经常会遇到比现在绝望一百倍的

情景。如果每个人都跟你一样没有斗志，真的会是死路一条。”

杨小邪经他如此一击，又不好意思起来。这个家伙很多时候非常好面子。他讪讪地说：“你们说得对，我愿意坚持到最后。”

我叹了口气，说：“大家都别吵了。既然暂时走不出去，我们先静下心休息一下，养精蓄锐，一会儿再接再厉。”

大家不再说话，心情都很灰暗，教授又开始研究那件玉衣。一路上他一直把那件玉衣随身携带在背包里，一得空闲便拿出来用放大镜仔细观察。真有些佩服他这种致力于学术的研究者，好像天塌下来，都不能影响他研究历史的心情。

对于能不能出去，我也一点儿把握都没有。尽管如此，我还是不愿放弃。

我把所有的事情都重头想一遍，这个墓葬的结构、壁画、九鼎，希望能从中找到突破口，想着想着，不知不觉，我居然睡着了。

睡梦中，我发现自己正在无边无际的大海中游泳，自由自在的感觉真好啊，惬意舒心，而后我发现自己在慢慢下沉，潜到了海水里。梦中，我并没有感觉任何缺氧的不适。

说来，这是我的一个秘密。我的父亲和爷爷都具备这项能力，我们能不借助任何工具在水中像鱼一样自由呼吸。这个秘密除了我的家人外，没有任何人知道，我们也不愿意让外人知道，不然说不定会被科研所秘密关起来研究呢。至于为何会拥有这样奇怪的能力，连我自己也说不清。

紧接着，我看到从海底深处蹿出一条非常巨大的海蛇，它紧跟着我，张大嘴巴，吓得我猛一激灵。海蛇的速度非常快，眼看它就要咬到我的腿上了，我却发现自己不知怎么变成了一枚珠子，圆滚滚的，散发着夺目的白光，不正是我怀里的轩辕镜嘛！

原来我一紧张一加速，把怀里的轩辕镜抖落了出来，只是我记得，轩辕镜已经变成了椭圆形的，没想到在梦镜里依然还是滚圆的。

海蛇喜欢追逐散发着亮光的东西，一看到轩辕镜，立刻放弃了我，转身朝下游去，欲追轩辕镜。那枚镜子却好似有灵气一样，眼见被海蛇吞入，却忽然斜斜浮起向后流动，海蛇收势不住，差点儿咬住了自己的尾巴！

电光火石的一瞬间，我浑身一抖，忽然想起来一个重要的事情，大叫一声，醒了过来。

昏昏欲睡的几个人都被我的叫声吓醒，紧张地看着我，几个人里只有教授没有睡意，正在手电筒下摆弄那件玉衣。有一短暂的瞬间，我看到了一个很奇怪的事情，我以为自己看错了，因为我看到了教授的脸，露出清冷的狰狞表情，双眼散发着一种很贪婪诡异的红光，这跟平时的他判若两人。

我疑心自己是不是眼花了，赶紧揉了揉，再看，教授还是跟平时一样，谦顺温和。这时马出尘关切地问："怎么了，吴悠，是不是你身上的毒没有拔除干净，现在有什么不适吗？"

我摇摇头，擦擦额头上的冷汗，说："我想到了问题的关键点！"

大家都愣了一下，而后疑惑地看着我。我暂时顾不上去想教授的问题，或者真的是我看错了。我伸手找林小伟要了一张纸和笔，他和教授需要记录考察的经过，随身带的都有笔记本。他随手从笔记本上撕了一张纸给我。

我用笔在那张纸的两端各写下"起点"和"终点"。然后我对大家说："假设我们现在所处的石门是起点，前殿的后门是终点，这条墓道连接着起点和终点。我们现在的问题就是在墓道上来回巡走，始终找不到终点，一直是从起点回到起点。大家有没有想过，在什么情况下，从起点出发，最后还是会回到起点？"

杨小邪首先发话，他咧嘴漫不经意地说："你说的是什么狗屁逻辑，我只记得在学校里跑步的操场上是环形跑道，从起点跑一圈又回到起点，跑步最累了，每次都把我累个半死……"

他的话没说完，教授的眼睛就亮了一下说："小吴，你的意思是说……圆……"

我点点头，接着解释："我一早就感觉我们受了视觉的欺骗，可能是墓门打开后，里面那块巨大的磁性陨石所散发的特殊物质造成的光线折射之类的，也许我们走了弯路，但是我们自己看到的确实是直路。"

我把那张纸上下折叠了一下，终点和起点叠在了一起。教授点点头，说："你是说空间折叠？"

林小伟插话："折叠空间是一种利用强大的能量使空间发生扭曲的现象，这种现象在理论上是存在的。只要能达到一定的能量就能使空间发生弯曲，就好比要从一张平整的纸一端到另一端，除了走两点间的直线外，还可以直接把纸叠起来，让两点靠近，甚至重合！"

我拿出身上那枚轩辕镜，它依然是椭圆形的，我举起来说："你们看看这枚轩辕镜，此前它原本是圆形的，现在变成椭圆形的，其实它并没有改变，只是我们的视觉发生了变化，把圆形的看成了长的了。"

大家一齐睁大眼睛看过来。马出尘想了想，说："你的意思是说，我们来回走了几次的墓道，看则是长长的路，实际上在某个地方发生了环形的逆转，但是我们的眼睛欺骗了我们？"

我点头，说："不仅仅如此，这个墓道的空间已经发生了变化，所以造成了起点和终点的重合，这也是为什么我们看到墓道上空悬浮的镜像中，一直是我们的背影的缘故。

"起点和终点相互重叠，也就是所谓的四维甚至五维空间，但是因为重力的作用，我们还一直在三维空间里行走。悬浮的镜像并不是镜子，而是折叠空间的一个轴心，我们前进的时候，看到的却是自己的背影，那是因为空间发生了弯曲。

“还记得日本著名动画片《多啦A梦》中的多啦A梦吗？它是一只来自未来世界的猫型机器人，会用自己的百宝袋和各种奇妙的道具帮助大雄解决各种困难。多啦A梦原本是大雄的孙子世修制造的，它从未来世界来到大雄身边的路径就是一个弯曲的空间。也就是说，空间的弯曲与折叠，能把两个不同的时间世界与空间世界连接起来。目前我们就处于这个弯曲的空间中。”

马出尘问：“吴悠，你是怎么想到的？莫非在睡梦中有神人指导？”

我轻轻笑了一下说：“非也，不是神人指导，而是海蛇启发！”我把自己刚才做的梦跟大家讲了一遍。其实我也只是在海蛇差点儿咬住自己尾巴的时候，受到的启发。

经过我的一番分析，大家都明白是怎么回事了。教授惊叹道：“关于时空折叠和空间弯曲，目前在科学上也只是在理论上成立。从爱因斯坦的广义相对论来看，如果物体的引力或能量足够大，那么它将有足够的力量使空间发生扭曲，只是以我们目前的科学水平，还没有发现有如此大的引力和能量能够造成空间的扭曲。如果你说的是真的，那么战国时代的一个女人能够利用空间弯曲创造出一个如此不可思议的奇淫巧术的机关，实在是不简单了。看来古人的智慧确实不可估量。”

杨小邪附和他说：“教授你说得对，想我中华泱泱五千年文明，传古奇人奇术多不胜数，比如《易经》包罗的占卜智慧，古代观星术，诸葛亮发明的木牛流马堪比现代机器人，袁天罡著的《推背图》先知后世五百年，这些都是当时的生产力与文明所达不到的。”

他的话让我心里一动，我想古代很多智慧与文明都是当时的条件所不能创造的，或者，那些智慧文明本来就是上古时代遗留下来的呢。《山海经》中还遗留有不少的历史遗迹。

也许我们以往的科学研究把人类早期文明的程度估计低了。在有确切历史记载前，地球可能已经存在超古代的文明。在遥远的古代，人类或许已经历过核战争，因为流传于世界各地的神话与传说中都描述过古代惊人的战争场面，而且，在考古中也看到了种种痕迹。例如，在以色列、伊拉克沙漠及撒哈拉沙漠中发现的因高温而玻璃化的地层；在土耳其卡巴德奇亚遗迹及阿尔及利亚塔亚里遗迹中发现的因高热破坏而形成的奇石群；在西亚的欧库罗矿山中发现的铀矿石上，也有发生颇具规模的核子分裂连锁反应的痕迹。

1965年，在湖北江陵发掘的一号楚墓中发现了越王勾践剑。此剑埋藏了两千多年，依然锋利无比。当时有记载说："拔剑出鞘，寒光闪闪。毫无锈蚀，刃薄锋利，试之以纸，二十余层一划而破。"

这把剑之所以历千年而不锈，是因为它经过硫化铬处理，而"硫化铬"是德国于1937年、美国于1950年才得到的。其实像这样不可思议的技术元素，在中国有很多。秦始皇陵兵马俑的青铜剑弯曲千年仍能恢复平直，这种"记忆金属"的技术直到20世纪70年代才通过现代科学试验成功，等等。

试想，假如上古时代的人类既然能进行核子战争，并创造一些不可思议的技术，那么运用陨石中我们未知的元素来弯曲空间和造成空间折叠，当然也是力所能及的事情。

这样看来，这个神女西瑶非常之神秘，竟有可能是上古时代的人。人类有史可载之初，有很多创世的神话，比如轩辕始祖、女娲造人、盘古开天辟地、夸父逐日、黄帝大战蚩尤等，他们很有可能都不是神，而是上古时代遗留下来的、身怀高科技文明的人。

至于西瑶，也可能是其中的一员。她所拥有的神秘巫蛊之术，如今看来，也有可能不过是一些远古的高科技文明。

对于我的猜测和推断，大家未置可否。杨小邪撇撇嘴，说：“咱们还在学校的时候，你就是位幻想家。记得有次看了《射雕英雄传》中郭靖乘坐风筝攻城的镜头，你鼓动长大想当飞行员的一个同学自制飞机从教学楼的天台上跳下来，好在被一棵树挂住了，不然非摔死不可。”

陈年糗事说出来惹得大家哈哈大笑，教授说：“小吴同学，思维灵活是一件好事，只是做考察和研究就要讲究实事求是了。不过，你的推测有一定的道理，以后留心有待考证。”

“你说得很对，这个墓室的机关根本不是那个时代能够制造出来的，西瑶确实不是一个普通的女人。”一直都没有说话的唐昧开口了。

“你怎么知道？既然她有能力帮楚襄王制造高科技的机关，为什么不利用这个能力去寻找将军蔑？”我之所以这样问他，是因为从看到那些壁画开始，唐昧在我心里的神秘感就越来越强，他和将军蔑如此的相似，令我百思不得其解。

潜意识里，我觉得他比我们更了解真相。

唐昧摇摇头，说：“谁都不是万能的，我相信她一直都在寻找，再高科技的能力也有弊端，她只是没能找到而已。”

这时，杨小邪提出了一个最重要的问题：“哥们儿，既然你已经发现了问题的所在，那你说说我们要怎么样才能突出这个弯曲的空间？”

他的话让我再次陷入了深思。教授说：“小吴既然能找到问题的所在，就一定能破解到答案的。不要急，让他好好想想。”

我深吸了一口气，把目光落到手里的轩辕镜上，我盯着它看了很久；周围没有一丝声音，大家都很期待地看着我。

然后，我郑重地说：“我想答案应该就在这枚轩辕镜上。”

我领着大家一起再次走向墓道之内，杨小邪还想说什么，被我挥挥手给止住了。我想既然我确定是空间被弯曲了，就一定能找到被折叠的空间里的切入点,这个时候,我们不仅仅要满怀希望,更重要的是要镇定。

这次我走得很小心，每走一小步，我都要看着手里的轩辕镜有没有什么变化。大约走了半个多小时，我猛然发现这枚椭圆形的镜子，忽然变成了圆形，恢复了它之前正常的形态。仅仅是一小步的距离，当我向前向后略略移动了一下后，它再次变成了椭圆形。

我知道折叠空间的切入点在哪里了，它就在这里。我盯着右边的墓道墙壁仔细看了一会儿，并没有什么不同。紧接着，我试探性地伸手去摸那段墙壁，即将碰上的时候，意料之中硬实的感觉并没有出现，我的半个手掌居然全部没入了墙壁之中!

我一下子屏住了呼吸，身后的人也都惊呆了。马出尘在后面猛然拉了我一下，我的身形向后移动的时候，整个手掌都被带了回来。

我听到她在背后轻轻吁了口气。我回头对她笑笑，说："这里是虚空的，应该是折叠空间的切入点。我们看到的墙壁很可能是某些未知物通过光纤折射制造的伪装，欺骗了我们所有人的眼睛。"

大家都试探着伸手去摸了一下，果然没有任何的阻挡。教授说:"小吴，你确定我们能从这里离开吗？"

我摇摇头，说："我并没有一百分的把握，只是，这是我们目前唯一的路径了，无论如何，都得试一下。"

大家都不再说话，因为，他们都明白我说的是实话，我们已经没有退路了。

于是大家手拉着手,一个接一个穿过那重墙壁。周围先是一片黑暗，而后开始出现一种螺旋形状的光圈,散发着耀眼的光芒。我们不敢直视，只好闭上眼睛，拼命向前奔跑，脚下一片虚无，感觉不到任何的重力，好像悬浮在太空中，完全凭着身体里的一股闯劲儿向前奔去。

终于，奇怪的螺旋光圈消失了，我们感觉又恢复了自身的重量，几个人重重摔到了地上。

周围一片漆黑，我们似乎进入一个并不大的空间。因为我发现起身伸腿的时候，能触摸到左右的墙壁。这时，我听到有人大叫，是杨小邪。我赶紧问了一句："大家都还好吗？"一边转身从背包里拿手电筒。走进那段虚空墙壁前，我事先把手电筒塞进了背包。

当灯光照亮后，我发现所有人都在。大家从地上爬起来，眼前是一个狭长的土洞，像有人为挖掘的痕迹。因为见不到阳光，空气非常潮湿，一种发霉的味道。

土洞自下而上，我们出现的地方在中间地段。我用手检查了一下周围的墙壁，并没有虚空的地方。看来我们确实是从虫洞里穿越了过来。因为虫洞没有视界，它只有一个和外界的分界面，虫洞通过这个分界面进行超时空连接，在正常的时空或者不正常的时空出现，成为一个突然出现的超时空管道。

我们都长松了口气，只要不是在那个古怪的墓道中永远找不到终点的地方就好。眼前这个山洞不知道上下各自通向哪里，不过不容置疑的是，我们目前肯定还是在这座陵墓附近的山体里。

第九章

1. 密道

杨小邪问了一句："怎么走？"我指了指地势较高的一端，说："朝上走！"他又问了一句："为什么？"我反问说："如果你深陷地下墓穴，想要开挖一个出口，会选择向上还是向下？"

他点头，说："你说得很对！"于是大家便跟着我的思路朝土洞地势高的一段艰难前行。由于洞内很狭小，高度也有限，我们走一段便停下来歇一歇。韩教授喘着气说："这应该是当时那些修建陵墓的工匠偷挖的逃生通道，所以才这样的简陋窄小。"

他判断得很有道理，但是我们埋头匍匐着走了一段，忽然空间又变得开阔起来，感觉有阵阵凉风灌入，温度也下降不少。又走了几步，眼前居然出现了一个岔路，大家便停下脚步。杨小邪问："这次该怎么走？"

我想了想，说："那就选洞口大的那一条吧。"我想起小时候在池塘里挖泥鳅和黄鳝，有些洞越挖越小，后来都到头了，那些都是被弃用的。

我们接着朝前走了不远，又出现了一个岔路，这次我又选择了洞口大的。刚走不远，居然出现了三岔路，这次我选择了中间的。我觉得这条路不管有多少个岔口，只要我们走在中间，就算走错了，还能找到其他的路。

我发现岔路越多，空间就变得越大，已经不像最初那些人工挖掘出来的形状了，好像是天然生成的，洞中有洞，洞上有洞，洞套洞，洞连洞，奇特壮观，居然还出现了栩栩如生的钟乳石，万千百态的雕像和各种鸟状人形景观。

教授惊叹道："这里是个山体溶洞群！"

杨小邪说："我说我怎么感觉不对劲呢，还在想修建古墓的工匠还怪有时间哩，打了这么多逃生的洞呢！"

他的话刚说完，我忽然发现前方洞壁旁模模糊糊的好像躺着一个人。一直跟在我旁边的马出尘也看见了，她一下子站住了，猛然握着了我的手说："有鬼！"

我们都大吃一惊，我小声地问："你确定吗，有几个？"

她微微闭上眼睛，好似在感应着什么，半晌睁开，说："这个洞口有三个，他们是当年修筑墓穴的工匠，被困在了这里，想要回家。"

经她一说，我觉得浑身发凉，好像真的有幽幽的声音在身边叹息，说不出的幽怨。我的心"咚咚"跳起来。以前还真没遇见过这样的事情，我颤着声音问她："他们不会回不了家，要拿我们垫底吧。"

马出尘摇摇头，说："他们没有恶意，只是想让我们带他们出去！"

我们大着胆子伸头向前走了几步，果然地上有三个排列在一起的人形骷髅，其中一个靠在洞壁上，剩下两具已经坍塌倒在地上，看形体都是男性，已经烂的只剩下骷髅架子，死前骨骼没有受伤搏斗的痕迹。

杨小邪见状，吓得一屁股坐到地上。我拉了他一把，说："镇定点儿！"他这才勉强稳住心神。

只见马出尘从背包里拿出一块很粗糙的璞玉，而后对着那几具骷髅念念有词，然后她抬头说了句："我已经念了收魂咒，把他们的魂魄收进来了，等出去后再放出来超度一下就行了。”

我们看得有些发呆，不过她这一折腾，好像果然没有了那种阴森幽怨的感觉了。杨小邪说:“马姐姐,能不能把收魂咒教给我,以后闲的没事,我也去收个鬼魂玩玩。”

马出尘懒得理他，倒是清风老道说了一句：“杨小哥，自古以来请鬼容易送鬼难。现在很多有钱人都喜欢养小鬼聚财,最后往往都不得善终。”

杨小邪狠狠瞪了他一眼,大约是嫌他话多,不过清风倒也说的是实话。

跨过那几具骷髅，我忽然想到一个重要的问题，停住脚步暗叫了一声糟糕，我的脸色也变得十分难看。

马出尘连问了几次：“怎么了？怎么了？”大家都看着我。我心里想到了一个最重要的问题，我把目光直直地看着那几具骷髅。大家顺着我的目光一起看过去。半晌,唐昧说话了:“既然他们是挖掘地道的工匠，为什么却死在这里，因为他们找不到出路。”

他的话说完，剩下的人都傻了，显然他说的是实话，这个地下溶洞群错中复杂，到处都是岔路，我们已经走了好半天，依然没有分清东南西北。

我叹口了气，说：“不管他们是怎么死的，我们都不可能也在这里坐以待毙。我们应该朝前走寻找出路。”

杨小邪又小声嘀咕了一句：“没想到刚出虎穴又入狼窝！”

大家都不理会他，他说的也真是这个理。

又朝前走了一个多小时，中间不停地出现岔路。一般我们都选择中间那条，又陆续看到几具腐烂的只剩下白骨的骷髅；马出尘怜惜他们怨气太重，全部收到璞玉中预备拿回去超度。

几个人越走越心凉，前面的山洞好像永远没有尽头；几个小时后，我们已经筋疲力尽。这时，一直走在前面带路的我忽然发现了一个岔路口有一个矿泉水瓶子，我定定站住。杨小邪伸头一看，大叫道："这不是我喝完后扔掉的吗，应该在后面很远的位置了，怎么出现在我们的前方！"

唐昧看了一眼，冷冷地说："因为我们又走了回来！"他说出了我心里想的话，其实从看到那些工匠的骷髅尸体我就有不好的预感，在山洞了走了一段路程后我的预感越来越强烈，我意识到我们好像在走冤枉路。直到真实看到那个矿泉水瓶子，我才不得不无奈地承认，我们确实在兜圈子。

我们的食物和水已经不多了，撑不了多久。可是，这个时候，更不能自乱阵脚。既然大家把重心放到了我身上，我更要拿出气概和度量出来。

我重重咳了一声，尽量稳定声音说："我们大家先休息一下，养足精神后，也许就能想到办法。"

大家依言吃了点东西，在岔路口坐下休息了一会儿，这时我忽然再次有种很奇怪的感觉，这种感觉跟刚进入原始森林的时候一样，好像黑暗中有一双眼睛在监视着我们。

我抬头看了一圈，为了节省电源，关了手电筒，只用一支荧光棒照明，周围一片漆黑。我发现唐昧也正警惕地看着其中一条岔路的前方。我正要发问，他伸出手做了个噤声的动作，而后拿着禹王槊，一边细细聆听，一边慢慢向前挪动。

他忽然停下，猛然打开手电筒，一道黑影一下子从地上跳起，发出一声怪叫，那黑影跳到离唐昧大约三丈远的地方。在手电筒的照射下，我才发现居然是一只黑猫，袁瞎子的黑猫！

它趴在地上，看着唐昧眼带杀气。它的尾巴就是被唐昧斩断的，此时仇人相见分外眼红，它发出呜呜的威吓声，好像想把唐昧撕碎似的。

这时，只听一个沉闷的声音喝了一声："小黑，过来！"从黑暗中闪出一个人影，长衫青衣的干瘦袁瞎子此刻活脱脱像个僵尸老鬼一样出现在我们面前。那黑猫得到命令，飞快地跳到他的怀里。

我心里猛然一震，不知道袁瞎子何以会在这里出现，一直以来他都非常神秘莫测，像鬼魅僵尸一般，但也未曾加害过我们，还从蛇精口中救过我的命，好像是友非敌。

这样想来，我心里有了底气，便问他："袁老爷子，你怎么会出现在这里！"

他冷冷一笑，说："我是来带你们出去的。这个地下谜窟如果没有袁瞎子我领着，相信你们会跟那些工匠一样，最终筋疲力尽，累死、饿死在这里！"

他的话让我暗暗吃惊，不过也不由得相信。因为我们已经走得差不多快绝望了，仍旧在原地打圈。

杨小邪有些不以为然地说："袁老爷子，这里错综复杂，我们几双眼睛看着路都走不出去，你……"后面的话他打住了，但是我们大家都明白他的意思：一个瞎子能比我们更有能耐？

袁瞎子哈哈一笑，说："这里原本是一个天然的地下溶洞群，偶然被那些修建陵墓的工匠打通，但是他们却无法走出去。在黑暗的世界里，瞎子所能听到和感觉到的远远比视力正常的人多得多。虽然我看不见，但是我的小黑却能看见，它就是我的眼睛！"

盲人的听觉和嗅觉在长期的使用和锻炼中比正常人更敏感发达。我相信这一点，便很诚恳地对袁瞎子说："谢谢你，袁爷爷！"

韩教授在林小伟的搀扶下，也上前跟他道谢。袁瞎子摆摆手，淡淡哼了一声，示意我们跟着他走。刚走几步，他忽然转脸问我："吴家娃子，你们怎么多了一个人？"

我“哦”了一声，想起在原始森林里袁瞎子帮助我们杀死蛇精的时候，清风老道当时还没露面，之前他追着袁瞎子要打要杀的时候，估计没料到自己今日落难，需要对方帮忙吧。此时的清风老道畏缩在最后，一副躲躲闪闪的落魄样子。

我跟袁瞎子大致讲了清风老道的事情。当说到北京博古斋的小刘时，袁瞎子忽然神色微变，他喃喃地说：“小刘，小刘……他多大年纪？”

清风老道硬着头皮说：“大约五十岁……”我借口补充说：“应该就是赞助这次古墓考察和发掘的那家收藏公司的刘经理。”

我把有关刘经理和关于北京盛世收藏公司赞助的情况介绍了一下，特别是刘经理是本地人，二十多年前外出后在孙先生的公司工作的事情。

袁瞎子听后，陷入了一番沉思；他沉默地领着我们前进，半天没有说一句话。过了许久，他长叹一口气说：“我终于明白了，怪不得有人会来这里寻找马楚太子的古墓。原来如此！”

他的话让我们摸不着头脑，又不好深问。这会儿大伙只想赶快离开这里，也顾不上细想他的话。

忽然，袁瞎子再次停下，回过头对清风说：“道长，前几天我遇上一个自称清澜的道人，要找他的师弟报仇雪恨。不知道他要找的人是不是你？”

清风“啊”了一声，身子不由自主地向后退去，一副惊慌失措的表情。袁瞎子的话让我猛然想起了一些清风老道讲故事时，原本就感觉隐隐不对的地方，再看他的表情，我更肯定了自己的猜测。

我逼视着清风说：“心术不正，杀师灭祖的人不是清澜，是你，清风道人，对不对？”

清风的额头冒出大颗大颗的汗珠，他一边后退，一边用颤抖的声音说：“你，你，怎么知道，袁瞎子告诉你什么了，是不是我师兄他说了我的坏话？”

杨小邪在旁，冷冷一笑，说：“我就知道你不是一个正宗的玄门道士。从死人嘴里抢夺尸丹的事情不是一般人能做得出来的。”

我接着说：“你之前讲述的事情中破绽百出，我只是懒得拆穿你。既然你师父很倚重你，为什么会让你四处云游，还有你建好了道观为什么不留下，反而四海为家，那是因为你发现师兄清澜在找你寻仇，我说得对不对？”

其实我也只是根据一些细小末节的线索推测而已，不过看清风听后一脸如当头棒喝的表情，我就知道，他口中清澜的所作所为其实是他自己的卑劣行为，他把整个事件里的两个人颠倒了来说的。

清风此时已经退到了洞壁的边缘，无路可退，他干脆恼羞成怒地承认说：“既然你们已经知道了，我也不再隐瞒了。确实是我修习旁门左道被师父斥责，赶我出门。我是听说原始森林里有未经开发的孤坟古墓，想去倒斗发财才跟马士城一起进去的。谁知道那么倒霉，居然中了尸毒，我只好回去求师父救命。怪就怪清澜太过自私，他不让师父耗费功力救我，所以我才在师父力竭昏倒之后，把清澜也打晕，放火烧毁道观。我重修道观之后才发现清澜居然没有死，他找上门寻仇，我就开始东躲西藏……”

果然不出我所料，清风确实是一个大奸大恶之徒，此时他露出奸诈狰狞的面目，让我们不寒而栗。袁瞎子厉声说：“像你这样十恶不赦的人是该下地狱的，等出了密道，我就会联系你师兄，让他处置你！”

一说到密道，清风便垂头丧气起来，他知道想要出去，必须得靠袁瞎子带领，便不再争辩，说：“好，我跟我师兄走，但希望你们不要管我们门派的事。”

我见他眼神游移，露出狡诈之色，知道他这不过是托词。只是他说的也是，人家门派之事，我们不便多管闲事。

袁瞎子领着我们七转八拐，穿越一个又一个溶洞群，大约走了一个多小时，最后只剩下一条通道。我发现这条路显然是人工开凿的，应该和之前我们从折叠空间跌入的那条密道一样，建在陵墓的某个隐秘地方，被工匠秘密开挖了一条通道，没想到居然打通了大山内部天然的溶洞群。

走到通道的尽头，是一条向上的石梯。一路向上，隐约感觉到头顶露出隐隐光线。袁瞎子伸手一推，瞬间一片光亮。长久在地下没有见到光线，我的眼睛一时受不了，忍不住闭上，等睁开的时候，发现光线是从被袁瞎子推开的木板上方照射下来的。

一行人陆续爬上去才发现，这个地方看起来很熟悉。破旧的茅屋中，破旧的座椅。这里居然是袁瞎子的住处，那道木板俨然就是他的床板！

想起临出发前在他这间小屋子歇息的时候，曾经遭遇黑猫袭击和各种动物的攻击，原来就是为了逼我们离开这间屋子，免得发现床板下隐藏的密道。

2. 下里巴人

几个人站在茅屋中大口呼吸着新鲜的空气，这种死里逃生的感觉让我们仿若隔世一般。我忍不住去看马出尘，她正好也在看我，两个人相视一笑。这种感觉像新绽花朵散发的清香一般，倾入心扉。

我有些不好意思地抬手挠头，长时间没有洗澡洗头，我觉得浑身都不自在。冷不防的，只见清风老道指着我的手臂，吃惊地说："小吴，你的手……"

大家都朝我的手看去，我也扭过手臂看去。天！不知什么时候，那条曾经被尸虫咬过的左手臂上再次呈现一条红线，我把袖管捋高，居然还一直延伸，我索性把外衣脱掉，发现那条红线居然沿着手臂，漫过胸口，一直延伸到心脏的位置，紧靠着胸口，隐隐看到皮下有一片小指大小的红印。

我头皮发麻，暗觉不好，记得当时被尸虫咬中的时候，已经用轩辕镜贴在创口处吸尽毒液了，怎么此时看起来好像更严重了一样，而且就在这片刻间，我又感觉整条左臂变得酥麻起来。

我摸索着从内衣口袋里拿出轩辕镜，贴到手臂上，希望能再次吸去毒液。大家都关切地看着我，马出尘则扶着我到凳子上坐下。

谁也没有注意到清风老道何时乘机悄悄向外逃去，等唐昧发现的时候，他已经跑远了好一段距离。看来他提醒我手臂上的尸虫之毒，不过是想给自己逃跑找空子。

袁瞎子叹口气说："由他去吧，他的命数自有注定，终会有恶有恶报的那一天！"经他一说，大家便不再理会清风的去向了。

轩辕镜在我的创口处吸附了一会儿，那条红线又淡了下去，已经看不见了，但是胸口那片小指大小的红印却丝毫未减。

我心里有种非常不妙的感觉。

韩教授走过来，仔细看了看我胸口的红印，半晌都没有出声。我看他的面色很不好，便故作镇定地说："教授，你看出什么了？不妨直言！"

教授说："小吴，你的情况我不好说。那种尸虫不是普通的尸虫，是千年老尸身上下了巫蛊的东西，这种巫蛊已经失传，只有下蛊的人才能彻底解除。"

从看到这条红线再次复发，我就知道事情不是那么简单。他的话让我心里凉了半截。

这时袁瞎子已经从杨小邪那里获知了关于我中尸虫之毒的经过，他也轻声说："这位老先生说得很对，看来他对这种巫蛊之术非常了解，那具楚襄王的古尸被人下了血蛊，被尸虫咬中后，能看到一条红线，那是尸虫的毒液在血液中传播。轩辕镜只是解了血毒，尸虫还会在血中产卵，虫卵随着血液前进到心脏，以血为养，缓缓长大，等长到成熟时期，便会吞食人体。”

他的话让我忍不住浑身打颤，上下哆嗦起来，内心恐惧不已，脸上的表情也扭曲起来。有一条尸虫卵在自己的心脏部位长大，而后吞食我的肉体，想想真够恶心的。几乎没有任何犹豫，我拿出随身带着的匕首，找准那片红印的部位。狠狠心，准备把它挖出来！

马出尘颤声拉住我说：“你干什么？”

我咬着牙，定定地说：“趁它还没有成熟，把它割下来！”

袁瞎子说：“不能割。这种虫卵以血为生，它生有百爪千足，每一只脚足都把牢你的血管。如果挖掉势必连带血管一起切断，到时血蛊未除，你已经血崩而死！”

我几乎要抓狂，连忙问他怎么办。

袁瞎子轻声说：“吴娃，你先冷静，轩辕镜虽然不能彻底解毒，但是能抑制毒素蔓延。你每天使用一次，能保持虫卵不长大，帮你争取足够时间帮你找到解除之法的。”

他这样说来，我只好作罢，但是心里有一个新的疑问产生。我看着他，非常不客气地说：“袁爷爷，你为什么这么关心我的事情？之前你把我从蛇精口里救下，送我轩辕镜，又带我们出密道，现在还要帮我解血蛊，你到底有何目的？”

袁瞎子被我问得发毛，他想继续打哈哈敷衍过去，但是我不愿意放过他，非逼着他说实话。他看抵挡不过了，便顿了顿说：“我和你们家有极深的渊源，有些事情，我只能跟你单独说……对了，还有这个姓马的女娃娃，你也留下。”

其他人见他这样说，知道接下来的话涉及隐私之事，便起身告辞。

袁瞎子也不多说，杨小邪想要留下来凑热闹，被我使了个眼色，便很识趣地起身了。袁瞎子又发话了，他拦住唐昧说：“这位小哥，你使的可是禹王槊，请留下听袁瞎子说几句话。”

唐昧有些茫然地停住，他觉得袁瞎子可能要对他斩断黑猫尾巴的事情兴师问罪了。杨小邪幸灾乐祸地冲他挤挤眼睛，跟林小伟一起扶着韩教授离开了。韩教授的精神非常差，毕竟年纪大了，精力有限。他看起来双眼黯淡无华，好像整个人的精气都被吸走了一样。我嘱咐杨小邪好好安置他们住下，晚上等我去找他们。

他们走后，袁瞎子对唐昧说：“你可是在找人，一个女人？”唐昧浑身一颤，惊异地问道：“你怎么知道？莫非，你见过她？”

袁瞎子摇摇头，说：“我只是想奉劝你一句，命里天注定，半点不由人，既然是一段孽缘，又何必苦苦寻求！”

唐昧怔了一怔，他的脸上现出痛苦的神色，他说：“从来到这个世界后，我全部的时间都是在寻找她。如果你让我放弃，我不知道我的生命还有什么意义。”

袁瞎子闻言也愣住了，半晌，他叹口气，幽幽地说了一句：“沧海月明珠有泪，只是当时已惘然！”而后便背过身去，不再说话。

唐昧定定站了一会儿，像是在回味袁瞎子那句话，而后他大步向外走去，又忽然转身，走到我面前，从背包里拿出那枚黑玉印，说：“我决定去北京一趟，找一个人问清一些事情，也许有很多困难，这件东西你帮我保存。如果我不能回来，就请你把它销毁。”

我迟疑地接过，问他：“这好像不是普通的东西，可能是价值连城的古物，你就不怕我把它卖了私吞？”

他淡淡笑了一下，说：“你不会，我相信你。如果我能回来，我一定会去找你。”说完，他大踏步走了。他走得很快，一会儿就不见了身影。他这种人，明明知道有危险，还非要前往，我知道阻拦也是没有用的，心里只有一种莫名的感动，为他托付的信任。

他走后，袁瞎子转过脸来，我赶紧追问："袁爷爷，你还没告诉我，你和我家到底有什么关系呢？"

袁瞎子说："事到如今，我能告诉你的是，我和你家，甚至驱魔龙族马家的渊源，源于下里巴人。"

他说到下里巴人，这个我知道，是战国时期楚国的民间歌曲，出自宋玉的《答楚王问》。巴人是一个历史十分悠久的民族，其历史可上溯至夏禹时代。

袁瞎子见我这样回答，轻轻笑了一下，说："吴娃，你只知其一，不知其二。其实，下里巴人是楚襄王身边的八个巫师。宋玉为歌颂其功德，专门编写了一些歌曲。那八个巫师原本就很隐秘，关于他们的史料记载非常之少，世人便渐渐淡忘了他们，只记得那些歌曲。你的祖上和马家的祖上，就各属下里巴人的一脉。"

他的话让我大吃一惊。我从来不知道自己的祖先居然还有这样一个传奇，并且从一个外人嘴里说出。马出尘也很惊异，她浑身震动了一下，问："你怎么知道这些事情，你又是何人？"看她的表情显然是知道这件事的。可是，我却从来没听家里人说过，只觉得是天方夜谭。

袁瞎子说："我的祖上是轩辕黄帝，和下里巴人的师父西瑶女巫师出同门……"

"等等，"我喊了一声，"你说轩辕和西瑶是同门，好像他们不是一个时期的人吧？九鼎上说西瑶是楚怀王和楚襄王时期的巫女，轩辕黄帝比她早了好几百年吧？"

袁瞎子淡淡地说："你说得对，只是有一点你不知道，西瑶还有一个名字，叫西王母。"

我吃了一惊："西王母？"

袁瞎子说："嫦娥奔月的故事都知道吧，后羿就是向西王母求取的不死仙丹，西王母原本就是一个炼丹的祖师奶奶，她自盘古开天辟地活到春秋战国又成为西瑶也并不稀奇！"

我接着问："你怎么知道我家祖上的事情，我爷爷和父亲都不过是最平凡的乡村医生，包括我自己，对于巫师和巫术一窍不通。"

袁瞎子说："你的祖上精通祝由术，也就是运用符咒加中草药治病，只是年深久远，加上一些时代背景的原因，那些符咒都已经失传了，能留下的也只是一些简单常用的药草之方了。"

《古今医统大全》记载:上古神医,以菅为席,以刍为狗。人有疾求医，但北面而咒，十言即愈。古祝由科，此其由也。

他说的祝由之术我知道，在唐代，祝由已成为中医体系独立一科。例如，明代太医院设医术十三科:"曰大方脉，曰妇人，曰伤寒，曰疮疡，曰针灸，曰眼，曰口齿，曰咽喉，曰接骨，曰金镞，曰按摩，曰祝由。"

据张介宾所说："今按摩、祝由二科失其传，唯民间尚有之。"而上溯直至《黄帝内经》，通篇不言鬼神邪祟，认为"因知百病之胜，先知百病之所从"是祝由取效的原因。王冰的注文也仅"祝说病由，不劳针石而已"几个字，说明祝由一直处于中医体系的边缘。

袁瞎子接下来的一番话让我更加的瞠目结舌，他说："自从西瑶大巫师把自己封印在楚襄王陵墓之后，楚国很快衰败，最终被秦国灭亡，下里巴人都秘密隐居起来，几百上千年后，他们都不希望自己的子孙后代再涉足战火纷争的日子。就如你们吴家的祖先，也希望所有的秘密都封存起来。但是，有些东西却是永远都隐藏不住的。比如，马家人生来就能通灵，每一代都会有一个杰出者能驱使神龙；而你们吴家人能够在水中像鱼一样自由呼吸……我说得可对？"

这下我彻底呆住了，我们吴家的子孙能够在水中呼吸的秘密除了我们自己知道，从来没有告诉过外人。这种特质只显示在男性子孙中。我爷爷曾经有个姐姐，据我所知，她的后辈并无此特征。不知道袁瞎子怎么会知道。

想到这里，我眼圈一转，嘿嘿一笑，说：“袁爷爷，是不是当年你救治我爷爷的时候，他把这个秘密告诉你的？”

袁瞎子淡淡一笑说：“吴娃儿，你不信袁瞎子的话是吧？这是你们家族的秘密，你爷爷自然不会轻易告诉任何人。不瞒你说，这个秘密确实是我当年救治他的时候发现的。我用天眼看到他浑身被一种肉眼看不到的蓝光保护着，这种蓝光是从他的毛孔散发出的，仔细检查后我发现，他的血液中含有一种罕见的成分，这种成分改变了基因的组合，让人的身体能够通过毛孔在体外形成一层无形的保护壳，这层保护壳能够在水下分解水分子组合氧气，通过毛孔输送循环。”

我说：“凭这你就认定我们家祖上是下里巴人其中之一，也未免有些太牵强了？”

袁瞎子沉声说：“能够通过毛孔在水下呼吸，这是远古时代人鱼和鲛人的本能。西瑶曾经豢养过鲛人，把鲛人的生命特征嫁接到人类的基因中，这是目前人类科技都无法做到的，当年她却通过巫术改变了其中一个徒弟的遗传密码。这些事情是我的祖上袁天罡在他的《易镜玄要》中略略提到过的。”

原来袁天罡真是他的祖上，他们都是轩辕黄帝的后代。怪不得他拥有那枚轩辕镜！

我的满腹疑惑没有得到完全的解释，还想再问，袁瞎子却挥挥手，有些不耐烦地说：“吴娃儿，我已经说得太多了，有些事情不该你问的还是少问，目前当务之急先把你身上的血蛊治好！”

我点头，说："我准备去医院做一些检查，看能不能通过医疗手段进行切除，不知道袁爷爷你有什么好的建议？"

袁瞎子叹了口气，说："你去医院检查一下也好，不过我看手术切除的可行性很小，没有十足的把握不要冒险。目前还有一个人也许能解这种血蛊！"

我大喜说："是谁，我去找他！"

袁瞎子说："清风的师兄清澜道长。其实茅山一派的祖师原本就是下里巴人其中之一的传人，金光道人就精通各种巫蛊之术的破解之法，清风急功近利，喜习各种邪门歪术，治病救人一窍不通，不然当年他也不会在中了尸毒之后回去求金光救治了。只是不知清澜道长学到了几成，一个多月前我曾见过他一面，情况并不好。"

原来就在那次我和杨小邪把袁瞎子劫持到医院，帮助郑茗茗驱赶痴情鬼青衣小裁缝的时候，袁瞎子无意中在一楼的内科病房外听到一个不停念叨《道德经》的声音。他当时留了一个心眼儿，后来找了个时间特意去探问一番，里面住的病人正是清澜道人。

二十多年前，清澜道人从被清风放火焚烧的茅山道观逃出来，由于吸入了大量的浓烟，在肺部留下了病根，特别是年岁大了后，哮喘常常发作。他到处寻找清风不果，天下之大，茫茫人海，依稀记得清风曾经在楚城的原始森林中的尸毒，他觉得这是一个线索，以清风的个性，肯定是因为原始森林有什么秘密才会引导他前去的。所以，清澜就来到楚城蹲点，希望抓住清风为师父报仇。

那段时间，他挂单到郊区一个寺庙中。有次，方丈介绍了一个被下了小鬼降头的富商，请他救治。他一时不忍，出手救了富商一家。富商一家一直把他当作救命恩人。后来他旧疾发作，被富商送入了医院治疗。他在住院期间常常诵念《道德经》，没想到居然因此招引来了袁瞎子。

因为师门的渊源，清澜把清风欺师灭祖的罪行倾诉了一番，恳请袁瞎子有清风的行踪，一定要告知自己。袁瞎子非常激愤，答应他愿意为他出一已之力。

袁瞎子说："清澜已经被诊断出肺癌晚期，他的精神有时有些疯癫。我准备亲自去找他寻求解除血蛊之法，不管是否成功，我自会去找你们。"

从山下下来后，我和马出尘第一时间赶去了市第一人民医院。工作几年和各方面打交道的人都不少，医院自然有不少熟人，我找了一个当主治医师的朋友小年。小年是外科的，刚从手术室出来，听说我有些不舒服，连检查单都没有开，直接领我去了B超室，跟里面的医生说我是他的表弟，让检查仔细点儿。

那个B超医生拿着探头在我胸口来回滑动了十几分钟，我看他的表情很凝重，后来又把小年医生叫过去，指着显示屏说："很奇怪，看起来像是个囊性肿块，但是却和心脏主动脉连接在一起。"

小年医生也很认真地看了一会儿，然后把我叫到他的办公室说："吴哥，初步诊断是囊肿，对于这种情况我建议你切片检查或者直接切除，不过由于跟动脉相连，这个手术难度比较大，过程中可能会出现不乐观的情况，最好选择北京或者武汉的大医院更为安全。"

其实从那个B超医生说的话中，我就已经获悉这不是一般手术能解决的，心里沮丧不已，对他道谢后便离开。

马出尘一直陪着我，她安慰我说："袁老爷子去找清澜道长求助了，我们再去请教一下韩教授，他是研究巫楚文化的专家，也许能找到什么突破之法！"

事已至此，我们只能去问问教授。我和马出尘找到他们住宿的宾馆，刚到门口就听到教授在里面很大声地发火："不是跟你说过，那件玉衣是文物，属于国家的，谁也不能以个人名义带走！"

林小伟小声地辩解着:“老师，对不起，他们有国家文物局的借调令，我无法拒绝。”

我们赶紧敲门进去询问发生什么事情了。原来，教授回来后有发烧的症状，被杨小邪带着去输液，嘱咐林小伟带着那件玉衣在房间等着他。

林小伟正在整理考察笔记的时候，刘经理和吴刚来了；他们拿出了国家文物局的借调令，软硬兼施，强行带走了那件玉衣；等教授回来后知道了，气得肺都快炸了。

马出尘有些奇怪，问：“他们不是回北京了吗？怎么知道教授手里有玉衣？”

我冷笑一声，说:“很简单，肯定是清风老道嘴里跑的风。毫无疑问，昔日博古斋的小刘就是现在的刘经理，他们一直都在处心积虑地想要得到一切关于这个古墓的文物！”

林小伟说：“我也看出来那个刘经理不是什么好人，就把玉衣交给了司机吴刚！”

我说:“吴刚把玉衣带给孙总后，他瞻仰一番，也许会还给文物局呢，毕竟他们是借去的。”

教授唉声叹气地说：“但愿如此吧！”

想起在墓道中，我无意中看到教授抱着玉衣眼神涣散、面目狰狞的画面，我觉得那件玉衣肯定不那么简单。

我和教授讨论了一番我身上的血蛊。教授也只是懂得一些简单的解救之法，他说：“小吴，中国的巫蛊之术源远流长，很多神秘的现象根本不是现代科技能解释和解决得了的，很多蛊术都是施术人秘密配置的，解药也是特制的，外人无法得知。不过我知道蛊术中有种心愿虫，据说能解百蛊。”

“心愿虫？哪里能找到这种虫子？”马出尘比我还着急，提前说出来我想要问的话。

教授叹了一口气，说："我也是最近在你们市内博物馆看到了一个唐代术士的手札，里面记载了这样的东西。上面记载心愿虫依相思藤叶为生，而相思藤生长在阴气极盛的太极龙脉山水相交之处。"

马出尘说："既然是本市博物馆内的手札，里面的事物肯定能在本地找到。教授你熟知风水易数，给我们指点一个地方吧。"

教授摇摇头，苦笑道："出尘，《易经》博大精深，里面最简单的阴阳五行我都理解不了一二，何谈指点你们。龙脉难得，太极龙脉更是难求啊！"

我知道教授这是谦虚的说法。不过，古代人按照风水易数选定龙脉，虽然现代科技发达，但是在阴阳五行和易理八卦上，确实不及古人万一。

杨小邪开他爸的车来叫我们出去吃饭。教授心情不好，不愿意出去。我们几个人找了个小餐馆随便吃了一点儿，便草草结束。林小伟给教授带了盒饭去酒店，他们第二天就要回到北京去汇报考察情况。

马出尘问我："吴悠，这里最大的公墓在哪儿？"

我吓了一跳，半夜三更的找什么公墓？杨小邪说："姐姐，你不会是想跟里面的鬼魂聊天吧。"

马出尘拿出身上一块璞玉，说："这里有墓道里工匠的魂魄，我是想把他们释放出来，让他们好早日投胎。"

我们恍然大悟，杨小邪便开车带着我们去了城东山坡上的公墓。马出尘站到最高处，把璞玉拿出，双手合十，默默悼念。刹那间，我感觉周围阴风阵阵，煞气扑面，她手中的那枚璞玉好似北极寒冰般散发着阴冷的气场。数分钟后，一切又恢复正常。马出尘睁开眼睛轻轻地说："我已经为这些魂魄超度，它们会进入正常的轮回，转世投胎，再世为人。"

这时，杨小邪的手机忽然响了，他看了一眼号码，说是教授宾馆房间的电话号码。我示意他先接通，看教授有什么指示。

杨小邪“喂”了一声，而后便皱起了眉头，手机里传来并不清晰的声音，依稀是教授在暴怒。杨小邪“嗯嗯啊啊”地回应，挂断电话后，他一脸凝重地说：“那件玉衣被司机吴刚偷走了，教授要马上回省里汇报情况。”

原来，刘经理和司机吴刚从林小伟手里强行拿走玉衣后，当天驱车返回北京；路上，吴刚拿出一瓶矿泉水，刘经理喝下后立刻不省人事，等醒来时发现孤身一人倒在高速公路旁，吴刚带着玉衣早已不知去向。刘经理只好打电话给北京的孙总说明了情况。因为之前拿着国家文物局的借调令，孙总只好跟文物局的人说明了情况。教授随后也获知了消息，非常生气。我很诧异，不知道吴刚要这件玉衣做什么，以孙总对他的信任，他不会做出这样的事情啊！

答案在几天后很快揭晓。韩教授要回去述职，马出尘却跟他告假，要求陪我找到解除血蛊的方法，她要留在楚城。我明白她是个重情义的女子，不愿意在我孤独无援的时候离开。她陪我一起等待袁瞎子的消息。好在我有轩辕镜，每天吸附两次血液中的毒素，血蛊暂时休眠着没有发作。虽然这不是一劳永逸的方法，但也只能得过且过了。

我住的是单位集资的房子，只做过简单装修，平时乱糟糟的。为了方便照顾我，马出尘要求搬进来，并帮我收拾了一天。白天我去单位处理了一些紧急事务，并请了长假。血蛊随时都可能有变化，以目前的状态，我还是不适宜工作。

3. 相思藤

晚上，我请马出尘去河边吃楚城的风味烧烤，黑鱼烤得很嫩，啤酒也很清甜，我们在摇曳的灯光里干杯，相视一笑。片刻间，我忘记了自己身中蛊毒之事，我甚至想，要是一直这样多好，生命诚可贵，爱情更美好。

这时，我的手机不合时宜地响了起来，我拿出一看，是一个陌生的座机号码，迟疑地接通，竟是司机吴刚！他的声音听起来有些语无伦次，还夹带着悲戚和混乱："小吴兄弟，我可能快要死了，临死前我唯一的遗憾是没能再见你一面，向你说声谢谢。"

我很是吃惊，不知道他为什么要说这些话。好像我跟他的交情并不怎么深厚呀，并且我非常想知道他为什么偷走玉衣。

他说自己在这段时间按照我开的方子，居然治疗好了身体的隐疾，所以他从心底感谢我，并把我当作唯一的朋友。他要把自己所有知道的事情都告诉我。

在他断断续续地诉说中，我渐渐知道了事情的大概情况。原来盛世收藏公司的孙总孙二爷和博古斋的孙大掌柜是兄弟俩，他们都是盗墓贼出身，而后做起了明面生意，内地里还干着旧日的勾当。大掌柜喜欢倒卖文物，几年前因为牵扯文物大案死在狱中；孙二爷孙总却致力于一些野史传说，喜欢收集奇闻怪物。

早在二十多年前，一个姓刘的年轻人拿了一幅《明月崖飞仙图》来到博古斋出售。孙大掌柜认出是临摹的副本，本不欲接手，但是孙二爷却一眼看出这幅古画另有玄机，他不但高价收下，还把小刘留下在博古斋做了伙计。

小刘告诉他，这幅古画是自己从家里偷出来的。小刘的父亲是楚城刘庄的族长，刘庄历代族人守护一个关于马楚太子陵墓的秘密，他觉得自己儿子难当大任，有意把族长的职位和秘密的内容留给一个侄儿。小刘便在愤怒之下偷走了家里传下来的那幅古画。据说这幅画不仅和马楚太子陵墓有莫大关联，而且还关乎一个长生不死的秘密。

博古斋倒闭后，孙总让小刘去自己的公司做了经理。虽然刘经理跟随孙总很多年，但孙总对他并不是很信任，说他太过贪心；反倒是替自己挡过暗算的吴刚，虽然跟了孙总不到十年，却是他最信任的人。

早在五年前，有一个自称叫威尔逊的美国人曾经秘密找到吴刚交涉，要求他偷出孙总手里那幅《明月崖飞仙图》，他愿意出高价购买。当时吴刚拒绝了，但是他并没有告诉孙总这件事情。因为孙总性格多疑，他不想节外生枝。

当时，吴刚通过和威尔逊的交谈，得知他是一个神秘组织的领导人。这个组织拥有大量的资金和强大组织能力，很多方面都有他们的人。他们专门研究一些神秘事物，如 UFO、水怪、金字塔之类。

事后，吴刚通过各个途径打听到威尔逊是美国科学教在中国的领导人。至于威尔逊要那幅古画做什么，他就不得而知了。

时隔五年，前不久，威尔逊又秘密找到他，再次提出愿意出高价，从他那里获得考古队在战国楚墓得到的情报和文物。当时，吴刚拒绝了。不过，他也很奇怪威尔逊怎么知道他们的行动。威尔逊解释说，他们的人遍布一切地方。

早在孙大掌柜曾经救了一个叫唐昧的神秘男青年时，威尔逊他们就曾经跟孙大掌柜有过交涉，最后发现查遍了所有的档案和资料，都不知道唐昧的来历，他们甚至怀疑他不是地球上的人。这个时候，孙二爷却插手阻碍他们的计划，不让孙大掌柜跟他们合作。在恼怒之下，他们设了一个圈套让孙大掌柜被关进了牢房，而后冤死狱中。

获知这些事件的真相，吴刚更加不愿同威尔逊有任何瓜葛了。谁知，当刘经理和他一起从林小伟那里拿走玉衣后，他感觉自己的情绪发生了剧烈的变换，总感觉心里有个声音在不停地教唆自己要独占那件玉衣，那个声音还告诉他那件玉衣具备强大的魔力，能让他拥有无上的能力和权势。

鬼使神差之下，他像中了梦魇一样把刘经理迷晕后偷走了玉衣。他的内心突然充满对金钱的欲念，他给威尔逊打了电话，告知自己获得了楚墓中的一件玉衣，想出价200万卖掉。威尔逊毫不犹豫答应了，并立刻往他的账户上打了一半的定金，要求他就近找个地方住下，等他亲自前去接洽。

他在酒店住下后，便关上房门站在窗前，好好端详起了那件玉衣。因为即将把它卖掉，他心里忽然非常的舍不得。不知什么时候，原本晴朗的天空一下子乌云涌动，很快便下起了大雨。他心里有些焦灼，又有些侥幸。因为威尔逊说自己要搭乘最快的航班赶过来，此时下雨，很可能会影响飞机的到达时间。

这时，房门咚咚地响了起来，服务员前来送餐，他把玉衣放到窗前小几上，刚站起来走到门旁准备开门，突然，一个炸雷夹杂着一道闪电从窗户劈入，正好打到那件玉衣上，只听吱吱啦啦一阵怪响，连带着连串的电火花闪过，整个房间弥漫起一种难闻的硝烟味道，伴随着浓烈的迷雾。

他顾不上开门，径直扑到小几子上去查看，只见那件玉衣已经被雷电焚烧的成了一堆支离破碎的焦炭！他惊愕地张大了嘴巴，半天发不出一丝声音。

许久,他终于明白是雷电把玉衣烧毁了。他感觉自己忽然醒悟了过来，一切好像做了一场梦一样，那些疯狂的欲望和不切实际的念头都消失了。同时，他也明白，自己无法完成对威尔逊的承诺，很快就要大难临头了。科学教组织拥有强大的杀手集团，他们杀死一个人跟踩死一只蚂蚁一样简单，连孙氏兄弟都无法跟他们抗衡。他交不出玉衣，肯定是死路一条。

他的心里充满了绝望和悲哀，在厄运即将来临前，他决定给我打个电话，把自己的事情告诉我，同时警告我，楚墓里的东西很邪门，而一切还远没有结束。

他挂掉电话后，我的心里很难受，不过我知道自己也无能为力，他最终结局如何也只能看他的造化。

吴刚的话让我想起在墓道中那短暂的瞬间，想到教授抱着玉衣时候，那血红的双眼和狰狞的表情。这时我已经能充分肯定，那件玉衣确实很古怪，或许是某种特殊的材质辐射、影响了人的心智和大脑，让人产生一些不切实际的想法吧。

进而我又猜想，当这种辐射的强度过高时，可能会影响周围环境的气场，所以才会出现风起云涌、天气骤变的现象。在传说中，修炼成一定气候的精怪，它们的气场会变得太过强烈，引起天打雷劈，谓之"渡劫"。如此看来，那件玉衣中也许就藏有古玉的精魂，它影响和驱使了吴刚的灵魂，又引起了空间气场的变化。

我把事情跟马出尘说了一下，我们两个人都不由得唏嘘半天。马出尘说："金钱和权力是很多人追寻的目标。当欲望过度时，人就失去了自我，才会被邪恶的灵魂所侵占。如果真能看透这一点，也许就不会活得那么累了。"

我点头，说："是啊，有些时候经历了一些事情才发现，其实生活是非常美好的，能够健康地活着，就是最大的幸福。"

说到活着，不免想起我身中的蛊毒。一连几天，马出尘和我一起都寻找袁瞎子，却不见他的踪迹。连他所说的那家医院也不见清澜道人，医院的护士说清澜早就出院了，不知道现在住在哪里。

第二天，我们得到一个消息：吴刚死于一场意外的交通事故，肇事车辆早已逃离。我心里清楚，一切并不是那么简单。只是我们暂时没有证据，也没有实力去跟所谓的科学教抗衡斗争。

又过了两天，一起凶杀案引起了我的注意。东郊前进村一个出租屋内有个道士打扮的老者被人杀了，据查凶器是一把剑状铁器。我们赶过去一看，果然是清澜道人！

清澜最大的仇人是清风，凶器又是一把剑，看来确实是清风杀了清澜，但是现场却没有袁瞎子的踪迹，我有种不祥的预感，清风阴险狡诈，他也有可能凶多吉少。

刚从清澜的住处出来，经过拐角处的时候，忽然一只有力的大手把我拉了过去，我大吃一惊，回头一看，居然是唐昧。他依旧拎着那只大大的民工编织袋，里面装的应该是他的武器禹王槊。他一脸的倦容，示意我跟他走到一处偏僻的地方。左右看看没人注意，他才沉声说："清澜的尸体在警察来前我已经查看过了，在他身上我发现了一张纸条，应该是他临死前留下的。"

他把一张带血的符咒纸交给我，符咒的背面有几个潦草的字：袁师兄被叛徒带去了明月崖，速救。

明月崖？我说："这个地名不是在那幅《明月崖飞仙图》中出现过吗？难道真的有这么个地方？"

唐昧点点头，说："是有这个地方，只是这个地名是随意取的，明月崖在哪里很少有人知道。看来袁老先生一定是知道一些秘密，才会被清风劫持的。清澜是昨天夜里才被杀的，他暂时应该不会有生命之忧。"

我听他的语气，好像对明月崖很熟悉似的，便开口问他："你知道明月崖在哪儿吗？"

谁知他居然真的点了点头，而后像是下了一个决心似的，对我说："今天夜里你带上那枚玉印，到贤岭山下等我；到了明月崖，也许就能解除你身上的蛊毒。"

我猛地跳了起来，大喜道："真的吗？明月崖莫非真的有神仙，你是怎么知道的？"真是病急乱投医，这个时候，我连神仙这类虚无缥缈的东西都信了。

唐昧淡淡地说："这次去北京，我搞清楚了很多事情，解铃还须系铃人。明月崖到底有没有神仙，等我们去了就会知道。给你下蛊的人也在明月崖下。"

他的话我听得很不明白，我中的蛊虫是从楚襄王尸体上爬出来的，算起来给我下蛊的是西瑶女巫，莫非她真的是神仙，就住在明月崖下？其实我一直都有一个怀疑，那幅《明月崖飞仙图》里的女巫应该就是西瑶。听唐昧如此说，看来可能性更大了。

只是，唐昧知道很多事情，而他本身却查不出来历。莫非真如吴刚所说，唐昧是从外星来的？

想到这里，我还是忍不住问了一句："你到底是谁，从哪里来，为什么知道这么多事情？"

唐昧默默看了我一眼，依旧很冷淡地说："我到底是谁，从哪里来，我也说不清楚，其实我也很想知道。很多事情，我说了大约你们也不会相信的。"

我看他的表情，确实不像是装的，暂时只能相信他。总之，除了听说他盗墓，其他方面他还算是个不错的人，值得信赖。

到了晚上，我和马出尘准备好一些登山攀岩的工具，并带上了那枚黑色玉印，结果刚一出门就碰到杨小邪，他腆着脸笑着说："有活动怎么能少了我呢。我可是最具备冒险精神的年轻人，既幽默又风趣，跟我在一起你们的探险之路就不会枯燥无聊了。"

我哭笑不得，这可是随时都有可能送命的事，他还有心情调侃，不过他接下来说的一番话挺让我感动。他说："吴悠身体里的蛊毒未解，作为他的兄弟，我无论如何也不会坐视不管。就算上刀山下油锅，也得算我一个。"话说到这个份儿上，我们只得带上他。

晚上，我们早早来到贤岭山下，结果等了两个小时，才看到背着大包的唐昧慢悠悠地走过来。杨小邪有些不高兴地说：“让别人等是很不礼貌的事情，你不知道吗？”

唐昧淡淡地说：“来这么早也没什么用，必须等夜晚月亮出来后，我们才能进入明月崖。”

“为什么要等到月亮出来，莫非是担心没有照明？我带了两把强光手电筒，还有火折子、荧光棒。”

唐昧却摇摇头，不愿意多说，接过我递给他的玉印，而后领着我们悄悄沿着一条山路向山上进发。我一看，靠，居然是部队后墙那条小道，莫非明月崖就是陈氏兄弟丧命的那个地方。我早该想到了，真是笨，我一拍脑袋。

果然，唐昧带我们来到了那道悬崖上，蹲下仔细检查了一下峭壁边缘的情况，而后用手蘸了蘸地上的草丛，放在鼻子上闻了一下，皱眉说：“这里有血，看来发生过打斗，他们果然从这里下去了。”

而后，他抬头看了看天空，一轮明月照在水面上。他自顾自喃喃地念道：“沧海月明珠有泪，只是当时已惘然……”他念了好几遍后，头也不回跟我们说：“跟我来吧！”而后纵身一跃，跳了下去。

我跟马出尘傻了眼，特别是杨小邪，大声惊呼说：“我不是玩杂耍的，从这里跳下去绝对要英年早逝的。”

他说得不错，下面可是雾气层层的万丈悬崖啊，谁能保证一跃之下不是粉身碎骨。此时我猛然又回想起曾经跟杨小邪一起跟踪袁瞎子，亲眼看到他也是从这里跳下去的，后来，我们却在山脚下再次看到他。

想到这里，我回身握住马出尘的手说：“你怕不怕，要是不怕，就跟在我后面跳下去；要是害怕，就在上面等我。”

马出尘看着我的眼睛，我从她的眼睛里看到了她心里的信任和情意。

她摇摇头，说："我不怕，我们一起下去，如果真的摔死了，黄泉路上也不孤单。"

我点点头，转身也学着唐昧的姿势，纵身一跃。我知道，马出尘很快也会跟着跳下来。杨小邪嘴里说害怕，估计我们都跳了，他也会硬着头皮一起跳的。

只听到耳边呼呼风声，下落的过程非常快，我尽量稳定情绪，晃动了几下手电筒，依稀看到旁边的崖壁上有很多洞窟，里面挂着一些棺材。想起盗墓贼陈大胆兄弟曾经从这里爬下，而后中了蛊虫，悲惨死去，大约这里就是悬棺洞群。

古代人选择悬崖峭壁作为葬身之处，因为他们坚信"弥高者以为至孝，高葬者必有好报"，棺椁放置在几乎与水面垂直的天然岩洞中，以示趋吉和尽孝之意。这道悬崖下的悬棺里都被下了蛊虫，如果有人从悬崖贸然攀下，就会被蛊虫咬中。

我的脑子里闪现很多个念头：不知下面除了水还有什么，掉下去会不会淹死或者摔死，既然唐昧让我们跟他一起跳下来，他对下面的情况熟悉吗？

这时，我已经下落到了悬崖的底部，我闻到了很重的水湿气，听到了啪啪的水拍山石的声音，接着我的背部便撞到了一丛软软的物体上面，那丛物体是倾斜到山体的，随着重力的牵引，我的身体急剧地滑向山边。

到了崖底，隐约有灯光亮着，一只大手一把拉住了我，并顺势一带，我翻身站起，看到的是唐昧那张熟悉的脸。

这时，身后又有重物落下，是马出尘，唐昧再次伸手把她也拉了过来。过了好一会儿，一团庞大物体重重落下，把身下的软丛物体压得陷下一个大坑，正是杨小邪，这家伙也不舍得减减肥，迟早会胖死。

我们三个人都有些惊魂未定，略略喘了口气，这才看清原来那丛物体是碧绿的蔓藤。在崖底有无数的蔓藤正在延生，连接到落潮后对面露出的巨大石头上，那个石头缝里也有无数的蔓藤横生，还在不停地生长纠缠。这处水域之上的两处相互纠缠勾勒的蔓藤形成了一个天然的绿色软桥，我们跌落上面，而后滑落到崖下一个石洞前被唐昧拉起。

杨小邪大呼:“看起来像个天然的吊床,夏天睡在这里乘凉估计不错。”

没心情跟他调侃，我问唐昧 :“这是什么地方，怎么会长出这样奇怪的植物？”

唐昧淡淡地回答 :“明月崖。这两株蔓藤叫做相思藤，崖底的是雌藤，石头缝隙里的是雄藤。它们原本是并列生长在一起的一株非常普通的女萝，几千年前因为沾染了两个相爱之人的鲜血而成为世界上独一无二的相思藤。经年累月，藤树下的石头被海水冲裂成两段，藤树分为两棵。中间隔着的一片海域不断地增宽，但是两棵相思藤却在每个月圆之夜不停地靠拢纠缠。等子时一过，就开始枯萎，经过海水浸泡，雄藤就会死亡。等下一个月圆落潮之夜再继续生长，纠缠死亡。”

他说到这里，神情非常忧伤，好像这两株藤树触动了他心底某处被尘封的往事。

听唐昧提到相思藤，我想起韩教授说过在市内博物馆看到一个唐代术士的手札中记载了这样的东西，上面记载心愿虫依相思藤叶为生，而相思藤生长在阴气极盛的太极龙脉山水相交之处。

莫非这里就是千年难见的太极龙脉山水相交之处？相思藤上的心愿虫又在哪里？我和马出尘赶忙打着手电筒去寻找。山崖之下，湖水之畔，夜来幽凉，却不见任何的蛇虫鼠蚁，更别说什么心愿虫了。

唐昧摇摇头，说 :“心愿虫只是传说中的东西，想要得到一只不仅需要运气，还要靠缘分！”

我颓然，莫非我真的与此神虫无缘，非得落得被血蛊吞噬心脉而死？

马出尘却拉起我的手说："吴悠，不要气馁，找不到心愿虫，也许能在这个飞仙洞中找到破解之法呢，不是说这里能遇到神仙吗？既然她拥有让人长生不死的法术，也一定可以救你的。"

我点点头，四个人一起朝崖底的山洞走去。用手电筒光一照，这才看清楚，这是一个半圆形的石洞，我们一直往里走，是一条笔直的长洞，壁上有些地方有人工开凿的痕迹，看来应该是原本就有这个山洞，后来又被人工扩建了一番。

我们一路向前，很快就进入了一处开阔的空间，看起来像是一个大厅，目光所及之处，大厅的右侧，有一个被花岗岩堵塞的甬道，看起来非常的眼熟。我仔细看了一会儿，忽然想起和韩教授一起曾经在那处楚襄王的陵墓中见过，当时我们进入了一个被花岗岩阻挡住的甬道，不得不退回。

韩教授曾经说过，楚襄王的陵墓是一处双龙汲水的龙脉，两个龙头应该是有相连的地方，看来这里就是那处通道，却被花岗岩堵得严严实实。如此说来，这里也是一处龙脉的龙头了，而且还是山水相交的太极龙脉，风水比那处龙头还要好，却不知这里被做何用处了，想来一定也很关键。

整个空间四壁陡直，显然是人工修饰过的，我们举着手电筒四下照射，上面有一些壁画已经脱落的不成样子，其中一幅隐约看到是一个童子在捣药，壁画之下，每隔一段距离，绝壁上就凿有一个凹洞，那些凹洞里都有青铜灯俑，里面应该依稀还有灯油。唐昧随手扔了个火折子上去，呼的一声居然点着了。

唐昧说："这里的灯油是用鲛人的鱼油做成的，有万年灯之称，只要一滴便可燃至数月，古代帝王陵墓之中都会用此作为长明灯。"

有了灯光，我们发现大厅里摆放了一口巨大的青铜丹炉，铜锈斑驳，铸着许多铭文鸟书，看得出是战国时期的古物。地上还有很多瓶瓶罐罐、腐烂发霉的药材灵芝以及一堆黑玉。那些黑玉跟衣冠冢中玉衣的材质很像，黑色陨玉是当年炼制长生不死丹的一个重要材料，这里也应该是当年楚襄王的炼丹室。

历代帝王都非常看重长生不死、羽化飞仙，炼制不死仙丹是他们关注的头等大事。炼丹之术非常神奇，其中方法之多，数不胜数。古代的术士大都以硫和汞为原料，加上一些珍贵草药之类的，炼制各种名目的丹药。

术士、法师大多都惯用骗人的伎俩，装模作样以图混口饭吃。但是，也有如丘处机、孙思邈这类人物，确是有史可循，有典可查，不得不信。

当术士们无法从地球上已知的元素中提炼出长生不死丹药时，他们便想到从陨玉中寻找突破的先机，这极有可能是西瑶女巫传授的方法。

其实，在古代的西方，也有一位很著名的人物，深深沉迷炼丹术，他就是牛顿。很多人知道牛顿是伟大的科学家，他有一句被世人选择性遗忘的名言：我的一生，就是在为证明上帝的存在而工作。他始终相信有上帝，就是我们中国人所谓的神仙的存在。

牛顿曾进行过大量的炼丹术实验，其中包括参照瓦伦丁《锑之凯旋车》中的方法，成功制造出了一种被称为“星锑”的美丽晶体，并认为这种晶体没有宝贵到包含贤者之石，但是其中隐藏着绝妙的药物。他所谓的贤者之石，大约就是现在我们所看到的这种黑色陨玉。

他观察炼丹坩埚中物质的运动，从炼丹术中得到启发，认为之所以天体会具有引力这一奇妙的性质，正是因为我们的宇宙正身处于上帝的巨大而奇妙的坩埚之中，炼丹术就是推动我们世界运行的本源动力。换言之，如果没有牛顿对炼丹术的研究，就没有万有引力之说，甚至可以说牛顿的科学成就只是他研究炼丹术的副产品而已。

其实很多时候，神话和科学只是一步之遥，两者之间有很大的关联。只是其中奥妙我们暂时寻不到答案罢了。

战国之后的秦始皇派徐福海上寻仙，汉武帝也非常热衷神仙和长生不死丹，不是没有理由的。

这个大厅除了摆放丹炉，旁边还有丹室和药阁之类的几个小耳室，里面的东西大都已经腐烂不堪，看不清原来的样子了。再往前走，又是一条甬道，这里的规格大致像大篆中的“玄”字。易经有云：“天玄地黄。”从字义上讲，“玄”即是天时，天象运行象征时间变化，天气为不见之形，变化莫测，仰观天文，俯察地理，古人比较侧重用易理的阴阳学说，加上自然山水为依据，通过天人合一的风水观来发挥称赞天地之化育，来达到阴宅的平衡和谐，福泽后世的目的。特别是炼丹修世的地方，更加注重这些。

再往前走，我们看到一个大坑，大约三四米的长宽，里面有成堆的人骨堆杂在一起，坑底的泥土都是红色的，早已干枯。这情景看得让人心寒不已，浑身直起鸡皮疙瘩，感觉非常不舒服，好像有一种无形的阴冷气息笼罩在我们周围。

马出尘说：“不知道这些尸体是做什么用的，我感觉他们死后怨气极深，灵魂一直盘桓在这里不肯离去。”

唐昧说：“这些人都是奴隶，在他们活着的时候剥下整张的人皮，而后把尸体投放到这个池子里。那些人皮通过特别的炮制风干，能够不腐不烂，还柔韧无比，用人皮封印铜门，能防风防潮。最重要的是，巫师认为人的灵魂离神仙最近，可以引领世人度化升仙。”

经他一说，我们抬头把目光转过那堆人骨，果然看到后面的墙壁上有一扇青铜门，而且此时，这扇铜门缝处的人皮已经被人用利器切割得七零八落，门洞开了一道大大的缝隙，手电筒光照过去，立刻被里面无尽的黑暗吸附。看来这个大门已经被人打开了，如果所料不错，应该是清风和袁瞎子。

这时，我忽然发现铜门上有一些字迹，那些字体很奇怪，我从来没有见过，像是三岁顽童随手的书画，却又像是某种奇特的字符。杨小邪发问：“那是什么字啊，看起来好奇怪，不像是古代的文字啊，但却又像是用毛笔蘸墨写上去的。”

我小心翼翼地从尸体少的地方跨越过去，想上前去看得清楚一些，那些骨骼已经老化，踩在脚下发出咯咯的响声，极刺耳。

这时，我看到门边一角蜷缩着一个人，干瘦的身材，穿着熟悉的青衣长衫，戴着墨镜一动不动，不是袁瞎子还能有谁？

我愣了一下，心里忽然很难受，袁瞎子看样子是死了，他曾经几次救我性命，这次也是为了帮我才去找清澜道人，却被清风挟持到这里。我呆呆站了一会儿，觉得应该帮他收尸，刚往前走了一步，忽然发现他的一根手指抬了一下，从手里滑落下一个透明的小瓶子，里面隐约有个闪着蓝光的东西。

唐昧说：“他还活着！”我们快步上前把袁瞎子扶起，只见他指了指那个瓶子，艰难地动了一下嘴唇说：“心愿虫……快走，这里危险……”然后又晕了过去。

我忍不住一阵心酸，如果有个人在自己性命攸关之际，还惦念着他人的生死，是不是非常的伟大呢。杨小邪一看不妙，拉拉我的衣服悄悄地说：“哥们儿，这里这么多死人骨头，看起来很恐怖，要不我们撤吧。”

我摇摇头，这个袁瞎子跟我非亲非故，却舍命救我，此时无论如何，我都不会丢下他不管的。

我不会离开这里，我要进去找到清风，阻止他为非作歹。唐昧也不会离开的，因为他好像一直都在寻找一个答案，这个答案可能就在这座明月崖下的青铜门内。

我把心愿虫的瓶子交给马出尘，把袁瞎子捞起背到背上，准备继续前行。这时，唐昧停下看着铜门说了一句："这些字有问题，它们会动。"

我心头一跳，凝神看着那些奇怪的字符，果然，它们在慢慢地改变着形状，好像有了生命一样，我把手电筒照过去，那些字变化的更加厉害了，好像是在剧烈抖动一样，最后笔画拆分开来，分散成黑色的粉末，又再次汇集到一起，像一道巨大的黑影，缓缓向我们移动过来。

我打了一个冷战，莫非这个青铜门里有鬼，此刻正好被放了出来？想到这里，我浑身发冷，纵然再胆大，还是忍不住有些哆嗦。

杨小邪干脆"妈呀"一声，禁不住向后退去。这时，我背上的袁瞎子忽然咳了一声，用虚弱的声音说："吴娃，快把手电关了，那是尸蝼，光源能吸引它们……"说到这里，袁瞎子体力不支又昏了过去。

马出尘悄声说："尸蝼是一种非常低等的腐尸蛊虫，一般是靠死者临死前的怨气吸引过来的，怨气越深，尸蝼就越多。"

我赶紧把手电关了，四下立时一片漆黑。我说："这些人皮用来封印青铜大门，看起来并不简单，估计也是施加了一定的巫术，这些尸蝼吞食人皮，一定也沾带了巫蛊之毒，我们千万不要被它咬了。"

大家点点头，唐昧朝旁边扔出几个冷烟火，那片尸蝼积聚的阴影立刻朝冷烟火靠拢过去。

趁这个空当儿，我背着袁瞎子在前，马出尘和杨小邪居中，唐昧殿后，我们几个人赶紧从青铜门走了进去，并顺手把门紧紧关上。

第十章

1. 悬天之漏

门内是一片阴冷的漆黑，我再次打开手电筒，发现一道向下的阶梯，沿着阶梯一路走了大约半个时辰，便进入一个跟篮球场那么大的圆形石室。

我用手电筒四下照射一番，发现这个石室很奇怪，看起来像一个山洞，但四壁却是暗褐色的石壁。用手触摸上去很光滑，像是用现代装修工艺特别粉刷上去似的。石室的顶部像是一个球形的蒙古包，距地大约七八丈高，宝顶的正中是一个巨大的黑洞，手电光照过去，洞内漆黑深邃，好像通着无边的夜空天际。

宝顶的下方正对着一个圆形的石条，旁边堆散着无数的珠宝，黄金、白银自不必说，大如鸡卵的珍珠；光彩夺目的宝石、玛瑙；翡翠做成的西瓜、白菜；宝石做成的桃李杏梨，各种材质的宝物不计其数。虽然我不怎么贪财，依然看得目不暇接，暗自惊叹。

一旁的马出尘也双眼大放光彩，倒是唐昧依旧一副熟视无睹的冷淡模样，这个人确实是怪，不过眼下我们更关心的是石条上面的东西。

那是一口巨大的黑棺，不知道是用什么材料做成的，看起来棺体和棺盖浑然一体，严实到没有一丝缝隙。

我把袁瞎子放下来休息一下，同时也检查一下他的伤势，这一看不要紧，简直吓了一大跳。掀开袁瞎子的衣服，只见他身上的皮肤干瘪无比，颜色发暗，好像就是一层皮包着骨头，只是皮下的血管清晰可见，提示着他还是一个活人，不然我还真以为他是一具僵尸，跟实验室内被福尔马林浸泡过似的。

仔细查看他的四肢，好像没什么外伤，解开他长衫胸口的扣子，赫然发现一只绛紫色的巨大尸蝼正趴在那里吸血，已经吸得浑身滚圆。我大怒，拿出匕首，准备把它挑下来千刀万剐，却听唐昧喊了一声："慢！"

他屈身向前，接过我手里的匕首，用飞快的手法把那只尸蝼拦腰斩断，尸蝼的肚子以下被甩到老远。由于速度非常快，还未来得及溅出一丝血液，尸蝼的头部口器依旧叮在袁瞎子的胸口。

唐昧说："这只尸蝼应该是蝼王，吞食过太多怨气极深的尸体；血液非常毒，沾染一滴就能腐蚀身体。"

我一听，只觉好险。如果刚才我的动作快了一点，可能这会儿袁瞎子已经被腐蚀烂掉了。

"这个尸蝼的头怎么办，总不能让它一直叮在那里吧？"我又急忙问道。

唐昧想了一下，让我把袁瞎子扶起，他盘膝坐在他的后面，后双掌紧紧贴着他的后心，猛然一发力，袁瞎子忽然抬起来头，大叫一声，吐出一口黑血，胸口那颗尸蝼的头也应声脱落。

我暗暗吃惊，忍不住问道："小哥，莫非你身负失传已久的九阴真经？"

唐昧一脸愕然："九阴真经是什么？我不过是练过一些气功，懂得引气导流治疗内伤而已！"

我还想问问他是拜于何人门下。据我所知，目前国内没听说过哪位气功大师具备这样的功力。这时，袁瞎子已经悠悠转醒，他睁开眼睛，长长出了口气，依旧很虚弱，但是开口讲话还是没有问题的。

袁瞎子说："吴娃，原本指望清澜道长能够医治你的蛊毒，却不想我找到他，他刚告知我曾在一个唐代术士的手札中看过一种生长在相思藤上的心愿虫可以医治，随后他就被清风杀害了。清风还胁迫我带他到了明月崖之下。我知道明月崖下是世间难求的太极龙脉所在，心愿虫就生活在那里的相思藤上，于是便答应他了。下到崖底以后，我便趁他不注意抓了那只心愿虫，希望有机会为你医治。好在皇天不负有心人。"

马出尘拿出那个装有心愿虫的玻璃瓶子，请袁瞎子赶快为我医治。袁瞎子拿过瓶子打开，让我席地而坐，把那只闪着幽光的虫子倒在我胸口那块血印上，而后念了几句咒语，他念得很快，听不清是什么。

半晌，那只心愿虫却没有任何反应。我心里暗暗着急起来。袁瞎子虽然看不见，却也能感觉得到；他又念了一遍，依旧没任何动静。

这时，马出尘凑过来看了看，惊愕地说："心愿虫死了！"果然，那只虫子一动不动，依稀看到它的幽光正在黯淡，眼看就快熄灭了。

马出尘急急地站起身，说："我再去抓一只来。"袁瞎子喊住她，说："马家丫头，你以为心愿虫跟萤火虫一样吗，随便哪儿都能找到一群，心愿虫能解百蛊，世间也许仅存这一只了。或许这种虫子只能依靠相思藤的气场生存，离开那里，就无法活命了。而且就算再有一只，我们现在也出不去了。尸蝼王已死，估计外面有成千上亿只尸蝼已经苏醒，很快就会循着气味追过来。"

马出尘急得快哭出来了，真没想到这个貌似冷漠坚强的姑娘，此刻居然会因为我而如此失态。在临死之前，能获得一段真情，对于我来说，也不枉此生了。

想到这里，我抓住她的手，不顾有袁瞎子和唐昧在场，冲动地说："出尘，有些话我要是不说，恐怕以后没机会了，如果这次我能够大难不死，我希望你能做我的女朋友，好吗？"

听我这样说，马出尘又羞又急，佯怒说："都什么时候了，你还说这样的话。"虽然她这样说，但是我能感觉得到，她一定是愿意的。

袁瞎子忽然又发话了："目前还有一个办法可以一试，不过得马家丫头帮忙！"

马出尘抹了一把眼泪，振奋了一下心神，说："什么办法，只要能救吴悠，我一定去做。"

袁瞎子叹口气说："这个办法很危险，但是也是唯一可以一试的了，马家丫头能通灵，可以灵魂暂时离体，心愿虫刚死不久，如果能够把灵魂附在虫子身上，也许能除掉吴娃的蛊毒。"

我一听灵魂离体，这肯定是极度危险的，赶忙阻止，但是马出尘却坚决要求一试。她直视着我的眼睛，说："吴悠，如果把我们换位一下，你愿意为我冒险吗？"

我知道拗不过她。只得答应。

只见马出尘盘膝端坐，双手交叉，默念咒语；很快，她便像睡着了一样。这时，只见我胸口的心愿虫忽然动了一下，浑身的幽光再次闪现。袁瞎子大喜，说："附体成功，我这就帮你解蛊。"

他再次念起了刚才的咒语，那只心愿虫紧紧攀附着我胸口那块红印，我感觉那个部位奇痒无比，异常难受。这种状态只是持续了一小会儿便消失了。而后心愿虫好像吃饱了一样，浑身鼓胀，"啪"的一声掉到了地上，再次变得黯淡无光。

我摸了一下胸口，红印不见了，原本有些硌手的囊肿也不见了，消失得一点儿痕迹都没有，真是太神奇了。

再去看马出尘，她缓缓睁开眼睛。我大声跟她说：“出尘，我好了，真是太神奇了！”

她高兴地咧嘴一笑，忽然“哇”的一声吐出大口黑色的血。我大吃一惊，连连问：“怎么了，你怎么了？”

袁瞎子一摸她的手腕脉搏，说：“你这个傻丫头，让心愿虫去吸毒就行，为什么还要动用自己的精魄。”

马出尘弱弱地回答：“那个血蛊虫和吴悠的心脉连接得太深了，心愿虫的精气不够,我担心余毒会滞留,所以才……没想到自己也中毒了。”

我赶紧拿出轩辕镜，想帮马出尘解毒，但是她却挥挥手说：“没用了，吴悠，我中的蛊毒是在魂魄中，肉眼根本看不见，与你的情况不同，轩辕镜也无法解毒。”

我看看袁瞎子，他默默地点头认同了马出尘的话。我一时大急，却又无计可施，只好紧紧握住她的手，焦急地看着她。

马出尘一脸苍白，说：“吴悠，我们马家的人天生异体，驱魔龙族的幻影神龙是靠精血气神来豢养的，一旦我中了蛊毒，势必会导致神龙反噬，所以，我要马上把自己封印到这个龙纹扳指中，请你把它带回马家。”

我急急地大声说：“不，不，出尘，你坚持一下，我们还会有美好的将来，我们还没有花前月下、海誓山盟呢！”

马出尘惨淡一笑说：“谢谢你，吴悠。你知道吗，你是第一个对我表白的人，也是唯一一个我敢去、愿意去爱的人。以前在学校里，他们知道我能通灵，知道我是马家的人，都把我当作外星怪物一样，我还以为我这辈子都与爱情无缘了……”

她的身体渐渐变冷、变轻、变得模糊，终于化作一道青烟附到了原本在她拇指上的龙纹扳指之内，而后扳指轻轻落到了我的手里。

那一刻，悲伤像汹涌的海浪一样奔袭而来，我心里忽然变得一片空白，无法形容那种绝望，我重重瘫坐在地上，好像被抽干了灵魂，眼泪哗哗流了出来，像个孩子一样哭了起来。

袁瞎子说了几句什么，我根本没有听见。唐昧叫我的名字我也没有听见，最后他走过来一把拎起我说："吴悠，这个时候，你不能倒下，我们还有很多事情要做。袁先生说了，马出尘只是把自己封印了，也许以后我们还能找到解救她的方法。"

他的话让我浑身一震，是，我们还有很多事情要做，这些事情完了，我一定要想办法救马出尘，她是为了我才牺牲的。想到这里，我的心，几乎要滴出血了。

这时，唐昧忽然转身大喝一声："什么人？"他把手里的手电朝旁边照了过去，黑暗中一闪，好像在一堆珠宝后面趴着一个人。这个人影此刻已经站起来，抬手挡了挡手电的光线，我已经看出是谁了，是清风老道！

他一边向后退缩，一边嘻嘻笑着说："陪葬的来了，哈哈，哈哈……"话音没落，他忽然又惊恐地指着我们大叫："看，吃影子的恶魔来了，看到没有，就在你们旁边，哈哈，我死了，你们也得死……"

唐昧几步飞奔过去抓住他，他也不挣扎，只顾在那疯疯癫癫地胡说傻笑，他头发凌乱，衣服破碎不堪，眼神涣散，看起来确实像是精神失常了。

袁瞎子咳了两声，说："这个老道居心叵测，把袁瞎子挟持进来当探路石，把我喂了那尸蝼王后便撒腿开溜了，你们可别再着了他的道。"

唐昧翻看了一下清风的身体，说："奇怪，他为什么没有被尸蝼咬伤，看起来浑身没有任何伤痕啊，怎么变得疯疯癫癫？"

我大脑里闪现出他曾经在楚襄王陵墓中抢夺尸丹吞服的情景，说：“大约是他吞服了千年古尸的尸丹，那些小尸蝼不敢近身，尸蝼王又咬上了袁爷爷，所以他才能顺利进来。”

袁瞎子点头说：“这个清风老道一生都在追求旁门左道，那些害人的邪术迷惑了他的心窍，让他变得疯疯癫癫、不人不鬼也属正常。”

这时，清风忽然像又变得清醒了一点，说：“你懂得什么，我追求的是长生不老，把茅山的道术发扬光大。只是，再也没有机会了，这里有会吃影子的恶魔，没有了影子，还是人吗？那就是鬼了，只有鬼才没有影子！”

他的话让我非常不屑。纵然能长生不老、不死不灭，像他这样阴险邪恶的人，怎么可能把茅山的精髓发扬光大？我并不打算理会他，虽然他作恶多端，我们还是不能动手杀他。我从包里拿出绳索，准备招呼唐昧一起把他捆起来。

忽然，我无意看了一眼地上，却感觉有些不对劲，仔细一看，这才发现问题所在。我、袁瞎子、唐昧，加上清风，我们一共四个人，但是地上却只有三个人影，少了人影的那个人，是清风！

一个人要是没有影子，还是人吗？小时候听老人们讲，只有鬼魂是没有影子的，可清风实实在在是一个人啊！唐昧看了看地上，也变了脸色，说：“确实有问题，这个地方怨气很重，有鬼魂和恶魔也不奇怪！”

而这时，我又发现我们的影子也在变得暗淡、稀薄。这个发现让我冒了一身冷汗，影子要是被吃没了，是不是我们也会变成像袁瞎子一样疯疯癫癫？

这时，袁瞎子却做了个奇怪的动作，他朝那具摆在圆台上的黑木棺椁倒头拜了下去，嘴里悲痛地说：“请殿下恕罪，老奴袁不破给您磕头了！”

他的话让我们都非常纳闷儿，一脸茫然地看着他。袁瞎子墨镜下老泪纵横，他悲戚地说："我知道您怪我把您封在里面，派恶魔来把我们的影子都给吃了，老奴我早就该死了，只是这两个娃子却是无辜的，求您放过他们。"

袁瞎子咚咚咚地磕头，直磕得脑袋出血，可是我们的影子却还在渐缓地变淡，丝毫没有因为他的请求而中断。

想起在襄王墓中遭遇的折叠空间，我忽然想到，既然这两座龙头一开始是相连的，这里的一切也许也是女巫西瑶制造出来的障眼法。想到这里，我一下子又定了一下心神，不似开始那么害怕了。

这个袁瞎子看起来确实神秘，听他口气，和棺椁中人有莫大联系，搞清楚他的身份，和着棺中人的前因后果，或许对我们揭开吞影恶魔的真面目有一定的帮助。

我清清嗓子，问袁瞎子："袁老爷子，这里面到底是何人，你为何把他封在里面，你怎么确定是他派来的恶魔呢？"

袁瞎子叹口气，说："吴娃，我知道你一直想知道我到底是什么人，事到如今要是再不告诉你，也许就没有机会了。"袁瞎子接下来的话让我更加吃惊。原来，眼前这个棺椁中埋葬的人正是我们原本寻找的马楚太子马子聪，而他就是马子聪的随身老仆袁不破。

追溯到轩辕黄帝时期，西王母和轩辕是同门师兄妹，在轩辕留给后代的族谱记事中略略提到过一些西王母的事，但几经天灾战乱，世事变迁，存留的已经不多了。

到袁天罡的时期，他把玄门易学发扬到了一个极致的程度，同时也遭到了当时帝王武则天的嫉恨。他被秘密处死后，皇帝开始追杀他的家人；只留一孙儿被人收留，袁瞎子袁不破就是那个孙儿的后代。

袁不破一家为了避祸，一直生活在深山老林中，他自幼便开始学习袁天罡留下的《六壬课》、《五行相书》，身负绝世玄术。他们的邻居有一女貌美如花，原本和他青梅竹马，后被马殷在狩猎时相中，带回皇宫封为妃子，并为马殷生下一子，也就是马子聪。

袁不破对马子聪之母一直念念不忘，做不成夫妻，他就做了她的仆人，随身保护她和马子聪的安全。这也是马子聪在诸子争权时一直能独善其身的缘故。

马子聪之母死后，马殷又年老体衰，袁不破眼看形势不对，劝马子聪避祸远走马殷老家鄢陵。就在临走时，马子聪却中计喝下了一位兄长的践行酒，那酒中被下了慢性毒药；他刚启程不久，毒性就发作了。

袁不破的家谱中略略提到过西王母懂得长生之法。在他们临走前，马殷还特别送给儿子一幅皇宫的珍藏《明月崖飞仙图》。为了挽救马子聪的性命，袁不破决定循迹访仙。他查到西王母就是《明月崖飞仙图》中的那个女巫西瑶，而明月崖就在楚城，但是万丈悬崖，根本无法下去。

袁不破用轩辕镜保住马子聪的毒性不扩散，而后他率领几个心腹抬着太子，从原始森林进入了楚襄王的陵墓，从两个龙头的连接之处进入了明月崖下的炼丹房。因为他们的目的不在盗取楚襄王墓，所以除了几个陷阱被破除，鲛人被杀了十几只外，楚襄王的陵墓并没有遭到破坏。原来我们之前在那里看到有一些带着士兵头盔的尸骨和被破坏了的捆绑鲛人身体的铁链，都是他们造成的。

袁瞎子进入炼丹房之后，发现了那种黑色的陨玉。他原本就懂得炼丹之术，经验告诉他，这种黑玉就是长生不死丹的主要原料。

他用最快的速度炼制了几颗丹药，自己和黑猫率先服下试药，发现没事后，便给已经昏迷过去的太子马子聪服食。但是，马子聪服下后，却立刻死去并出现了尸变。

袁瞎子说："所谓的长生不死不过是一场骗局，那种陨玉内含一种玉精，陨玉在身体内融化，通过肠胃吸收，跟血液一起到达心脏，形成一个永不停歇永不死亡的血液循环系统，所以尽管皮肉和骨骼老化了，却让我和小黑能保持不死之身。那种玉精能侵袭人的大脑、控制思想，也就是脑电波。这个过程对于活人是非常缓慢的。我服下丹药之后并没有发现，等玉精开始作祟的时候，我也只能把它逼迫到眼睛中，在不得已之下把双目生生剜掉，才得以保全自己的灵魂。自此，我就变成了一个瞎子。"

至于那只黑猫，袁瞎子不知道拥有这种体质的动物会产生什么样的后代，他就用金针把黑猫体内的玉精逼到下阴，而后阉了它。免得它到了发情期，出什么乱子。

马子聪在昏迷状态中服下那枚丹药，马上被玉精控制，浑身长出了黑毛，变成一个不再认识任何人的恶魔。袁瞎子不得已，趁他还未成气候，用玄术法器把他困住。

毕竟是自己衷心侍奉的少主，他不忍心将他尸身毁灭。他左思右想，遂命人在原始森林里砍下一棵万年老树的根部，用那段幽冥木做了一个棺材，把马子聪封到里面。

幽冥木，必须是靠近黄泉之井旁的万年古树吸尽幽冥之阴气，方能在根部长成。此木万年不腐，用人血浇灌缝隙，木质吸收血液，还能相互融合，能保持密封不透，混如整体。原来楚城流传的黄泉水之说竟不是虚言。

袁瞎子让四个心腹手下把马子聪的棺材和无数金银珠宝抬进青铜门内，放在最中间的圆台部位。那里是"永恒洞天"的入口处，一切在那里都是永恒静止的，棺内的尸变自然也会停止。

那四个心腹做好一切，就会自杀陪葬。

他讲到这里，我在那些珠宝堆里仔细看了一眼，果然，有几具累累白骨的尸体。古代人忠君侍主，君要臣死臣不得不死的思想，真让人毛骨悚然，不过也不得不让人钦佩他们的勇气。

袁瞎子等那四人进入之后，便在青铜门外杀了一些奴仆，用他们的人皮把青铜门再次封印起来。

袁瞎子说到这里，我大致明白了，这里原本是战国时期楚襄王的炼丹室，而后被马子聪鸠占鹊巢，成了镇压他尸变的陵墓。

袁瞎子果然是一个千年不死之人。不知为什么，听到这个结果，我丝毫没有感觉到吃惊，也许是潜意识里，一直觉得他像个千年老僵尸，为这个事实早做好了准备。毫无疑问，杨小邪在网上查到的一些关于戴着墨镜的袁神仙之事，肯定都是他做的，这些足以说明他是一个好人。他虽然利用邪恶的蛊术活了千年，却有一颗善良的心。

我伸手摸摸边上的洞壁，这种岩石很奇特，表面好像抹上了一层腻子粉，我长这么大从来都没有见过，这让我想起在襄王墓中的甬道里见到的那种突然出现的壁画，当时我们不也差点儿以为是鬼画出来的吗？后来发现是事先已经存在的，不过需要在陨磁铁的作用下才能显影。

我想到当时手电光一接触陨磁铁，就会变得黯淡。这里的一切，也许和那边有着异曲同工之妙，这里肯定没有所谓的能吞食人影的恶魔，我们的影子渐渐模糊，也许和洞壁的材质有关系，陨磁铁能影响光线，洞壁为什么不能吸收阴影呢？而且一进到这里，我感觉非常压抑，心神震荡，也许，这种材质还能释放一些辐射，导致人的精神出现一些问题，才会让原本练邪功走火入魔的清风变得更加得疯疯癫癫。

我把自己的想法说出来，大家都感觉有道理，便不再去想影子的事，努力让自己的情绪平静下来。

这时，清风再次发癫，哈哈大笑，说："这里没有其他出路，唯一能进入的青铜门外面都是虫子，这下大家都出不去了，一起死吧。"

我大声喝问："是孙二爷派你来的吧，他到底想从这里得到什么？"

清风冷冷一笑，说："你只猜对了一半，派我来的不仅有孙二爷，还有科学教的威尔逊。他们谁给的价码高，我就会替谁办事！"

唐昧冷冷地说："原来你果真背叛孙二爷了，怪不得这次他要求我把你除掉！"

我愣了一下，听唐昧的语气，好像他跟孙二爷达成共识了。那家伙处心积虑二十多年，一直对这个古墓念念不忘，妄想找到长生不死丹，保住一条身患癌症的性命。

唐昧看了看我说："我这次去北京找他拿回一件属于我的东西，原本以为他会拒绝，谁知他居然很爽快地交还给我了，只是要求我把清风给他带回去。孙二爷那样的人，我虽然不耻为伍，但是清风更可恨。科学教的教徒要是得逞了，我们的国宝文物就会流失异国！"

袁瞎子也气愤不已，指着清风说："你真是道门的败类，你修炼的那些邪门歪功腐蚀了你的心智，不但枉杀无辜，还祸害国家。"

既然来路已经封死，我们只能另找出路了。清风继续疯笑着说："别枉费心机了，这里被精心设计过，没有任何出口，被困在这里，只能等死。"

袁瞎子说："他说得没错，当年把太子的棺椁送进来的人都跟着一起陪葬了，就是因为这里是悬天之漏，入口一封，就没有出路。"

"什么叫悬天之漏？"我急急追问。

袁瞎子缓缓地说："你没发现这里的地势很奇怪，像一个漏斗的下部？这是一个上古奇阵，我也只是从先祖袁天罡的手记中看到过介绍，先祖特别记载此阵有进无出，一旦有人闯入，便会催动青铜门上的无数怨灵寻找替身，那些怨灵寄宿在尸蝼身上，如果被咬中就会染上尸毒。

此刻我们断然不能回头。”

他的话让我心里一动，说：“悬天之漏？既然是漏斗的下部，那一定还有上部，也许那里会有出口！”

袁瞎子苦笑，说：“你说得不错，可是，你看看头顶，你觉得我们能爬上去接近漏斗的颈部吗？”

我抬头一看，立即气馁。其实就算他不提醒，我也早就知道我们根本无法到达漏颈。四周的洞壁太过光滑，就算是壁虎，也无法攀爬上去。

唐昧绕到中间那个放马楚太子的石台周围转了几圈，然后缓缓地说：“我有种感觉，悬天之漏的上层，有我寻找的答案，也许出路就在这个石台上。”

我看看他，这个家伙，一直好像有种未卜先知的能力。事实表明，他的感觉往往都会是真的。他看了看我说：“吴悠，我们一起把这个棺椁搬开，石台上也许另有机关。”

我点头，两人一起用力抬起，我明显感觉我这边重力下坠，看来是唐昧那家伙臂力无穷，导致重心向我偏离，尽管如此，这口幽冥木做的棺椁仅仅是微微动了几下。

袁瞎子在一旁说：“幽冥木能吸收阴寒之气，时间越久，棺椁就越重，一千多年过去了，恐怕有上千斤了，也许太子的尸身阴气都被吸走了，连骨头都没有了。”

唐昧示意我站到一边，他扎好马步，提起禹王槊对准棺椁和石台相扣的中间部位，双臂一起用力，大喝了一声“起”，只听“咕咚”一声巨响，那具幽冥木棺椁一下子被掀翻到地上，严封密实的棺盖和棺体在这一掀一撞之下，裂开了一道缝隙。此时，袁瞎子好像能看到一样，立刻走上前去用力把棺盖合严。

唐昧走到石台旁低头仔细看着上面，我也走上前凑过去看，那个黝黑的圆形石台直径大约有两米左右，裸露的表面中心是一个半圆的水晶石槽，旁边有两行小字：兑下乾上，君子坦荡荡。

在石台的周围，也均匀分布着七个同样如碗口大小的水晶圆片。如果不是把上面的棺椁挪走，还真看不出来此般乾坤。

唐昧一直盯着中间的水晶石槽，眼睛一眨不眨，嘴里喃喃地说："兑下乾上，君子坦荡荡……莫非果然是这样？"

我心里疑惑不已，莫非他知道是什么意思，便提醒他说："这是《易经》中的《履》卦，你是不是知道出现在这里代表什么意思？"

唐昧摇头，说："我不知道。"这家伙就是这样奇怪，我明明听到他说果然是这样，一问他又什么都不知道了，叫人琢磨不透。

袁瞎子走过来，说："《易经》包含生死变化之道，《履》卦属中上卦，冥冥之中自有玄机。我们在这里遇上这几个字，可能也表明我们命不该绝。虽然此行艰难，但也尚能脱险。"

听他这样一说，我心里也高兴不已，点点头，问："那这两句话又能给我们什么提示呢？"

袁瞎子想了想，说："履是行动，履行、承诺的意思，可能这句话是在提醒我们，如果曾经有过许诺，一定要兑现才能算坦荡的君子。"

关于承诺，我想应该不会出现在我身上。因为我这个人责任心比较强，不会轻易承诺，如果承诺了，一定会做到。

杨小邪松松肩膀，说："我这个人虽然承诺很多，但是大家都知道我嘴里能跑火车，谁也不会当一回事的，肯定不是我。"

我转脸问唐昧："你是不是有过什么承诺没有做到？赶紧说出来听听！"

唐昧看了我一眼，又把头转过去，直勾勾地盯着那个凹槽，沉思了起来。

这时，一直被捆绑着靠着一个大花瓶旁边的清风忽然表情凝固，眼睛瞪得像个铜铃，目光看着那口幽冥木棺椁，惊恐地说："恶魔，恶魔真的来了！"

我们一齐去看那口棺椁。果然，有"咚咚"的声音传来。我全身的汗毛都竖起来了。袁瞎子说过这种幽冥木能镇压和吸收尸变的尸体的阴气，马楚太子可能连骨头都没有了。此刻却传来咚咚的声音，敢情幽冥木对陨玉玉精产生的尸变是无效的啊！

我们都屏住呼吸，盯着那口棺椁，侧耳细听，这会儿又突然没有了声音，一切都静悄悄的，我却感觉心里阴沉沉的。突然，一声爆响，那口棺椁居然猛然炸开，一个身穿古代战袍、戴头盔的高大身影站起来！

等他缓缓抬起头，我看到了一张苍白的脸，那双眼睛真是诡异之至，没有眼白，全部是黑色，空洞洞地盯着我们。

袁瞎子浑身一哆嗦，"扑通"一声跪到地上，一边朝战尸磕头，一边痛哭失声地说："太子，是老奴护主不力，老奴罪该万死！"

战尸闻言浑身一颤，而后抖动了一下身形，浑身关节发出"咯咯"的响声，估计是正在缓劲儿。趁这个空当儿，我抹了一把额头上的冷汗，从身上摸出手枪，朝唐昧递了个眼色，我们悄悄包抄过去。

他抄起禹王槊一下子抡到战尸的脑袋上，他那一抡之力大约有上千斤了，夹带着风声，"啪"的一声，砸到那个战尸的前额。没想到，像砸到一根钢柱上一样，那东西居然一动不动，毫无反应。唐昧的手被反震回来，居然微微颤抖。

这下我慌了，赶紧拉开保险、扣动扳机；子弹全被反弹回来掉到了地上，有一颗落到了清风的脚上，砸得他大叫一声，跟杀猪一样。

这一连番的偷袭惹怒了那战尸，他喉咙里怒吼一声，忽然脚尖一点，居然一下子直直地飞跃起来，飞到石台上一蹬脚，朝着我直扑过来。躲是躲不开了，我心里一凉，眼睛一闭，只等死了。

我闻到一股腐臭扑面而来，一股阴寒之气也随之侵入了身体，寒彻骨髓。千钧一发之际，一只大手突然从背后抓住我的衣领一带，我不由得向背后侧倒过去，那战尸的沾满铜锈的衣角擦着我的胳膊打过去，生疼生疼的。

我一屁股坐到地上，忍着疼痛往旁边就地一骨碌，呲牙咧嘴地翻身捂着胳膊坐起来，这才发现是唐昧及时从背后伸手救了我。我们两人赶紧并肩向后退去，一直退到石台的旁边。

这时，那战尸忽然又发现了一角的清风，他直直地走过去，吓得清风一边不停地用屁股在地上挪着后退，一边怒骂："你们这些天杀的，快把老道的绳子解开，不然你们就是杀人凶手！"

唐昧皱了下眉头，说："你把袁老先生拉到台上来，我去救清风！"说完，他平地跃起，跳到战尸的后面，用禹王槊挑向他的后背心脏位置。那战尸又怒吼一声，立刻回转了身体朝唐昧张牙舞爪扑过来。我发现那东西虽然非常坚硬，貌似刀枪不入，但是身体也很僵硬，行动不是很方便。

趁这个空当儿，我赶紧去拉起袁瞎子。杨小邪又耍起嘴皮子对他说："袁老爷子，他已经不是你的太子了，他是被玉精侵占灵魂的怪物，咱们赶紧想办法逃命吧。"

袁瞎子经他一提醒，猛然缓过神来，他抹了一把墨镜下的泪水，说："你说得对，他已经不是太子了。这种东西怕火。当年我不忍心烧死他，没想到竟然惹出这么多麻烦。"

我把袁瞎子扶上石台，又急忙跑过去把清风拽了过来，眼前这情势也顾不了那么多，只好先给他松绑。这时，那个战尸已经离唐昧很近了，他伸出黝黑的手指，直直向唐昧抓去。唐昧身子一矮，在地上翻滚了两下，躲到了一边。我拿出随身的火折子，一下子扔过去。谁知火一挨到那战尸的身上，就像遇到灯油一样，呼呼地烧了起来，还“噼里啪啦”乱响，战尸不停地抖动，喉咙里不停怒吼着，眨眼之间轰然倒地，成了一堆黑漆漆的碎骨，看得我心惊肉跳。这时，整个空间已经布满了焦臭的浓烟，让人感觉呼吸极度不畅。这里本来已经密封，没有多少氧气，燃烧的过程又耗费了不少，空气稀薄得让人快要窒息。

2. 巫山神女

唐昧让我们都站到石台上，他从身上拿出一个黑黑的盒子，形状和大小居然跟石台上的凹槽一样。我目瞪口呆之余，他已经把盒子扣到了凹槽里，果然非常契合。我隐约看到盒盖上面画着三个图案，最左边是一个跟盒子形状一样的半圆，中间是一个小圆，右边是一个大圆，两边还有字。左边道：半点不由人。右边道：命中已注定。

他把盒盖缓缓打开，我以为里面会有奇珍异宝之类的，没想到空空如也。盒子通体黑色，中间也是一个正方形的凹槽，应该以前装有东西。看形状，隐约感觉有些熟悉。

这时，一束蓝色的幽光自上面的漏斗颈口部位射下，直达盒子上面，四周的七颗水晶也闪动着幽蓝的光，让我忽然想到了在电影中看到的那些大型科技仪器。杨小邪喃喃地说了一句：“哇塞，这不是美国最新发明的星际导航仪吧。”

我问道：“这是什么东西，你从哪里得到的？跟石台上的凹槽吻合，会启动机关吗？”

唐昧说：“我只能告诉你这是月光宝盒，能帮我们离开这里。”

话音刚落，我感觉身下的石台忽然震动了起来，凭地凌起，一下子升到了岩洞的顶部，并且飞速地穿过了那个黑洞。我只觉得眼前一闪，几个人好像一下子凌空着陆一般，跌落到地上。

随身带着的手电筒也甩到一边，只是眼前却很明亮。四处张望，我们不知怎么进入到另外一个空间，脚下就是厚实的岩石。这个岩洞跟刚刚那个差不多大小，却是上大下小，像一个正放着的大碗。原来这就是所谓的倒悬之漏。

我看到斜对面有道楼梯蜿蜒向上，转过身来，又看到一幅奇异的画面：岩洞壁上斜斜长着一棵巨大的树，上面悬挂着无数巨大的果实，那些果实非常奇怪，像是一个个蜷缩在母体子宫中未成形的胎儿，树下有一团乳白色的东西。杨小邪舔舔嘴唇，说："好大的棉花糖啊，够我吃三年了！"自从进入明月崖后，我只吃了几块压缩饼干，喝了一点矿泉水，看到这颗巨大的棉花糖，我竟也忍不住咽了咽口水，向前走了几步。

走近一看，那树上果然是一个个还未睁眼的胎儿，看起来好像正在沉睡一般，他们的胎盘紧紧吸附在树的枝丫上，看得我心惊肉跳。我猜想，这也许又是古人布下的某个诡异的阵法，需要用这些婴儿来部署。

我把眼前的景象告知了袁瞎子，他却摇摇头说："这不是阵法，而是一棵女树。没想到，世上真有这种东西。"

传说女树为上古奇木，能生人，故名女树。明代莫是龙所著《笔尘·海中银山》中记载：海中有银山，生树，名女树，天明时皆生婴儿，曰出能行，至食时皆成少年，日中壮盛，日昃衰老，日没死，日出复然。也有古文献记载：女树所生之人，皆为无主冤魂，日出而生，日落而亡，永远在即生即亡中循环。

关于楚城的传说中，这里的地下有黄泉之井，既然能生长幽冥木，可能真的连接着什么幽冥地府。那些无主的冤魂，穿地而出，便生长于女树之上。

这时，前方传来阵阵啼哭之声，只见树上的数百名婴儿已经果熟蒂落，正张大嘴巴嗷嗷啼哭起来。他们睁开眼睛，肚子上的脐带慢慢萎缩脱落，而后像成熟的果实一样，纷纷从树上跌落下来，看得我担忧不已，好在他们扑扑落到树下那团巨大的棉花云上，那团不知是何种物质的棉花云稳稳地裹住了他们。

那些婴儿发出咯咯的笑声，他们生长得飞快，转瞬间已经有百天婴孩的憨态，有的还伸出手指放在嘴里吸允，看起来好不可爱。突然，那团棉花云蠕动了起来，周围卷起，中间向下凹陷，乍现一个圆形的空洞，把那些婴儿一个个吸附了进去！

婴儿们好似感觉到了灾难的来临，全部发出凄厉的大哭，哭声悲切之极，听得我们极度不忍。

我和唐昧不约而同地向前跨步，想去上前拉住那些婴儿，当我们靠近的时候，却一下子撞到了一个透明、无形的玻璃墙，被反弹回来，重重跌坐到地上。

这时，那个玻璃墙面上忽然显出了一个女人的影像，她穿着飘逸的薄纱长裙，腰细芊芊，脸上带着一个青铜面具。我大吃一惊，张大嘴巴坐到地上，连站起来都忘记了，这不正是《明月崖飞仙图》中的仙女吗？

我颤声问："莫非她真的是传说中的神仙？"

旁边的唐昧缓缓站起，他脸上现出难以置信的神色，眼睛盯着那个女人，嘴唇张了几下，慢慢吐出几个字："西瑶！西瑶！真的是西瑶吗？"

影像中的女人轻轻揭掉脸上的面具，我看到了一张绝美的面孔，她的五官和脸型都美得无可挑剔，我无法用言语来形容，我相信古代四大美女和她站到一起也会黯然失色的。

杨小邪长大嘴巴，口水都快流出来了。大约也是从来没见过如此美貌的女子，惊呆了。

只见她也定定看着唐昧，朱唇轻启，说：“我等了你两千多年，你终于来了，你知道我等得有多辛苦、寂寞吗？”

唐昧的脸上又出现了那种很痛苦的神色，他猛然紧闭了一下眼睛，睁开后说：“两千年，为什么我什么都不记得了？我只记得沧海月明珠有泪，只是当时已惘然，我只是知道我叫唐昧，我要找到一个女子……”

影像中的女子浑身颤抖了一下，流出了几行眼泪，她说：“你叫唐蔑，是楚国的将军，两千年前，你拒绝把我献给楚怀王，而被他囚去修陵，我为了救你，用月光宝盒把你送入时空隧道，你却在旅程中丢失了记忆。你离开后，我费尽心机布置了一切，只是希望有一天你能来到这里把我带走。”

我脸色发白，忽然明白了许多事情，壁画中手执禹王槊的将军果然是唐昧，怪不得那只鲛人会把那枚玉印交给他，九鼎所讲的将军蔑也是他，我一直觉得他们之间有莫大的联系，却没想到竟是他本人穿越时空而来。其实我的潜意识里一直也有所意料。因为吴刚告诉过我，连科学教都无法查明唐昧的来历，他们还怀疑他是外星人……

身后的杨小邪也忍不住惊叹道：“我早就看出他不是凡人，没想到居然是我们老祖宗的老祖宗辈儿的人！”

唐昧看起来真的很年轻，一开始我还以为他是哪个大学的学生呢，看来真是人不可貌相。

唐昧问影像中的女子：“很多事情在我大脑中都是支离破碎的，我无法把它们连接完整，你能不能告诉我，我们之间到底发生了什么事情，这一切到底是怎么回事？”

女子说：“你现在看到的并不是真正的我，真正的我在两千多年前就把自己封印在这树下的太岁之眼中，现在你看到的是当年的我制造出来的幻境。”

听她说到幻境，我忍不住插话问：“你到底是什么人，难道真的是法力无边的神仙？”

她看了我一眼，幽幽地说：“这个世界没有神仙。那些你们看似神奇却又无法用已知知识去解释的现象，不过是另一种高度发展的科技文明罢了。”

她接着说：“我们一族是距今大约七千万年前的人，当日地球的科技文明已经发展到巅峰顶端，所有的国家却都在忙着战争。我是一个科研项目组的成员，我们小组每个人根据各自不同的分工，脑部被植入了一枚芯片，这足以让我们具备在你们看来最强大的能力和能量。但是，我们这个组有很多人厌恶战争、厌恶争权夺利。于是我们商量着，在世界大战的前夕，偷偷藏了一架飞行器。在战争刚刚打响的时候，我们便趁乱脱离到了外太空。”

她说到这里，我想起关于这次战争，在人类文史上，也有少量类似的记载。

有一部著名的古印度诗《摩柯婆罗多》，记载了科拉瓦人和潘达瓦人，弗里希尼人和安哈卡人的两次激烈的战争。令人不解和惊讶的是，从这两次战争的描写来看，他们是在打核战争！

书中的第一次战争是这样描述英勇的阿特瓦坦的：稳坐在维马纳（类似飞机的飞行器）内降落在水中，发射了阿格尼亚（可能类似火箭武器），它喷着火，但无烟，威力无穷。刹那间，潘达瓦人的上空黑了下来，接着，狂风大作，乌云滚滚，向上翻腾，沙石不断从空中打来。太阳似乎在空中摇曳，这种武器发出可怕的灼热，使地动山摇，大片的地段内，动物倒毙，河水沸腾，鱼虾等全部烫死。火箭爆发时声如雷鸣，敌兵烧得如焚焦的树干。

第二次战争的描写更令人毛骨悚然、胆颤心惊：古尔卡乘着快速的维马纳，向敌方三个城市发射了一枚火箭。此火箭似有整个宇宙力，其亮度犹如万个太阳，烟火柱滚滚升入天空，壮观无比。尸体被烧得无可辨认，毛发和指甲脱落了，陶瓷器碎裂，盘旋的鸟在天空中被灼死。

这些描写就似原子弹爆炸的场景和造成的灾难一样。

后来，考古学家在发生上述战争的恒河上游发现了众多的已成焦土的废墟。这些废墟中大块大块的岩石被黏合在一起，要使它们熔化，最低需要 1800 摄氏度。一般的大火都达不到这个温度。只有原子弹的核爆炸才能达到。在世界很多地方，人们也发现了更多的焦地废墟。废墟的城墙被晶化，光滑似玻璃，建筑物内的石制家具表层也被玻璃化了。除在印度外，古巴比伦、撒哈拉沙漠、蒙古的戈壁上都发现了史前核战的遗迹。废墟中的“玻璃石”都与今天的核试验场的“玻璃石”一模一样。很多学者和专家都推论，人类曾有过若干次文明。那时的人类已熟悉原子能，但由于滥用，使他们自己遭到了毁灭。

西瑶接着说：“在外太空，我们不幸遁入了宇宙黑洞之中，好在最终我们还是从时间的黑洞中安全逃离了。只是，这个过程于我们而言很短，只有几天的时间，但是，地球上已经过去了不知多少年。飞行器在宇宙中燃料耗尽，我们思虑很久，依旧选择了返回地球，因为那里是我们曾经的家园。我们每个人降落的时间不同，最先降落的是八个人。他们之前的名字我已经忘记了，但是他们之后的名字你们都知道。盘古、燧人、伏羲、女娲、有巢、神农、轩辕。当时地球一片废墟，天空一片混沌。地球已经开始了新的轮回和纪元。于是盘古开天辟地，女娲和伏羲教化世人，世人尊称我们为神。”

袁瞎子说轩辕和西王母是同门师兄妹，原来是这样一段渊源。

“当我降落到地球上之时，是在昆仑山。我精通医道，能够祛病消灾，他们叫我西王母。我从神农那里借来万种花草树木，闲来无事，我只能研究它们打发时间，结果被我发现了很多花草的独特功效。山下很多平民百姓，生老病死，痛苦不堪，我甚觉怜惜，于是我配合随身的陨石炼制了不死丹药来帮助他们。我居住了很多年，有一天，有一个叫后羿的男人来找我，希望我能赠予他不死仙丹，开始我不答应，然后他给我讲了和嫦娥的爱情。我被感动了，希望这样的爱情能永远不灭，最终我给了他不死仙丹。但是嫦娥太贪心了，她独自吃了两颗。她拥有了永恒的生命，但是没有后羿的陪伴，她也开始了无边无际的寂寞。”

原来嫦娥的故事是这样的，云母屏风烛影深，长河渐落晓星沉。嫦娥应悔偷灵药，碧海青天夜夜心。

“这真是一个绝妙的讽刺，能够长生不老不死的我，唯一渴望的是爱情和陪伴，可是已经拥有最诚挚爱情的他们，却想要追求永生。我想嫦娥最终是会后悔的。因为我早已深深体会到，没有爱情的永生，太孤独了，那种孤独痛彻心扉。虽然他们的爱情最终因为嫦娥的贪心而没能延续，但是却萌发了我对爱情的渴望。那一年，穆天子来到昆仑，人间王者，风流潇洒，气势非凡，爱江山更爱美人，我们一见钟情，悱恻缠绵，如胶似漆之际，他国内徐偃王造反，需要回去平叛。他要我等他三年，分别之日，我们都恋恋不舍。我说：‘白云在天，山陵自出，道里悠远，山川间之，将子无死，尚能复来。’周穆王道：‘予归东土，和治诸夏，万民平均，吾顾见汝，比及三年，将复而野。’我等了许多个三年，他最终没有来看我，也许早已把我忘记。后来，我知道了他原本是准备再来与我相会，途中却因为另外一个叫盛姬的女人染病而复返。自古君王最风流，看是多情却无情。”

据记载，晋太康二年间，一个名叫不准的盗墓贼纠集几个恶徒挖掘战国时期魏襄王的陵墓时，在陪葬品中发现了一部用竹片写成的书籍，这就是《穆天子传》。《穆天子传》清晰地记载了周穆王西征时，与西王母对歌，并向西王母敬献礼物的情节。《史记》卷四《周本纪》中记载："穆王十七年，西巡狩，见西王母。"原来历史中果然有这样一段不为人知的爱情存在过。

"我在昆仑山隐居了很多年，已经从周穆王的伤痛中走了出来。我所以能够永生，是因为能够控制身体里的玉精，可是这种依靠科技支撑能力，经过上千年之后，开始需要能源补充。于是我离开昆仑山，再次到了大地之上，我给自己取了一个新的名字，叫西瑶。我发现了一处山脉内有我需要的能源气场，于是我降落下去，却被当地的老百姓认为神仙。他们膜拜我，并派人告知了楚怀王。

"楚怀王便派了一个将军来抓我，而此时别的国家也派了军队，来跟楚国抢夺我。

"我降落的时候，体内的能源已经完全耗尽，我没有能力抗争，在混乱中腿部被箭射中。我攀爬进了一处悬崖的峭壁下，那里有很多的洞穴。

"当天夜晚，唐蔑被敌军打落悬崖时，我适时出手拉了他一把，把他救到了洞穴里。后来他拿出金疮药帮我治好了腿伤。那天晚上的月亮非常的明亮，爱情也许就是在那一瞬间发生的。我把那道悬崖取名明月崖。曾经有短暂的片刻，他握住了我的手，我们相对凝望。

"他说真想把这一刻永远留住，他说出的也是我的心声。我把一颗能够依靠光源产生能量的宝石芯片置入到他的禹王槊中，让他能够通过意念控制武器，被击中的敌人会停止行动。我希望这个武器能够保护他，并且每次挥动武器的时候，他都能想起跟我一起拥有的美好一刻。

"在我俩的身下，长有一株茂密的蔓草青藤，当我的鲜血混合着唐蔑的鲜血沾染其上的时候，那株蔓草的内部发生了剧烈的变化。它成了这世间独一无二的相思藤，一株两根，一为雌藤，一为雄藤，后来地势改变，靠近山体的一边塌陷，而另一边却相对缓慢，但是两根蔓藤却在每天的月光潮汐的招引下，凌空靠近，互相抵死缠绕，形成一座高低不一的桥梁。如果在月圆之夜，有拼死的决心从山崖上凌空跳下，就会落到这座藤桥之上，而后滑落到山洞口处。当年我绘制一幅《明月崖飞仙图》，是留下线索希望唐蔑有一天能看到，循迹到这里。”

3. 盗梦空间

西瑶没想到，那幅《明月崖飞仙图》一直被珍藏在了楚国的王宫，而后被秘密传了下来。到了马楚建权的时候，这幅图画被当成了一个能够寻找长生不死之法的地图，被人用特制的人皮绘制成了两张副本。其中一张由袁瞎子持有，他凭借着一身的玄术循着图画找到了明月崖，并且利用陨玉成功配置了长生不死之丹。

没想到阴差阳错，他自己把玉精逼迫到眼珠中剜掉，成了不死之身，可太子马子聪却变成了魔性僵尸。他不忍将之消灭而置其魂飞魄散，只好将他的躯体也封印起来。

另一张《明月崖飞仙图》的副本由刘姓守陵人当作信物传给历代族长，到了刘经理父亲这一代，他因为儿子的贪婪，预备改传位给侄子。进而引起了刘经理的怨恨，把古画偷走倒卖，被孙二爷收购研究，同时也引起了科学教在中国的领导人威尔逊的注意。

孙二爷和威尔逊都盯上了楚城这处古墓，他们深知这里不是一般人能进得来的，便先后都勾结了清风邪道。

西瑶说：“我不知道唐蔑在时空隧道中落到了什么时代，这些是我无法控制的。在他离去后，我忽然发现自己的生命被抽空了，一切都变得毫无意义。楚怀王要封我为妃，我却并不稀罕，就是因为他才让我失去了最爱的人。当他找我问卜吉凶的时候，我故意说错结果，让他死于秦人之手。楚襄王即位后，对我礼遇有加，他为了保护我不受他国的侵扰，派人写了《神女赋》，编造了襄王有梦、神女无心的故事，又为我损兵折将、费尽心机。可纵然他肯拱手江山为博我一笑，我却执意空守寂寞，等待一段千年的承诺。

“我不想再介入权力的战争中。在襄王死后，便在他的陵墓中为自己建了一个衣冠冢，我把自己的真身隐匿在这间炼丹室旁边的悬天之漏的上层。这里是得天独厚的太极阳脉，我用女树和太岁在此布置了一个永恒之境。

“想要从悬天之漏的下方进入永恒之境，唯一的钥匙就是月光宝盒，那把钥匙在唐蔑手中。我不知道自己要等多久，唯有用这个女树之上所结的婴儿来填补太岁的怨气，才能维持这个空间的气场永不消散。”

原来，早在三千多年前，那棵太岁就已经存在，它慢慢凝集世间怨气，渐渐长大。当它刚刚开始吞食世间万物的时候，楚襄王求助巫山神女西瑶。西瑶用巫术造了一棵女树种植在岩洞的石壁缝里，女树每天都会生出很多婴儿，辰时出生，子时死亡，他们只有一天的生命。

当婴儿出生后就会被太岁吞食，西瑶用巫蛊之法，也就是那些婴儿的怨气封印住它的生长，并让它永远的沉睡下去。襄王死后，西瑶把自己也封印到太岁之眼中中，在沉睡中等待唐蔑。

她说到这里，我发现一直都没有说话的唐昧脸色忽然显出了痛苦，他抬手指着那个女树下正被太岁吞食着苦苦挣扎的婴儿说：“这里每天都在上演着婴儿被吞食的悲剧，两千多年，有多少个婴儿被你间接地杀了，你知道吗？”

影像中的西瑶神色忽然一变，冷冷地说：“我不管有多少个婴儿，他们不过有一天的生命而已，就算我不杀他们，到了日暮时分，他们也会死亡。我只知道我要等到你，只能用这种方法。”

唐昧抬头看着她说：“你真的是我的西瑶吗？是那个逃避战乱和权势之争的西瑶吗？”他的脸色露出茫然的表情。

影像中的西瑶说：“我让鲛人交付给你的玉印是月光石，原本和月光宝盒是在一起的，月光石可以让时光永恒，你带着晶石和宝盒进入太岁之眼，就能找到我的真身，打开我的封印。我们可以回到从前，重新开始。”

唐昧从身上拿出盒子和玉印，把它们重新归位，装上玉印的宝盒散发出耀眼的蓝色光圈。此时，唐昧的手却颤抖了，他看着影像中的西瑶，说：“如果我们回到两千年前，真的能够重新开始吗？”

西瑶淡淡地说：“历史会被改变，一切都将随着改变，这里的一切将会毁灭，成为我们重新开始的代价。”

唐昧的脸色起了变化，他仔细看着西瑶，迟迟没有任何举动。杨小邪已经忍不住了，大声说：“你这个人怎么那么自私，为了自己不管别人的死活！小哥，你可不能听她的话！”

我心里也焦急不已，如果真的如她所说，唐昧离开后，我们岂不是都要消失得灰飞烟灭！

袁瞎子出言阻止：“唐昧，你不能这样自私！”

这时，一直站在身后没有说话的清风忽然急速扑过来，一把抢去了唐昧手里的盒子。

清风狞笑道：“有了这个宝物，我可以拥有一切，上天入地，纵横乾坤，哈哈……”

这时，镜像中的西瑶冷哼一声，一甩衣袖，一道白光射到清风身上，宝盒脱手而去，清风则被卷到玻璃墙之后的太岁之中，那片巨大的“棉花糖”周边瞬时生出无数的触角，把他牢牢包裹到下面，只听他惨叫一声，很快被太岁吞了下去。

西瑶又用双手画了一个太极图的光圈，射入太岁中间的空洞之中，那个空洞张大，伸出了一个散发耀眼光芒的球状，她催促唐昧：“没有时间了，赶快带着宝盒进入太岁之眼，如果错过了此时，再也没有机会打开时空之门。”

唐昧却像被钉子钉住了一样，呆呆站立在那里，迟迟没有迈动脚步。我不知道他在想什么，但看他的神色一会儿忧愁，一会儿又哀怨，最后他痛苦地闭上眼睛，然后睁开，便知他已有了决定。

他再次恢复他招牌式的冷淡表情说：“我不能跟你走。”

西瑶惊诧地问：“为什么，莫非是这里有其他的人和事，值得你留下来？”

唐昧轻轻摇头，并没有回答她的问题，却转而问她：“西瑶，你真的是西瑶吗？”他自话自说地摇头，“你不是我的西瑶，所以我不能跟你回去。”

西瑶急切地看着他说：“我是西瑶，你看清楚，我等了你两千多年，你不能再让我等了，快跟我回去吧。”

唐昧再次摇头，坚定地说：“不，你不是。西瑶心地单纯、温柔善良，她一向善待生命、有悲悯之心。你不过是跟她有一样的容貌而已，却并不是她！”

镜像中的西瑶流出了泪水，说：“难道你已经忘记了我吗？为什么我说什么你都不相信？我的时间不多了，你真的不跟我走？”

唐昧这次把脸别过去，决绝地说：“我不会跟你走的。”

镜像中的光华在渐渐暗淡，西瑶黯然道：“我带着对你的爱，忍受别离、寂寞、空虚、无奈，在这里沉睡了几千年，最终等来了你，但是你却忘记了一切。这真是一件可笑的事。你知道吗，在我们曾经的时代，我们的生命是不会终结的，我们可以以各种形式来延续生命。因为真正的死亡只有心死！”

她说到这里，我看到唐昧的眉头皱了一下，他背对着西瑶，但是我清楚地看到他眼角滑下了一行泪水。

我忽然明白了一件事，其实唐昧并没有忘记西瑶，他白天黑夜都在想着回去，做梦都在想着回到他的世界去见她。而她无论如何也不明白，他第一看到她，就认出了她就是他苦苦寻找的人。但是，他心中的她，是一个楚楚可怜的小姑娘，被他从乱军中救起，需要他照顾、需要他牵挂，而不是眼前这个拥有无上巫蛊之术的巫女，杀人于无形的恶魔，她和她有一样的面容，但是她却不是他心中那个人，无论如何都不是。

当一个女子深深陷入爱恋中的时候，除了对方的爱之外，人世间的任何事物都变得无足轻重。她会为了自己的爱，而不惜一切、罔顾苍生。

爱的力量实在奇妙得很，因为它，人可以做得出任何事，可以造就奇迹，也能颠覆世界。

所以，他只能当作不认识她，当作已经把她忘记，只有这样才能让自己狠下心来不跟她走。他明白，一旦他离开，这里的世界就会被因为历史的改变和时空的扭转而遭到毁灭。

他不愿意让自己自私的爱，毁灭了世界。

她等了几千年，就是要等着继续那一场刻骨铭心的爱情，和那个愿意为她而死的男人一起。她终于等到了，他却不愿再认识她。

镜像越来越黯淡，她仰天叹道：“只缘感君一回顾，不羡长生愿来生，我遇见了一个最美的开始，却没有预料到这结局。”

爱情能使人穿越时间，可时间也使人忘却爱情。

她惨然一笑，说：“唐蔑，我要你记住，这个世界上有一个人会永远等着你，无论在什么时候，无论你在什么地方，一直有这样一个人。”

就在那一瞬间，我仿佛听见了全世界崩溃的声音，那是一种忧伤的歌声，一种震动耳膜的频率，而后我看到眼前光影闪动，镜像中的画面也变得支离破碎，最后凝聚成一道浅浅的光线返回到太岁之眼中。

唐昧猛然转身，哀哀地轻呼了一声：“西瑶！”只是一切已经晚了，西瑶的影像已经不见了。

而后，我忽然发现自己眼前的事物都发生了变化，那些还没成型的树婴和女树一起下跌，都落入太岁之眼中。

太岁将这些东西全部纳入，气场的平衡被打破，它发出通通的吼叫声，不甘心地慢慢下沉，最终因为赖以生存的磁场和能源的消失，失去水分变得干枯。而后，这大阵被破，山洞开始倾塌，到处噼里啪啦地向下跌落着山石和碎屑。

袁瞎子催促我们赶紧离开。

唐昧和杨小邪快步跑向那道阶梯。就在我即将转身离开的时候，眼角不经意瞥到了那堆正在慢慢浓缩的棉花软肉下，忽然露出一个熟悉的蓝布大褂和一只苍白干枯的人手。我愣了一下，仔细瞄了一眼，这一看不打紧，那枚肉芝又缩小了一点，这次我又看到了离手不远有一只黑猫的尸体。我的心猛然打了一个鼓，一股寒意从后背传到头顶。

我回身一把抓住袁瞎子的手，说：“且慢！袁老爷子，你为什么催我们快点离开，是不是这里还遗留有什么秘密你担心被我们发现？”

袁瞎子一愣，立时怒气冲冲地想要挣脱我的掌握。他一露怯，我更加肯定自己的猜测了。那堆肉芝覆盖的蓝布大褂里不是别人，正是袁瞎子！

我面上冷冷一笑，说：“袁老爷子，你到底是人是鬼，或是什么人装扮的！我们险些都被你骗过了，那堆肉芝下的尸体恐怕跟你脱不了关系吧？如果你不说清楚，我们断然是不会离开的。”

袁瞎子还想争辩，听我提到肉芝下的尸体，脸色遽变，立时像泄了气的皮球，忽然沉默了下来。我们一行人同时盯着他，大家都摆出防卫的姿态，唐昧把他的禹王槊拿出来，直直对着他；只等他一旦发难，立时疾刺他的胸口。

但是，袁瞎子轻轻叹了一口气，抬抬眼皮，冲我们摆了摆手，说："唉，事到如今，看来我只好把所有的真相都说清楚了，不过我提前说明，我说的事情也许超乎你们的想象，没有人会相信，但是绝对是真实的。"

袁瞎子说的第一句话我们就不相信，他说："其实，在一个月前，我已经死了，就死在这个墓室里，吴娃看到的那具尸体确实是我的。"

我们瞪大了眼睛，仔细观察着袁瞎子，他的神情语态都不像是在说谎，但他确实实在在的是存在在我们面前的，我用手能抓住他的身体，能听到他说话的声音，他不是鬼，也不是幻影，我能肯定！

莫非是哪一个环节出错了？还是他在什么地方欺骗我们了，或者他有一个孪生兄弟？我们都疑惑不已。我忍不住问道："难道你之前跟我们说的，你已经活了一千多年也是假的，你不是吃了那种陨玉配置的仙丹，能够永远不死吗？"

袁瞎子苦笑道："我之前说的话也不是假的，我确实活了一千多年，那种陨玉能够保持我的身体不老。如果不发生意外，灵魂会永远寄住在身体的躯壳之内，只要有正常的血液循环，我再活一千年也不成问题。只是在一个月之前，意外发生了，我的心脏被刺，全身的血液都从心脏里抽离出来，我在那个时候就死了。"

可是，既然他确实已经死了，怎么又会活生生地出现在我们面前呢？

袁瞎子也感觉到了我们的疑惑。他叹了口气，说："我说过，有些事情超乎了常人的想象，三言两语也是解释不清楚的。你们知道虫洞吗？"

我点头，虫洞是由爱因斯坦提出的理论。“虫洞”就是连接宇宙遥远区域间的时空细管。在虫洞里可以进行时间旅行，也可以称为时间隧道。

杨小邪不耐烦地说：“都快天崩地裂了，别扯那些没用的，赶紧说说到底是怎么回事！”

袁瞎子接下来讲的话，让我们更加的匪夷所思。他说：“现在你们看到的我，不过是已经原本死去的我。你们是在我的记忆中、我的梦中，很快我就会再次死亡，这是一个必然的结果。”

看我们迷惑的表情，袁瞎子说：“我讲一个很著名的典故。魏徵梦中斩泾河龙王的事情流传了几百年，你们应该知道吧。泾河龙王因为与算命先生打赌，没有按照玉帝的旨意降雨，因此被判处了死刑。在仙界进行的司法活动，却要人间的官员参与。玉帝选择的监斩官是时任大唐丞相的魏徵。泾河龙王托梦给唐太宗，请他帮忙拖住魏徵，不让魏徵有空去仙界当差。唐太宗就召见魏徵下棋，可是魏徵却在下棋时打了个瞌睡，借着做梦，魂魄到另一个空间的仙界杀了龙王，还把龙头从天上扔了下来。”

当人通过做梦进入另一个世界时，既会改变那个世界，也有可能改变现实世界。

在已经死去的袁瞎子所经历的事情里，一个多月前，盗墓贼陈大胆和陈小二从部队后墙的悬崖上爬上来后，身中剧毒，临死之前给孙二爷打了电话，而后把手机扔下了悬崖。

孙二爷在二十年前就在关注这处太极龙脉内的陵墓，并且根据刘经理提供的情报和各方面收集到的资料，他已经推测出《明月崖飞仙图》中的不死仙丹传说另有内情。他指示身负邪功的清风亲自下去一探究竟。

第二天夜晚，一直潜伏在楚城的清风按照孙二爷的指示跳下悬崖，进入炼丹室后那道用人皮封印的铜门。

当时，袁瞎子一直跟在他身后。他知道凭自己的能力，阻止不了清风的行动，只能寄希望于他被机关蛊阵给拦住，知难而退，或者中了阵法毙命。结果清风因为佩戴着二十多年前在原始森林捡到的那块陨玉，居然成功地进入了悬天之漏的上层。

清风看到太岁和女树上的婴儿时，两眼大放异彩。因为他一直在为练一种降头术中的“养小鬼”找不到婴源而发愁，此时见到那么多婴儿怎么不动心。他利用飞剑之术凌空把那些还为成型的胎儿都打落下来。

当清风正欲盗走那些婴儿之际，那颗大肉质因为没有婴儿作为食物来镇压，怨气冲破封印醒了过来，一怒之下把清风吞食了。

他不知道，太岁原本就是天地间最邪恶歹毒的气息凝结而成，据说小南湖底部连接着海眼，它就是从石室下的海眼中生长出来的。而那枚海眼就是一个虫洞，它能扭曲时空，吸纳百川。

当太岁被清风惊醒后，张牙舞爪，挥动触角，准备张大嘴巴，再次吞食一切。袁瞎子眼看闯了大祸，他已经无法顾忌自己的生死了，唯一的办法就是运用巫蛊之术中祭祀的方法，把自己当作祭品，用匕首刺穿心脏，和太岁伸出的触角连接在一起，用自己的鲜血来供养它，并让自己的灵魂进入到太岁体内的虚无虫洞里，利用虫洞让自己回到从前，改变既有的一切。那只黑猫跟随主人一千多年，早已熔接成不可分割的一体，它见主人身死，自是不愿独活，一头撞到墙上，脑浆迸裂，鲜血直流。而后它也同样爬到主人身体旁边，用血来祭祀太岁，跟主人一起回到了过去。

袁瞎子临死前最后的记忆，让他在回到了陈大胆和陈小二去悬崖的路上，他当时看到了一只小羊落在了羊群的后面，便把它驱赶到了部队的后墙边，于是有了寻羊的农民去找羊，看到了两个鬼鬼祟祟的人，便报了案。

事情从这里开始有了新的发展。因为我和杨小邪的出现，让后来事情的发展，有了新的改变。

说到这里，袁瞎子说了一句很无可奈何的话："我通过虫洞回到了过去。但是只能重新经历，就像你们看电影，却无法改变发生的事情。因为时间是线性的，那些发生过的事件就像是一个个珠子已经穿好，我无法改变珠子也无法调动顺序，唯一能做的就是在珠子旁边穿插一些珠子。不过太岁吞食万物的灾难还未发生，便有改变的机会。"

西方有个民谣："失了一颗铁钉，丢了一只马蹄铁；丢了一只马蹄铁，折了一匹战马；折了一匹战马，损了一位将军；损了一位将军，输了一场战争；输了一场战争，亡了一个帝国。"

所有的事物存在都是因果循环造成的。如果改变了因，就会导致果的不存在。比如，一个婴儿的出生，是因为他父母的结合，如果阻止了他父母的结合，那么就不会有这个婴儿的存在。

只是，万物生长，自然法则，因果循环，早已注定，一旦改变，就会颠覆正常的阴阳轮回、自然法则，那么这个世界的平衡就会被打乱。千里之堤毁于蚁穴，一个小小的螺丝钉，能导致一场车祸。一旦已经存在的结果出现，是不能去改变的。唯一能做的，就是想办法改变还没有来得及发生的结果。

他几次相救和把轩辕镜交给我，只是希望我们能化险为夷，最终来到这间石室，改变还没有发生的结局。

他苦笑着说："移神转移再加偷天换日，是我耗尽平生所学的全部，这两种巫术加起来极其歹毒。我的时间快到了，很快我就会形神俱灭，魂飞魄散，换一种说法就是脑电波的彻底消失。原本我是想指引你们出去的，看来已经没有时间了。你们从阶梯退出悬天之漏后，就能看到一道暗门。打开暗门后，这只引路虫会指引你们从山腹溶洞密道中离开。

那道小门只能从里面打开，外面是无法进入的，以后你们都不要再回来。”

他说完，拿出一个透明小瓶子，里面有一个跟心愿虫差不多大小的虫子闪着荧光，我赶紧接过。

这时，脚下的晃动声越来越大，周围的山体不停地震动着，突然一声巨大的响声，太岁下面的山体开裂，干枯的太岁尸体和其中所有的物体都一齐滑落下去，那道裂缝速度非常迅速地蔓延到我的旁边，眼看我也要陷落其中，袁瞎子狠狠推了我一下，把我推到阶梯旁，而他自己因为这一推之力，身体更加急速地坠入了那道裂缝。

我眼睁睁看着他落入了那片漆黑之中，却无能为力，心里悲痛不已，唐昧和杨小邪拉着我赶紧向外冲。

事到如今，我只好含泪先离开。这时，整个山洞都传来轰轰隆隆的响声和地面震动的声音，看来因为太岁已死，这里的气场被破坏，整个太极龙脉都要塌陷下去。

冲出那座石室，果然看到一个微微外凸的暗门。唐昧用力向外推开，果然又进入了一个开阔的溶洞窟。虽然通道错综复杂，放出引路虫后，随着那道荧光，我们走了两个多小时，终于又从袁瞎子茅屋的床下钻了出来。

从袁瞎子的茅屋出来后，我们都唏嘘不已。杨小邪这时忽然变成一个诗人，他像模像样轻叹一声说：“人生若只如初见，何事秋风悲画扇。等闲变却故人心，却道故人心易变，骊山语罢清宵半，泪雨霖铃终不怨。何如薄幸锦衣郎，比翼连枝当日愿！”

我懒得理会他的故作深沉，问唐昧：“将军以后有什么打算？”

唐昧惨淡地说：“我也不知道，也许我注定一生寂寞。”

接着，他默然长叹一声，也喃喃地念起诗来：“千年生死两茫茫，不思量，自难忘，一生孤独，何处话凄凉，纵使相逢应不识，泪满面，尘纷扬，旧梦残萦倍凄凉。别离难，永不倦。”

说到最后，他的声音变得呜咽。我知道他其实是在想念西瑶，在那种情形下，要他作那种选择，无疑是一种残忍。

我不知道怎么去安慰他，只能默默看着他大步离开。朝阳照在他的身上，他的背影看起来是那么的凄凉和孤独，好像一夕忽老，而一切不过都是在转瞬之间。